目
次

第一章 緒 論

第一節 研究動機與目的

筆者修習國立中正大學中國文學研究所學業期間，曾從佛教經典《雜譬喻經》與《百喻經》中〈蛇頭尾共爭在前喻〉的故事及敦煌俗賦《茶酒論》出發，並就搜羅到的相關故事進行比較，以探索爭大、爭奇類型故事的源起與發展脈絡，最後筆者進入了明清笑話專集的世界中，樂天大笑生《解慍篇》、程世爵《笑林廣記》等笑話書都出現了不只一則的爭大、爭奇笑話，馮夢龍《笑府‧世諱部‧爭坐位》、《笑府‧閨語部‧口腳爭》也在其中，此一研究旨雖未在於明清笑話的探究，但在整個搜尋研究的過程中，卻讓筆者發現了過去未曾覺知涉獵的文學世界，也引發了對古代笑話閱讀與研究的興趣。

《莊子‧雜篇‧盜跖》有言：「人上壽百歲，中壽八十，下壽六十，除病瘦死喪憂患，其中開口而笑者，一月之中不過四五日而已矣。天與地無窮，人死者有時，操有時之具而託於無窮之間，忽然無異騏驥之馳過隙也，不能說其志意，養其壽命者，皆非通道也。」他肯定了人生當中笑的重要，覺得生命苦短，若是生活中缺少了笑、人生裡無法喜樂，便不能使心靈意志愉悅，不能安頓生命、頤養天年，是人生當中一大苦難，是沒有通曉大道的表現。然儘管笑是我們生活之中那麼自然不過的表情，卻亦如莊子所言，諸多的病喪、憂患、責任與負擔，讓絕大多數人真能開口暢笑的時候不多，如此豈不當真危害了自我之生命。是以笑之於人生既有如此之重要性，對於笑之理解與研究，便無異是件愉快而必要的事了。

筆者既體認笑之怡人與重要，又得知古代笑話專集的輯纂與刊行在明清

二朝風起雲湧，蔚然而爲一不可遏抑之時代風潮，便決定以此爲論文研究方向。然「笑話」文字在過去的認知裡，非但屬於君子弗爲的小說之流，甚而是小說末流，是以即使在通俗文學大受歡迎，相關研究日盛之後，「笑話」仍不免受到忽略，其之稱文學，實非一坦順之路，加上明清二朝笑話書繁多，因銷售熱烈，版本內容良莠不齊；又不受文人、藏書家重視，散佚毀損甚快，因此進行跨時代的全面考察、資料搜集與研究實屬不易之事，恐有不及或闕漏，非筆者能力所逮，因此幾經考量，選擇馮夢龍《笑府》、《古今笑》二作品作爲研究的範疇，進行相關的研究。

馮夢龍在晚明時期是一通俗文學作品的暢銷作家，其書寫活動雖以編纂改寫居多，但鮮明自覺的書寫意識使其作品具有相當水準，在通俗文學史上亦佔有舉足輕重的地位，由後人對於《三言》的諸多肯定足以見之。《笑府》、《古今笑》二書是其集合了民間口傳笑話與擷取自歷代典籍笑料的精心力作，不論是數量或品質都堪稱當時笑話書中的代表作，其編纂分類與內容意識對於後來的笑話專集也有所影響，是以筆者以之爲研究對象。近來有不少學者著力於笑話研究，發表許多研究成果，使笑話的文學地位受到肯定，爲笑話研究奠立不可撼搖的基礎，然其中仍不乏以具有隱喻教化的寓言觀點看待者，筆者不否認笑話確實有諷喻譏刺的成份，但卻更執著於其中「引人發笑」的娛樂目的，是以此文盼能藉馮夢龍《笑府》、《古今笑》二書，從笑／笑話的角度出發，深入馮夢龍的笑話世界，進而窺探如此引人入勝的笑話文學，探索其之所以大放異彩、蓬勃發展的眞正關鍵。

第二節　笑話與笑話文學

一、笑話體裁的界義

（一）笑話的定義與特質

「笑話」被視爲一獨立文體，具有其獨特的文學價值，有不少學者就其形式、內涵、特質去詮釋其定義，亦試圖勾勒出其範疇。段寶林對「笑話」多所著力，在其《笑話——人間的喜劇藝術》一書中說道：

> 笑話，是引人發笑的故事。〔註1〕

〔註1〕 段寶林撰：《笑話——人間的喜劇藝術・前言》（台北：淑馨出版社，1994年

指出了笑話「引人發笑」及「故事」的兩項特質。又說：

> 笑話就是喜劇性的故事，它的內容就是美與醜的矛盾衝突，也就是
> 醜的被揭露和被戰勝。〔註2〕

這不但揭示了笑話「引人發笑」的喜劇性質，也進一步提出其內容基調。

　　近代最具代表性的歷代笑話書搜集本《歷代笑話集》〔註3〕編者王利器在該書前言中說道：

> 笑話的短小精悍的獨特的形式，是民間口頭創作的諷刺小品之一。
>
> 〔註4〕

門巋、張燕瑾《中國俗文學史》言：

> 笑話是民間故事的一種。它的特點是形制比較短小，情節比較簡單，
> 人物個性比較單一，一般都有所諷，能起到引人發笑的效果。〔註5〕

高國藩《中國民間文學》指出：

> 民間笑話是民間口頭簡短的諷刺幽默、引人發笑的趣事或滑稽故
> 事。……引人發笑只是民間笑話要達到教育人和勸誡人的一種手
> 段。……它的思想內容使人輕鬆發笑，而它的社會效果卻完全相反，
> 使人嚴肅沉思。〔註6〕

以上三者都把笑話故事的來源指向了「民間的口頭創作」，將之列入了俗文學、民間文學的範疇，除了重申其「笑」的效果之外，也更進一步說明了笑話「形式短小」、「寄託諷喻」的特色，高國藩之說在寄託諷諭之餘又點出了笑話的正面教育功能。吳蓉章編著的《民間文學理論基礎》言：「所謂民間笑話，是指篇幅短小的民間佚聞趣事。它的顯著特色是含有諷刺、幽默因素，具有引人發笑的藝術效果。」〔註7〕李育柏、陳日朋的《繪圖文字笑話三百

---

　　　11 月，初版 2 刷），頁 1。
〔註2〕 同上註，頁 3。
〔註3〕 王利器、王貞珉原選編有《歷代笑話集》及《續編》之作，後於 1993 年，
　　　因又搜得《資談異語》一笑話書，是以重新訂補而成《中國笑話大觀》。見
　　　王利器、王貞珉選編：《中國笑話大觀》（北京：北京出版社，1996 年 6 月，
　　　2 刷）。
〔註4〕 王利器撰：〈《歷代笑話集》前言〉，收於同註3，頁2。
〔註5〕 門巋、張燕瑾撰：《中國俗文學史》（台北：文津出版社，1995 年 6 月，初版），
　　　頁 237。
〔註6〕 高國藩撰：《中國民間文學》（台北：臺灣學生出版社，1995 年 9 月，初版），
　　　頁 109。
〔註7〕 吳蓉章編著：《民間文學理論基礎》（成都：四川大學出版社，1987 年 9 月，1

篇·前言》所言:「笑話是一種詼諧逗趣而且寄託諷諭的故事,其形式通常短小簡單。笑話有一針見血來揭露事物的本質,讓人在笑聲中得到娛樂或啓示。」〔註8〕都是類似的見解。

關於笑話來自民間的口頭創作一說,筆者以爲侯忠義《中國文言小說史稿》中的說明更爲詳盡:

> 笑話作爲一種文學樣式。是舉說違反常理之事,揭露矛盾、荒誕之言行,從而使人們從中受到教育和啓發。……我國笑話的形式當來自民間,而逐漸被文人所注目。現存的古代笑話集,多是文人的著作。從它的題材來說,一是來自「舊文」,即前人的著作;一是傳聞,即民間傳說;一是作家的自撰。以前兩者爲主。〔註9〕

其說贊成了笑話來自民間的說法,但成爲書面文字,甚至以書籍形式流傳則端賴文人的筆墨及整理工夫,而少數笑話爲文人所創作,這一點亦不可忽略。〔註10〕

以上所列,各家學者說法雖稍有出入,但可簡明扼要地分就兩個面向來作爲總結:

1、就內容思想而論,笑話具有引人發笑/幽默/滑稽/喜劇性的效果及諷刺元素。

2、就形式體裁而論,笑話是形式短小之敘事體裁,具故事性,情節簡單。

(二)笑話的旁根支節

儘管在上文中已對笑話的定義與特質做過說明,但「笑話」此一文體仍常與一些性質相似的文體產生混淆,在此筆者以笑話的旁根支節來看待,並藉由概念的釐清來更進一步凸顯「笑話」與眾不同的地方。

如民間故事,其與笑話同屬敘事性質的體裁,且往往將笑話或詼諧意識

版),頁 132～136。

〔註8〕轉引自鹿憶鹿編著:《中國民間文學》(台北:里仁書局,1999 年 9 月,初版),頁 145。

〔註9〕侯忠義撰:《中國文言小說史稿》(北京:北京大學出版社,1994 年 3 月,1 版),頁 99。

〔註10〕段寶林《笑話——人間的喜劇藝術》中〈笑話的分類〉一節,就指出以笑話的作者來分,笑話可分爲「民間笑話」、「文人笑話」和「優伶笑話」,由侯忠義和段寶林二說可見「笑話」未必全部來自於民間。

隱含於中而充滿趣味成份，彼此之間有重疊雷同之處，是以容易產生混淆。段寶林等人以「笑」的不同和笑話語言的凝練短小強調出兩者的差異：

> 笑話是民間故事中的一個類別。它屬於故事又不同於一般故事，強烈的喜劇性是它獨有的標志。……總體來說，所有的民間故事都是樂觀和詼諧的，它們與悲觀厭世的灰色情緒絕緣，都能不同程度地給聽到它的人們帶來愉快和歡樂。但是，其他故事的愉悅表現不一定是笑聲，更不一定是捧腹大笑，那種笑是微笑，或會心的淺笑。笑話則不然，發出聲音的忍俊不禁的笑是成功的笑話的必有標志。強烈的喜劇性特徵使它在故事家族中自成一格。其次，笑話是高度凝練的語言藝術，三言五語便進入高潮，笑聲一起便戛然結束，形式短小精悍。〔註11〕

從這一段話可以知道，笑話雖是故事的一種，但笑話所帶來的笑的效果有別於其他讓人會心一笑的故事。笑話最重要的目的在於引人發笑，因此笑話的敘述著重於笑料的安排，突如其來、出乎意外的逆轉結局是一個笑話精彩與否的最主要關鍵。再者為求「笑果」的顯著，笑話不得過於鋪陳，是以成功的笑話乃以一種高度凝練後的語言，造成強烈的喜劇性，讓人在措手不及的情形下蹦出忍俊不住的笑聲。而引人發笑不見得是故事的唯一目的，其情節的鋪排上也沒有笑話務求短小精悍的限制，結局更不需要幽默的逆轉高潮這樣的手法。由此則顯見了笑話雖也是故事，但有別於一般故事的最重要特質：充滿「令人忍俊不住的喜劇性」。這樣的說法，以笑話與眾不同的致笑目的及手法，將之與大量的民間故事區隔開來。

再者，「寓言」與「笑話」的同異亦是引起諸多探討的話題。「寓言」一詞最早見於莊子，揭舉了「藉外論之」〔註12〕的方法，所謂「外」即是協助傳達道理的淺顯媒介。又或稱寓言為「說」、「偶言」、「讔」、「隱語」、「譬喻」，劉勰《文心雕龍‧諧隱》提及：「遞辭以隱意，譎譬以指事也」，〔註13〕以隱

〔註11〕吳同瑞、王文寶、段寶林撰《中國俗文學概論》（北京：北京大學出版社，1997年1月，1版）頁128～129。

〔註12〕《莊子‧雜篇‧寓言第二十七》曰：「寓言十九，重言十七。卮言日出，和以天倪。寓言十九，藉外論之。」見〔清〕郭慶藩撰：《校正莊子集釋》（台北：世界書局，1981年11月，5版），頁947～948。

〔註13〕〔梁〕劉勰撰，周振甫譯注《文心雕龍譯注》（台北：五南圖書出版公司，1997年6月，初版2刷），頁183。

晦的言辭和詭譎的譬喻來間接表達所欲指陳的事理意義，這都說明了寓言在一平易近人的表面包裝下最重要的特徵：隱含寓意。

凝溪《中國寓言文學史》中曾歸納出寓言本質特性的三大要素：「寄託性」、「故事性」、「哲理性」，認為「一篇作品，無論缺少其中的任何一個要素，都不能稱之為寓言。」並將寓言的定義直接確立為「寄託有一定哲理的故事」。〔註14〕

如此看來，寓言與笑話同為敘事體裁的文體，具有故事性、諷刺性。是以兩者之間必有其重疊合流之處：如《孟子》〈揠苗助長〉、《莊子》〈東施效顰〉、《韓非子》〈鄭人置履〉、《呂氏春秋》〈刻舟求劍〉等都是透過人物可笑的言行思想來表達一些深刻的哲理，而我國第一部笑話專書——《笑林》，其中更有不少詼諧有趣的笑話是別具意義的寓言。可見欲寄託以道理的寓言其所表現在外的故事往往以一詼諧可笑的面貌出現，讓人得以輕易接受；而欲引人發笑的笑話背後其所隱含的寓意也經常是嚴肅而發人深省的，這一類的文字，相關研究的學者多半稱之為「詼諧寓言」或「寓言笑話」，〔註15〕亦即證明了寓言與笑話之間確有交集之處。

然而，儘管寓言與笑話有其不解之緣，無法判異二分，仔細探察，仍可將當中的界線摹畫出來，就以下三點言之：

就內容而言，「笑話是喜劇性的故事，它的內容是美與醜的矛盾衝突，也就是醜的被揭露和被戰勝，實際上所表現的就是喜劇美。」〔註16〕而寓言則是「寄託有一定哲理的故事」，也就是將欲表達的哲理給形象化、具體化，藉以教育閱讀者，其所具備的是一種哲理美。

就寫作手法而言，笑話運用直接的諷刺與嘲笑去對比出醜陋與矛盾，文

〔註14〕凝溪撰：《中國寓言文學史・引論》（昆明：雲南出版社，1992年1月，1版），頁3～4。

〔註15〕古代笑話分為兩種，一種是為了讓人們開心，為笑而笑的笑話，一種是讓人們在笑聲中明白世事，為思而笑的笑話。明清的笑話中，這種為思而笑的笑話不少。含有著嚴肅哲理的笑話，其實便是寓言，或者叫笑話寓言。見同註14，頁133～134。詼諧寓言有兩個重要源頭：一是魏邯鄲淳的《笑林》，它以笑話為主，某些另有寄記的笑話便是寓言；一是蘇東坡的《艾子雜說》，它以寓言為主，寓莊於諧，又具有笑話性。明人的詼諧寓言正是沿這兩條線路發展的。明人笑話集中，那些有深層含義的故事，便是詼諧寓言。見陳蒲清《中國古代寓言史》（台北：駱駝出版社，1987年8月，初版）。

〔註16〕同註2。

字要求精簡凝練，沒有多餘的議論成份，而寓言則以故事爲喻，用間接的譬喻比擬的方式來委婉地說明事理，或有議論成份的加入。

　　就目的而言，笑話盈滿詼諧有趣的成份，目的在於以一滑稽可笑之事物「引人發笑」，受到注目的是其別具的喜感，而非深刻的教育意義或道理；而寓言的目的則是透過故事的接受，讓讀者感受到故事背後深刻意義，並有所啓發，趣味性的要求並非必要了。

　　要言之，笑話含括在民間故事之下，兩者是一內含關係；而笑話與寓言各自獨立，卻又互有交集，彼此之間有著類似的文學性質，也經常曖昧糾葛，但笑話仍具有其與眾不同的獨特特質，這一特質最重要亦最簡單，從其定義出發──「引人發笑」的強烈喜劇性。

（三）笑話的文學歸屬

　　以傳統文學的分類來說，笑話一類的文字作品被歸類在「小說」一類。漢桓譚《新論》言：

> 若其小說家，合叢殘小語，近取譬喻，以作短書，治身理家，有可觀之辭。〔註17〕

桓譚之後，班固《漢書・藝文志》言：

> 小說家者流，蓋出於稗官，街談巷語，道聽塗說者之所造也。孔子曰：「雖小道必有可觀者焉，致遠恐泥。是以君子弗爲也，然亦弗滅也。」閭里小知者之所及，亦使綴而不忘，如或一言可採，此亦芻蕘狂夫之議也。〔註18〕

若就二人所言之「小說」特質來看，「叢殘小語」、「短書」是就篇幅來談小說的「小」；「小說家者流，蓋出於稗官」，是說小說的作者；「街談巷語，道聽途說」則是說到了小說內容材料及其來源；「近取譬喻」則指出其隱含比喻的文體特點，進而提及「治身理家，有可觀之辭」、「雖小道必有可觀者焉」，是就「小說」的意義或作用而言，而「閭里小知者之所及，亦使綴而不忘」則言說了其流傳不絕的群眾魅力。〔註19〕以上所言者，大致言說了「小說」

〔註17〕　〔漢〕桓譚撰：《桓子新論》（台北：藝文印書館，1965 年，未註明版次，《百部叢書集成》第六函），頁 43。

〔註18〕　〔漢〕班固撰：《漢書・藝文志》（上海：上海古籍出版社，1986 年 12 月，1版，《二十五史》1），頁 167。

〔註19〕　葉桂桐撰：《中國古代小說概論》（台北：文津出版社，1998 年 10 月，1 刷），頁 25～26。

的特質，表面上看來「笑話」在相當程度上符合了當中的特質。然而歸類於小說一類的作品繁多駁雜，明代胡應麟《少室山房筆叢·九流緒論下》即言：

> 小說，子書流也。然談說道理，或近於經，又有類注疏者；紀述事實，或通於史，又有類志傳者；他如孟啟《本事》、盧瓌《抒情》，例以詩話文評，附見集類，究其體制，實小說流也。至於子類雜家，尤相出入。鄭氏謂古今書家所不能分者九（按當作五），〔註20〕而不知最易混淆者小說也。〔註21〕

胡應麟曾綜核小說大凡，將之分為六類：「志怪」、「傳奇」、「雜錄」、「叢談」、「辨訂」、「箴規」。〔註22〕這六類小說各具特色，「志怪」一類是記載稀奇古怪的事物或經驗，如《搜神》、《述異》等書；而記錄一些名人文士軼事言語的《世說》、《語林》則被歸於「雜錄」一類，至於「叢談」、「辨訂」、「箴規」等類就今日的觀點已多不是小說。

　　《世說》、《語林》一類在胡應麟的分類中屬於「雜錄」，亦即今日所謂的「志人小說」，或稱為「軼事小說」。所謂「軼事小說」，專載漢魏以來記錄文人名士間品評人物、清談語言或時事記述的文字，以其多記人間言行、傳聞故事，而與志怪有別，亦即魯迅為與「志怪」相對而別立出的「志人」小說，因此類小說既有記言，又有記事，範圍較為廣泛，故稱之為「軼事小說」。〔註23〕大陸學者侯忠義在《中國文言小說史稿》中，將笑話列入魏晉以後發展起來的「軼事小說」，其言：

> ……笑話專集，從魏邯鄲淳的《笑林》、晉陸雲的《笑林》起，歷代不斷，形成一種獨立的文體，加入了文言小說的行列。因其所記是『人事』，而非鬼怪異聞，故應屬於軼事小說的範疇。

〔註20〕 「鄭氏」即宋代鄭樵。鄭樵《通志·校讎略·編次之訛論》中說：「古今編書所不能分者五：一曰傳記，二曰雜家，三曰小說，四曰雜史，五曰故事。凡此五類之書足相紊亂。」見〔宋〕鄭樵撰：《通志》（台北：台灣商務印書館，1987年12月，台1版），卷71，頁志834。

〔註21〕 〔明〕胡應麟撰：《少室山房筆叢·卷二十九，丙部·九流緒論下》（台北：世界書局，1980年5月，再版），頁374。

〔註22〕 胡應麟《少室山房筆叢·卷二十九·丙部·九流緒論下》，分小說為六類：志怪，如《搜神》、《述異》；傳奇，如《飛燕》、《崔鶯》；雜錄，如《世說》、《語林》；叢談，如《容齋》、《夢溪》；辨訂，如《鼠璞》、《雞肋》；箴規，如《家訓》、《世範》。同上註。

〔註23〕 同註9，頁97～98。

> 魏晉軼事小說開始於笑話。笑話專集的產生，從一個方面說明了軼事的觀賞娛樂性質。……簡而言之，志怪小說的興盛、發展與巫風、宗教有關，而軼事小說的繁榮則與品目、清談有關。〔註24〕

侯忠義以「笑話」內容多記載人事，而將之歸入軼事小說。在魏晉清談、品評風氣盛行的背景之下，邯鄲淳《笑林》此一中國現存最早笑話專集產生，這不但在笑話文學的發展上起了個關鍵性的作用，在浩瀚的小說品類中，「笑話」更成了軼事小說的濫觴。

　　然而必須特別說的是中國歷來的小說觀念並不明確固定，隨著各個朝代的發展，「小說」一辭的外延與內涵也各有不同，對於小說的類別與分類更是說法各異，見仁見智。1962 年出版的《中國叢書綜錄》將中國小說劃分成「雜錄之屬」、「志怪之屬」、「傳奇之屬」、「志人之屬」、「諧謔之屬」、「話本之屬」、「章回之屬」、「評論之屬」等七類，前四類為文言小說的範疇，前三類同於《四庫全書總目》，唯將笑話俳諧文字獨立出來。〔註25〕寧稼雨《中國文言小說總目提要》以文言小說為範圍，也採了相關的分類方式：「志怪」、「傳奇」、「雜俎」、「志人」、「諧謔」五類，至此，笑話及具有詼諧色彩的文字不在依附於志人軼事小說之下，而被以其最大特色「諧謔」為名自起門戶來，這一類的小說，有寓言文章、有具小說意味的俳諧文章，而以文言笑話居多。在侯忠義的說法中，笑話不但隸屬於小說，更一躍而為其中一支的源頭了，寧稼雨更清楚的將具有詼諧色彩的文字別立出來，在過去不論列入何種小說種類，總有其模糊難分的灰色地帶，現獨立為一小說類別，真正是肯定了其地位與文學價值了。

　　此外，就現今文學觀念所分出的品項來說，「笑話」這一文體亦是被歸入於「民間文學」、「通俗文學」、「俗文學」〔註26〕等文學範疇。如：

1、高國藩《中國民間文學》：民間文學→民間笑話／世俗故事
2、鹿憶鹿《中國民間文學》：民間文學→民間故事／笑話
3、段寶林《中國民間文學概要》：民間文學→民間故事→民間笑話

〔註24〕 同註9，頁 97、99。

〔註25〕 寧稼雨撰：《中國文言小說總目提要‧前言》（濟南：齊魯書社，1996 年 12 月，1 版 1 刷），頁 5。

〔註26〕 關於「民間文學」、「通俗文學」、「俗文學」三者的定義與內涵，學者們各有不同見解，筆者在此不特別加入贅述與定義，可詳見〈「俗文學教學與研究」座談會〉、〈民間文學‧俗文學、通俗文學命義之商榷〉（《國文天地》13 卷 4 期，1997 年 9 月號，頁 6～17 及頁 18～29）。

4、吳同瑞、王文寶、段寶林《中國俗文學概論》：俗文學→神話、傳說、
　　故事→笑話

筆者以為撇除極少數作者特意的創作，將「笑話」這一文體納入「民間文學」、「通俗文學」是合宜的，畢竟早在文字出現之前，基於情感的需要、幽默的天性及遊戲的本能，「笑話」即出現在平凡群眾生活之中，在「街談巷語」中以口頭不斷傳誦著，有些「笑」果不彰的或不合時宜的在流傳的過程中被自然淘汰，有些經典傳神的不但行之久遠，甚而脫胎換骨，歷久彌新，以不同的面貌形式娛樂著大眾，當中具有諷喻哲理的還發揮了教育的作用。文字文學盛行後，又為人們所搜集記錄，由口頭傳誦轉為書面記載，甚而集結成專書，之後印刷進步，大量印製成商品販賣，為廣大群眾所欣賞喜愛，無異是通俗作品了。

綜合此小節的論述可知，就今日學者的定義來看，屬於民間文學、通俗文學範疇的笑話是一形式短小、情節簡單的敘事文學體裁，具有引人發笑的喜劇目的和諷刺元素，因內容多記載人物言行而在早期被定義為軼事小說、志人小說，後則逐漸獨立為一小說類別，而不再附屬於其他小說種類之下，並與性質相近的「民間故事」、「寓言」等文學體裁有所差別。由此來印證本論文中所進行的研究對象──馮夢龍《笑府》、《古今笑》二書，筆者以為《笑府》、《古今笑》二書的內容並不全然等同於現今「笑話」的定義。根據盧怡蓉《中國古代葷笑話研究──以笑話書為範疇》一文中所言，明清之際「笑話」一詞已開始運用於書面文字，但是在當時這個詞語只是泛稱「可笑的話」，而非指特定的文學體裁；至於具有笑話實質的文字在當時則多以「諧語」、「諧辭」，或是詼、諧、謔、捧腹、解頤等字眼來表達，可見今昔對於「笑話」一詞的觀點有所不同。〔註27〕是以《笑府》、《古今笑》二書內容就馮夢龍的認知上來看，極有可能是可笑的人、事記錄，是他們所謂的笑話；但也因今昔定義的異同，而使得這兩本書在今人的眼光中除了現今所認知的「笑話」之外，也摻雜了不少可定義為詼諧故事、詼諧寓言的記錄，甚至有些儘管看似笑話，在今日的閱讀中卻完全不具引人發笑之喜劇性的單純文字敘述。筆者在本文的探討中未將今昔笑話認知產生差異的部份隔絕剔除，除不願以主觀片面的以自我意識去抹煞書中任何文字在當時引人發笑的任何可能性外，亦堅決反對以今日笑話的定義去截然二

〔註27〕盧怡蓉撰：《中國古代葷笑話研究──以笑話書為範疇》（國立清華大學中國文學研究所碩士論文，1997年7月），頁1。

分所謂「笑話」、「非笑話」，尤其是讓一位具有清楚創作意識的通俗文學大師馮夢龍輯入名之爲「笑」的作品集裡的任何文字。

二、中國笑話文學發展概述

　　談完笑話體裁的界義，以下參酌楊家駱〈中國笑話書七十七種書錄〉、王國良〈《歷代笑話集叢刊》計劃書〉，及婁子匡、朱介凡《五十年來的中國俗文學》、魯迅《中國小說史略》、侯忠義《中國文言小說史稿》、祁連休與程薔《中華民間文學史》等書就中國歷代笑話文學的發展作一簡略的介紹與說明。〔註28〕

（一）先秦、兩漢

　　在缺乏文字記載的遠古時代，我們雖無從窺知笑話的面貌，但可想見的是，當人類的智慧已啓，平凡生活之中，爲求生活壓力的調解、個人幽默天性及遊戲的本能〔註29〕的發揮，毋庸文字，逗趣取樂的笑語便能以口傳的方式流傳著，源源不絕，受人喜愛。

　　先秦時代，文字出現，這取自「街談巷語」、「道聽塗說」的題材，卻不見得受到當時知識分子的青睞，孔子曾明確的言說「君子弗爲」，然而「雖小道必有可觀者焉」，部份流傳於群眾口語的笑語材料在有心之士刻意地引說改編下，背後別具寓意或諷刺，得以做爲當時遊說之士宣揚自己政治理念與學術思想的論證手段，致使笑話〔註30〕在某種目的的驅使之下，具備著寓言隱含哲理寄託的功能，慢慢地爲人所記載，是書面笑話之始。相關記載散見在

〔註28〕楊家駱撰：〈中國笑話書七十七種書錄〉，收於楊家駱編：《中國笑話書》（台北：世界書局，1996 年，頁 1～33）、王國良撰：〈《歷代笑話集叢刊》計劃書〉（《國文天地》5 卷 10 期，1990 年 3 月，頁 37～39）、婁子匡、朱介凡編著：《五十年來的中國俗文學・笑話》（台北：正中書局，1987 年 10 月，台初版，頁 99～114）、魯迅撰：《魯迅小說史論文集——中國小說史略及其他・第七章・世說新語及其前後》（台北：里仁出版社，1994 年 11 月，初版二刷）、侯忠義撰：《中國文言小說史稿》、祁連休、程薔主編：《中華民間文學史》（河北教育出版社：1999 年 10 月，1 刷，頁 331～333）。

〔註29〕朱光潛〈詩與諧隱〉提到：「『諧』的需要是很原始而普遍的……從心理學觀點看，諧趣是一種最原始的普遍的美感活動。」見朱光潛撰：《詩論》（台北：漢京文化事業有限公司，1982 年 12 月，初版）頁 27。

〔註30〕更明確的說法，也當稱之爲「寓言」，就當時此類的文字記載來說，多半都是藉之以言說某種道理，而非旨在「引人發笑」，尋求樂趣。往往內容情節引人發笑，而實際目的在於說解道理，既是笑話，又是寓言。

諸子散文之中，《孟子》「揠苗助長」、「齊人妻妾」、「五十步笑百步」；《莊子》
「東施效顰」、「邯鄲學步」、「螳臂擋車」；《荀子》「涓蜀梁見鬼」；《韓非子》
「鄭人置履」、「自相矛盾」、「守株待兔」；《列子》「杞人憂天」、「楊朱打狗」、
「疑人竊鈇」、「見金不見人」；《晏子春秋》「晏嬰使楚」；《呂氏春秋》「齊人
攫金」、「掩耳盜鐘」、「勇士割肉自啖」；《戰國策》「畫蛇添足」、「刻舟求劍」⋯⋯
等，都是這一類隱含生活哲理的寓言型笑話。〔註31〕這一個時期，尚未有「笑
話」此一文學形式的認知，當然更無專集著錄於世，尤其以說解道理的目的
被記錄，而非旨在「引人發笑」，尋求樂趣，是以學者多稱之為「笑話之先聲」、
〔註32〕「開我國民間笑話之先河」，〔註33〕楊家駱則認為「重言寓言，有莊有
諧，故笑話之見於文字，與重言寓言同始，如孟子、莊子、列子、韓非子之
載宋人事即其例」。〔註34〕

　　漢代太史公於一震古鑠今的正史《史記》中別立一個章節——〈滑稽列
傳〉，所謂「滑稽」是指辯捷詼諧不拘的人，多半是一些人微言輕的宮廷俳優，
以「滑稽調笑」為業之專業藝人，藉由歌舞演戲來娛樂王公貴族，而說笑也
是其拿手的本事之一，如優孟、優旃、淳于髡等人的故事，其所運用的手法
與今日笑話極其相似，〔註35〕博君一笑，更在談笑間隱含諷喻，勸誡君上，
是以得到太史公「談言微中，亦可以解紛」的肯定。〈滑稽列傳〉這一部份的
記錄，不但肯定了地位卑下的俳優在當時政壇上所發揮的功用與影響，其言
行的整體記錄，也是目前所見的文獻中先秦至漢期間較有系統的笑話故事的
輯錄，在笑話文學上有其一定的重要性。

〔註31〕　相關定義可參見賴旬美《中國古代寓言型笑話研究》（國立師範大學中國文學
　　　　研究所碩士論文，1997 年），頁 25～27。

〔註32〕　陳清俊撰：《中國古代笑話研究》（國立師範大學中國文學研究所碩士論文，
　　　　1984 年），頁 14。

〔註33〕　胡范鑄撰：《幽默語言學》（上海：上海社會科學院出版社，1987 年 12 月，1
　　　　版），頁 12。

〔註34〕　同註 28，楊家駱文，頁 1。

〔註35〕　「作為醜的對象，在內容上是空虛的，形式上是歪曲的，因而總帶有荒謬背
　　　　理的特徵。俳優藝人正是抓住對象的這一弱點，利用鋒利辯捷的言詞，揭示
　　　　其荒謬背理的現象，引起理智的反映，使滑稽感充分流露出來。他們往往自
　　　　己充當反面角色，以增強喜劇效果，達到諷刺的目的。⋯⋯這和現在笑話所
　　　　採用的手法是極其相似的，⋯⋯把古書上記載的這些俳優的語言滑稽，看成
　　　　是最早的，這一論點應該是能夠成立的。」王捷、畢爾剛撰：〈中國先秦笑話
　　　　研究〉（《民間文學論壇》，1984 年第一期），頁 49。

（二）魏晉、六朝、唐宋元

魏晉以前除了諸子散文中的片段寓言型笑話之外，即多為講說者以機智幽默言談結合詼諧表演的俳優故事，笑話、寓言和滑稽演出似混而難分，到了魏晉時期，「笑話」此一特殊文體漸漸獨立成型，而有了笑話專集的出現。

魏邯鄲淳《笑林》是目前已知最古的笑話專集，全書三卷，現多散佚，只餘二十餘則，可見於清馬國翰《玉函山房輯佚書》與魯迅《古小說鉤沈》。《笑林》一書所記，多為民間笑談，諷刺味道甚濃，是中國笑話書的開山始祖，魯迅《中國小說史略》給予極高的評價：「舉非違、顯紕繆，實世說之一體，亦後來誹諧文字之權輿也」。〔註36〕後有晉陸雲《陸氏笑林》、北齊揚松玢《解頤》等，就書名而論，而想見其內容多為詼諧致笑的作品，唯多散佚，今難以得見而具爭議。〔註37〕

南朝宋劉義慶《世說新語》一書以記載漢魏至東晉名人文士的軼事言談為主，〈排調〉一篇即專記笑話一類的故事，而〈任誕〉、〈容止〉、〈言語〉、〈儉嗇〉、〈惑溺〉等篇中亦不乏令人莞爾的記載。另外，印度佛教進入中國後，相關佛教典籍如《百喻經》等當中具有佛理的笑話也為民眾所接受。

《啓顏錄》是《笑林》之後較為人所知，也較具影響力的一部笑話書。楊家駱《中國笑話書》中所列版本有六，一般著錄為隋侯白所撰，然此書所載多有真實姓名和年代，其中有不少是唐時人事，更有以第三人稱敘論「侯白」事者，因此後人增益可能性極大。此書與《笑林》最大的不同在於《啓顏錄》取材多來自子史舊籍，也有直接輯錄古書的，寫的多是歷史人物的趣聞軼事，在文字上也不如《笑林》樸實貼近民間，這一輯錄歷代舊文的方式為後世笑話書所承襲，是以大量蒐羅記錄民間笑話諸如《笑林》一類的笑話書，直至明代前幾不復出現。〔註38〕

後有唐朱揆《諧噱錄》、佚名的《笑言》；宋周文玘《開顏集》、竇苹（天和子）《善謔集》、高懌《群居解頤》、蘇軾《艾子雜說》、呂居仁《軒渠錄》、朱暉《絕倒錄》、沈俶《諧史》、徐慥《漫笑錄》、刑居實《拊掌錄》、佚名的

〔註36〕同註28，頁55。
〔註37〕《陸氏笑林》一書，據楊家駱〈中國笑話書七十七種書錄〉所言，僅餘「漢人煮簀」一條。《解頤》一書，楊氏未著錄，據《隋書・經籍志》記錄此書乃《談藪》之異名，二者是否為同一書，存疑待考，詳見同註9，頁169～170。
〔註38〕明代馮夢龍蒐集民間笑話以成《笑府》一書，至此民間笑話才又得以受到重視，得以成為書面記錄。

《籍川笑林》、《笑海叢珠》、《笑林千金》，元仇遠的《稗史志詼》等笑話專書。

此外，有些文人撰著非專為詼諧而作，但亦在書中別立出一兩卷專記笑話趣談。如宋范正敏《遯齋閑覽‧諧謔》、羅曄《醉翁談錄‧嘲戲綺語》、原題陳元靚撰，後不知何人增益的《增新事林廣記‧風月笑林嘲戲綺談》以及元朝佚名的《群書通要‧滑稽類附嘲謔》等均是。宋代李昉等人所編的《太平廣記》一書中卷二四五至卷二五二為「詼諧類」，當中收錄為數極繁的歷代笑話，堪稱一最大笑話巨制。而元代陶宗儀《說郛》中也收錄了不少專輯笑話的集子，如《軒渠錄》、《諧史》、《群居解頤》、《拊掌錄》、《絕倒錄》、《開顏集》、《善謔集》等。〔註39〕

以上這些笑話作品承繼《啓顏錄》的風格，所載內容或輯錄自歷代舊文，或當時盛傳，在某種程度上或許真有其事，既經民間流傳，為文人所摘錄，所用文字則顯然經過修飾與加工，主角人物往往是眾所周知的官員或文人雅士，但主角形象與一般笑話中被特意愚化的人物又有所不同，如以蘇軾為主角的笑話呈現的則多是幽默睿智的形象。又或未有其人其事，由文人自覺創作的，如《艾子雜說》，這類作品不再像先秦諸子那樣寄託以嚴肅的道理哲思以做為個人主張的工具，但總是出於文人自我意識，當中仍可見作者居心，魯迅即曾言：「惟託東坡名之《艾子雜說》稍特卓，顧往往嘲諷世情，譏刺時病，又異於《笑林》之無所為而作矣。」〔註40〕

除了相繼出現的笑話專書與文人筆記中各自的記錄外，在這段期間，劉勰《文心雕龍‧諧讔》一文可說是第一篇以文學批評角度對諧趣文體進行研究的文章，文中概言了笑話的體製、功用、流變及評斷優劣的標準。他提出笑話「辭淺會俗，皆悅笑也」用語淺俗、引人悅笑的性質，並強調「會義適時，頗益諷誡」的嚴肅教化意義，因此肯定「意在微諷，有足觀者」的作品，同時抨擊了「無益時用」的笑話諧辭「空戲滑稽，德音大壞」的影響。劉勰的觀點雖體認到笑話引人發笑的特質，卻顯然只重視笑話諷刺勸誡的社會功能，而忽略了笑話的娛樂作用。但總的來說，這一篇文章的出現，證明了文人不但能從繁多的文章體製中意識到笑話這一特殊體裁，甚至還給予高度的重視與肯定。

〔註39〕 詳見趙旭成（景深）撰：〈中國笑話提要〉，收於楊家駱《中國笑話書》，同註28，頁565。

〔註40〕 同註28，《魯迅小說史論文集──中國小說史略及其他‧第七章‧世說新語及其前後》，頁58。

（三）明 清

到了明清二朝，笑話書籍更是繁多。據〈歷代已佚或未收笑話集書目〉一文中所言，明《永樂大典目錄》卷四四載卷之一萬六千八百九十笑韻，全卷都是「笑談書名」，[註41] 雖然此項記錄已經佚失，但可以想見的是歷代笑話的數量在《永樂大典》成書之際已相當可觀，絕非今日所見之可以估數。日後加上整體社會的需求，笑話書更為盛行，光就有明一朝而論，即有王世貞《調謔篇》、潘塤《楮室記・戲劇部》、耿定向《權子》、李贄《山中一夕話》、陸灼《艾子後語》、屠本畯《憨子雜俎》、《艾子外語》、姚旅的《露書・諧篇》、劉元卿《應諧錄》、徐渭《諧史》、謝肇淛《五雜俎・卷十六事部四》、郭子章《諧語》、浮白（齋）主人《笑林》、《雅謔》、張夷令《迂仙別記》、郎瑛《七修類稿・奇謔類》、江盈科《談言》、《雪濤小說》、《雪濤諧史》、郁履行《謔浪》、鍾惺《諧叢》、趙南星《笑贊》、潘游龍《笑禪錄》、馮夢龍《笑府》、《古今笑》、署為墨憨主人所輯《廣笑府》、起北赤心子《新話摭粹・詼諧類》、《新話摭粹・諧謔類》、醉月子《精選雅笑》、李日華《雅笑篇》、趙仁甫《听子》、楊茂謙《笑林評》、開口世人《四書笑》、許自昌《捧腹編》、陳禹謨《廣滑稽》、樂天大笑生《解慍篇》、佚名的《諧藪》、《笑林》、《續笑林》、《解頤贅語》、《胡盧編》、《笑海千金》、《時尚笑談》、《華筵趣樂談笑酒令・談笑門》……等書。

到了清朝，笑話書的數量雖沒有明代來得多，但目前所知者亦為數不少。如張勝貴《遺愁集・解頤》、《遺愁集・絕倒》、佚名《三山笑史》、趙吉士《寄園寄所寄》、陳皋謨《笑倒》、趙恬養《增訂解人頤新集》、石成金《笑得好》、黃圖珌《看山閣閑筆・詼諧》、毛煥文《萬寶全書・笑談門》、方飛鴻《廣談助・諧謔編》、獨逸窩退士《笑笑錄》、小石道人《嘻談錄》、游戲主人《笑林廣記》、程世爵《程氏笑林廣記》、俞樾《一笑》等，吳趼人的《俏皮話》、《新笑林廣記》、《新笑史》、《廣滑稽》等則是晚清著名的笑話創作。[註42]

另外，除宋代李昉等人所編的《太平廣記》一書中有收錄歷代笑話的「詼

〔註41〕 此文收於同註3附錄一，頁941。

〔註42〕 就筆者手中可參閱資料顯示，明清兩朝所見的笑話書不僅於此，就質與量言，明清笑話書繁雜而良莠不齊；就笑話資料保存齊備與否言，其本身供人娛樂的性質，致使在保存上不如其他古典經籍般受到重視，又有傳統君子弗為小道的觀念以及為求銷售，張冠李戴的現象，使得笑話書散佚的速度極快，幸而得存的往往不見作者名姓，即有名有姓，也未必確是該人所著，種種情況使得笑話的保存與搜集困難許多，是以在此所列者，以較為人所知、著錄較多者為優先。

諧類」文字之外，明清兩代也有一些輯有笑話資料的類書，如明顧起元編輯的《說略》，其中卷二四爲「諧志」；明陳繼儒編的《萬寶全書》，其中卷十八爲「笑話」；清潘永因編的《宋稗類鈔》，其中卷六有「詼諧門」；清餘叟《宋人小說類編》，卷三有「笑談」一目；也有一佚名者編的《咫見類考》，其中卷二有「諧隱」一目，甚至民國以後徐珂所編《清稗類鈔》裡第十四冊也有「詼諧」一類。〔註43〕另有一些叢書巨制，當中也保留了一些古代笑話，如明顧元慶《顧氏文房小說》、清張潮《昭代叢書》、蟲天子《香豔叢書》等。〔註44〕

總此，可以略見中國自先秦時代至清代笑話文學從無到有的一個概況，中國是一個喜歡幽默的民族，引人致笑的文學不僅僅侷限於此，舉凡戲曲小說等均有其詼諧幽默的一面，因筆者於此節中所談論的笑話文學僅著眼於「笑話」以及「笑話集結」的發展情形，故略而不談。〔註45〕

第三節　馮夢龍生平及著作

本文著眼於笑話的書寫與閱讀，是以必就笑話與笑話文學做出說明；再者，既以馮夢龍笑話書爲範疇，亦當於其生平、著作，及笑話書的釐清做一簡單之說明。

一、生平略述

（一）字號籍貫與家世背景

馮夢龍，字猶龍，一字子猶，又字耳猶。生於明神宗萬曆二年（西元1574年）甲戌春，卒於南明唐王隆武二年丙戌，即清世祖順治三年（西元1646年），年七十三。

他的別號繁多，最常出現的如「龍子猶」，其他也有在「龍子猶」前冠加姑蘇、吳邑、吳門、吳國、東吳等署號者。《情史・序一》末所用印記爲「詞奴」，後亦與「龍子猶」之號連用，如《新灌園・敘》所署：「古吳詞奴龍子猶述」，及《萬事足・敘》所署之「姑蘇詞奴龍子猶」，爲其最常使用的別號

〔註43〕 劉兆祐撰：〈古代笑話知多少？〉（《國文天地》5卷10期，1990年3月，頁19～22）。

〔註44〕 羅秀美撰：〈中國笑話研究暨編整概述〉（《元培學報》第6期，1999年12月，頁275～290）。

〔註45〕 「詼諧文藝」的論述有相關說明，詳見第二章第二節。

之一。而《山歌》及《掛枝兒》中則署名「墨憨齋主人」，也常用「墨憨子」、「墨憨主人」、「墨憨齋」等名。另外還有《情史‧敘二》所署之「詹詹外史」；《三教偶拈‧敘》所署之「七樂生」；《古今小說‧敘》的「綠天館主人」和「茂苑野史」，《醒世恒言‧敘》的「可一居士」；《警世通言》目次所題的「可一主人」、敘中所署「豫章無礙居士」、「隴西君」及封面刊識語中所稱之「平平閣主人」；《太霞新奏‧敘》所署「顧曲散人」以及該書各卷卷首所署「香月居主人」；除上所列舉者外，尚有「可觀道人小雅氏」、「墨浪主人」、「前周柱史」等等其他別號。〔註46〕

　　馮夢龍的籍貫，據其所著《壽寧待誌‧卷下‧官司‧知縣》條陳：「馮夢龍，直隸州府，吳縣籍，長洲縣人」，可知馮夢龍乃是蘇州府長洲縣人，入籍吳縣。然其「吳縣籍」的說法又引起馮夢龍究竟為「吳縣」或「長洲縣」人的兩種爭議，〔註47〕不論是就法律觀點來看，還是祖籍、戶籍的差別，除了馮夢龍自己在《壽寧待誌》中所言者外，亦可從其他的片段的資料上來印證。如馮夢龍在《麟經指月‧參閱姓氏》末寫道「兄夢桂若木、弟夢熊非熊、男焴贊明父識。」可知其有兄弟各一人，據徐沁《明畫錄》卷八：「馮夢桂，字丹芬，長洲人，善畫。」佚名《蘇州詩鈔》載有其弟夢熊小傳：「馮夢熊，字杜陵，長洲人，太學生。」及陳濟生《天啟崇禎兩朝遺詩》中錄有馮夢熊詩十首、五律二首、七律八首，題署「長洲馮夢熊」可見兄弟二人皆為長洲人，則馮夢龍亦當如是。〔註48〕

　　馮夢龍出生於傳統書香門第，父親與蘇州大儒王仁孝有密切往來，交誼

〔註46〕馮夢龍這些別號多見署於他所編訂的通俗文學著作中，而不見署於其經史著作，這與封建傳統輿論對於「小說」、「戲曲」、「笑話」、「時尚小曲」等文學作品抱存有「不入流」的貶損印象有關，致使這些不入流通俗文學的篤好者不得不隱姓埋名地暗中進行編著工作，即如馮夢龍這樣留有大量作品的通俗文學家，亦無法超然於俗世的眼光。

〔註47〕馬幼垣認為：「馮夢龍以長洲人自居，卻在吳縣報戶籍。……吳縣和長洲雖有地理和行政分割之別，說馮夢龍是吳縣人和說他是長洲人，本來同樣是對的。若從法律觀點看，則只有定他為吳縣人。」見馬幼垣撰：〈馮夢龍與《壽寧待志》〉一文，收於《小說戲曲研究》第三集（台北：聯經出版公司，1990年2月），頁171。而鹿憶鹿《馮夢龍所輯民歌研究》（東吳大學中國文學研究所碩士論文，1985年）。中則指出，「猶龍所撰壽寧待誌，自言是直隸府吳縣籍長洲縣人。因此，歷來的爭論都是無謂的，吳縣、長洲對他而言只是祖籍與戶籍之別罷了。」

〔註48〕以上參見陸樹崙撰：《馮夢龍研究》（北京：復旦大學出版社，1987年9月，1版1刷），頁3～4。

甚厚,且有通家之好。王氏父子世占吳中儒籍,則馮夢龍父親亦當儒林中人。其兄夢桂,善於繪畫;弟夢熊,工於詩,兄弟三人號稱「吳下三馮」,〔註49〕頗見知於當世。加上其子馮焴也有文采知音律、其表舅毛玉亭曾在朝爲官,又與明末嘉定顯宦侯家友好,〔註50〕由此可推見馮家雖非出身顯赫,交遊卻也非市井普通人家,甚可能也是仕宦之家,抑或在當地文化圈中也頗具聲名。而馮夢龍出身於此一家庭,受傳統儒學道德教化之氛圍薰陶應當不少。〔註51〕

(二)狎游經歷

據馮夢龍《麟經指月‧序》和李叔元《麟經指月‧序》得知,年少時曾竭盡全力窮究經典,博覽群書的馮夢龍大約在二十歲左右便高中秀才,但始終沒有考取舉人,這對企欲「窮經致用」、「博學成名」的馮夢龍來說無疑是個甚大的打擊。科場的失意使得他轉入青樓酒館,進入下層社會,過著放誕不羈的生活。

馮夢龍在「逍遙艷冶場,游戲煙花裡」的生活裡,影響他最大的無非是與名妓侯慧卿的傾心相戀。據王凌《畸人‧情種‧七品官——馮夢龍探幽》中的考證,約於馮夢龍三十五歲前,侯慧卿離開馮夢龍改嫁他人。在《太霞新奏‧卷十一‧商調下‧端二憶別》之小序云:

> 五月端二日,即去年失慧卿之日也。日遠日疏,即欲如去年之別亦
> 不可得,傷心哉!

又《太霞新奏‧卷七‧南呂下》有馮夢龍爲侯慧卿所作的〈怨離詞〉,其後小記云:「靜嘯齋(董斯張)評云:『子猶自失慧卿,遂絕青樓之好,有怨離詩三十首。』」由此可知馮夢龍對侯慧卿之深情及失去慧卿時之苦痛。因爲感情上的打擊,使馮夢龍痛苦不堪,自此「遂絕青樓之好」,離開了酒肆青樓後,應湖北友人之邀前往麻城講學,這是他人生中的另一轉折。

(三)麻城之行

麻城之行,一則迫於生活的困頓,不得不奔波謀生。鈕琇《觚賸續編‧

〔註49〕梅之煥〈麟經指月‧序〉中曾言:「王大可自吳歸,亦爲余言,吳下三馮,仲其最著云。」

〔註50〕侯家是明末嘉定的顯宦之族,侯氏三兄弟侯峒曾、侯岷曾、侯岐曾號稱「江南三風」,其中長兄侯峒曾與徐石麟、陳洪謐號「南部三清」,而張岱稱侯岐曾是以文章滿天下。

〔註51〕以上參見同註48,頁9~11、王凌撰:《畸人‧情種‧七品官——馮夢龍探幽》(福州:海峽文藝出版社,1992年3月,1版1刷),頁116~118。

英雄舉動》條中記敘馮夢龍因刊行《掛枝兒》、《葉子新鬭譜》等書受到衛道
人士的攻訐，幸有其師熊廷弼方得解困：

> 熊公廷弼當督學江南時，試卷皆親自批閱。……凡有雋才宿學，甄
> 拔無遺。

> 吾吳馮夢龍亦其門下士也。夢龍文多游戲，《掛枝兒》小曲與《葉子
> 新鬭譜》，皆其所撰。浮薄子弟，靡然傾動，至有覆家破產者。其父
> 兄群起訐之。事不可解。適熊公在告，夢龍泛舟西江，求解於熊。
> 相見之頃，熊忽問曰：「海內盛傳馮生《掛枝兒》曲，曾攜一二冊以
> 惠老夫乎？」馮踧踖不敢置對，唯唯引咎。因致千里求援之意，熊
> 曰：「此易事，毋足慮也。我且飯子，徐爲子籌之。」……抵家後，
> 則熊飛書當路，而被訐之事已釋。……〔註52〕

如此的遭遇，致使馮夢龍不得不落魄奔走，爲自己的生活另謀出路。同時，
困頓的馮夢龍於此時受邀至麻城講學，機緣巧合之下，馮夢龍前往湖北麻城，
也展開了他後半生創作的高峰期。梅之煥爲馮夢龍《麟經指月》一書作敘，
在其文中曾詳細說到此事：

> 乃吾友陳無異令吳，獨津津推轂馮生猶龍也。王大可自吳歸，亦爲
> 余言吳下三馮，仲其最著云，余拊髀者久之。無何，而馮生赴田公
> 子約，惠來敝邑，敝邑之治春秋者，往往反問渡于馮生。《指月》一
> 編，發傳得未曾有，余于是益重馮生，而信二君子爲知言知人也。

從這段文字看來，梅之煥是麻城人，向梅之煥推薦馮夢龍的是陳無異與王大
可，而邀請馮夢龍到麻城講學的是田公子。田公子應是指麻城人田生芝，陳
無異是一「尊賢禮士」、「不畏強御」的縣令，而王大可則曾到過蘇州，了解
吳中三馮，是以二人能夠賞識馮夢龍，進而向梅之煥推舉。而當時的馮夢龍
與侯慧卿分離，又屢遭輿論攻訐，諸多原因的推波助瀾下，促成了這趟麻城
之行。〔註53〕

（四）從政之路

　　馮夢龍除了文學、經學上的成就之外，他亦曾有過一段仕宦的歷程，然
而馮夢龍從一個科舉失利的落拓秀才，歷經過放蕩不羈的游戲生活與迫於無

〔註52〕〔清〕鈕琇撰，南炳文、傅貴久點校：《觚賸》（上海：上海古籍出版社，1986
　　　　年1月，1版），頁195~196。

〔註53〕以上參見同註48，頁19～20及同註51，王凌文，頁29～34。

奈的麻城講學生涯，馮夢龍何以再轉回政壇呢？

馮夢龍恩師熊延弼對馮夢龍極其賞識。他曾在《掛枝兒》等民歌集盛行而馮屢遭衛道人士攻擊時挺力相助，後來在天啓元年（1620 年）六月時，三次巡按遼東，亦讓馮夢龍以幕僚身份隨行，當時馮夢龍四十六歲。張無咎〈批評北宋三遂新平妖傳敍〉中寫道：「書已傳於泰昌改元之年，子猶宦游，板毀於火，余重訂舊序而刻之。」〔註 54〕此段文字指出「子猶宦游」於「泰昌改元之年」後的天啓元年。但天啓二年熊延弼爲奸臣所陷，旋遭處死。而馮夢龍自二十歲開始朝仕途之路前進，無奈卻屢試不第，既屆知命之年而得以初次從政，竟也不到一年。

儘管如此，馮夢龍自始至終未曾放棄過從政一途。崇禎三年，馮夢龍五十六歲，屈入國子監爲貢生，後以「歲貢」選任丹徒訓導，直至崇禎七年在祁彪佳、沈幾等人引荐下，馮夢龍以六十高齡出任福建省壽寧知縣。據《壽寧待志》的記載，此爲其唯一出任之官職，留下「政簡刑清，首尚文學，遇民以恩，待士有禮」的聲譽。四年任滿後返鄉。

後面對清兵入侵，馮夢龍曾參與唐王朱聿鍵的政權，先後做《中興實錄》、《中興偉略》，爲反清復明充當謀士和吹鼓手。沈自晉《重定南詞全譜凡例續記》中回憶：「越春初（1645 年初），子猶爲茗溪、武林游」〔註 55〕王凌在《畸人·情種·七品官——馮夢龍探幽》文中指出，當時峰火連天，馮夢龍斷無游山玩水之興，而以爲他之所以至茗溪、武林，是從事反清復明之宣傳活動；王挺詩〈挽馮夢龍〉：「去年（1645 年）戒行役，訂晤在鴛水。及泛西子湖，先生又行矣。石梁天姥間，于焉恣游履。」，〔註 56〕可見馮夢龍不只到茗溪、武林，甚至到更南的天台地區活動，最後「忽忽念故園，匍匐千餘里。感憤塡心胸，浩然返太始」。〔註 57〕馮應死於大動亂中，沈自晉 1646 年從友人處得知「馮先生已騎箕尾去」，說明馮夢龍在在 1646 年夏前去世。其子馮焴亦不知所終，而後傳聞馮夢龍因積極從事反清復明活動，曾遭清兵抄家，因而使其作品大量失傳，此恐爲事實。〔註 58〕

〔註 54〕收於橘君輯注：《馮夢龍詩文》（福州：海峽文藝出版社，1985 年 10 月），頁 3。

〔註 55〕轉引自同註 51，王凌文，頁 55。

〔註 56〕收於同註 54，頁 147。

〔註 57〕同上註。

〔註 58〕以上參見同註 51，王凌文，頁 50～56。

二、著作概述

　　明人張無咎在〈批評北宋三遂新平妖傳敘〉中曾以「子猶著作滿人間，小說其一斑」〔註 59〕一句來說明了馮夢龍書籍流布的盛況，馮夢龍在《雙雄記・敘》也說：「余發憤此道良久，思有以正時尚之訛，因搜戲曲中情節可觀而不甚奸律者，稍爲竄正，年來積數十種，將次第行之，以授知音。」由此二說可以得知馮夢龍的著作應相當豐富，歷來有不少學者致力於馮夢龍著作的搜集與考查，並陸陸續續有相關的成果發表，〔註 60〕然至今卻仍無法完整地考查出其所有著作的全貌，〔註 61〕以下則就目前考查可知者，依內容擇其要略分爲幾類，進行說明：

（一）民歌集

1、《廣挂枝兒》

　　此書刊於《童癡一弄・挂枝兒》之前。《挂枝兒・卷三・想部・帳》附評云：「琵琶婦阿圓，能爲新聲，兼善清謳。余所極賞。聞余《廣挂枝兒》刻，

〔註 59〕見張無咎〈批評北宋三遂新平妖傳敘〉，同註 54，頁 2。

〔註 60〕如容肇祖〈明馮夢龍的生平及其著述〉及〈明馮夢龍的生平及其著述續考〉、謝巍〈馮夢龍著述考補〉（以上三篇文章皆收於《馮夢龍與三言》（台北：木鐸出版社，1984 年 9 月，初版）、陸樹崙《馮夢龍研究》、胡萬川《馮夢龍之生平及其對小說之貢獻》（國立政治大學中國文學研究所，1973 年碩士論文）、蔣美華《馮夢龍文學研究》（東吳大學中國文學研究所，1994 年博士論文），以上學者在其文中均致力於馮夢龍著作全況的考查，然當中仍有部份無法做出一致的定論。另有一些學者撰文討論的也是馮夢龍的著作，但專力於其中幾部著作的討論，如馬興榮〈馮夢龍及其創作〉（《華東師範大學學報》哲學社會科學版，1985 年第 4 期）、高洪鈞〈馮夢龍的俗文學著作及其編年〉（《天津師大學報》，1997 年第 1 期）等，筆者此節多參考自上述幾項相關資料。

〔註 61〕無法完整考查的原因主要有四：1、馮夢龍編著作品多用化名或別號，而不具真名，其化名別號之多，部份尚無充分資料得以逐一考證。2、馮夢龍編著的通俗文學作品廣受市民群眾喜好，其名號對讀者來說頗具吸引力，因而導致書商爲圖謀利益，僞託其名刊刻出版，造成真假難辨的現象。3、馮夢龍的作品雖在民間廣爲流傳，卻不受文人雅士和藏書家青睞重視，因此難以保存，散佚甚快。4、入清以來，思想箝制甚嚴，馮夢龍著作中部份被視爲淫詞小說，部份因與反清思想有關，是故多遭查禁銷毀，因此其作品長期湮沒不傳。以上參見繆詠禾〈馮夢龍與三言〉（收於《馮夢龍與三言》，同註 62，頁 15～16）、宋隆枝《馮夢龍詼諧寓言研究》（文化大學中國文學研究所碩士論文，1994 年），頁 37～38、林玉珊《馮夢龍「情教說」之研究》（中興大學中國文學研究所碩士論文，1999 年），頁 24。

詣余請之，亦出此篇，云傳自婁江」，足資爲證。

2、《童癡一弄・挂枝兒》十卷

全書分十卷十部，其中集有「挂枝兒」民歌四百三十五首，內容多爲情歌，另雜有少數其他民歌、笑話、謎語、俚語，還附錄了馮夢龍與朋友創作的十二首歌曲在內。此書編纂時間，容祖肇先生推測是萬曆三十七年，高洪鈞先生則往前又推了四年，以其應成書於萬曆三十三年。〔註62〕

3、《童癡二弄・山歌》十卷

全書分爲十卷六類，除卷十之外，餘多爲情歌，是一部由「田夫野豎矢口寄興之所爲」的民歌集，性質與《挂枝兒》相同。由其序「若夫借男女之眞情，發名教之僞藥，其功於《挂枝兒》等，故錄《挂枝詞》而次及《山歌》。」可知，刊布年月晚於《挂枝兒》。

4、《夾竹桃》一卷

此書全名爲《夾竹桃頂眞千家詩山歌》，前後皆有序，全以詩歌形式爲之，內容亦在於歌詠男女私情，是馮夢龍擬民間小曲所作。刊刻年月不詳。

5、《黃鶯兒》一卷

《黃鶯兒》，本屬南商調曲，廣泛流行於民間，多作嘲笑調謔用，此作即爲馮夢龍詠妓之作。

（二）小說集、擬話本

1、《新平妖傳》四十回

《新平妖傳》，有天許齋、嘉會堂兩刊本，前者題爲《天許齋批點北宋三遂平妖傳》，後者題爲《墨憨齋手校新平妖傳》，是馮夢龍增補改編羅貫中原作《三遂平妖傳》後的作品，原著二十回，經馮夢龍增補爲四十回。出版於明泰昌元年（西元 1620 年）。此書當時甚受推崇，可觀道人《新列國志・敘》云：「墨憨氏補輯《新平妖傳》，奇奇怪怪，邈若河漢，海內驚爲異書。」笑花主人《古今奇觀・序》云：「墨憨齋增補《平妖》，窮工極變，不失本末，其技在《水滸》、《三國》之間。」〔註63〕

2、《古今小說》四十卷、《警世通言》四十卷、《醒世恆言》四十卷

《古今小說》，原由天許齋出版，後由衍慶堂「重刻增補古今小說」出版，

〔註62〕見同註 60，容肇祖文，頁 192、高洪鈞文，頁 53。
〔註63〕收於同註 54，頁 35、82。

另題為《喻世明言》，與後來刊行的《警世通言》、《醒世恆言》，各收有四十篇話本，合稱《三言》，是我國話本小說結集的重要代表作品。於天啓甲子四年（西元 1624 年）出版的《警世通言》，今存有三種版本：一為兼善堂刻本，二是衍慶堂刊本，以及三桂堂王振華刊本。《醒世恆言》則出版於天啓丁卯七年（西元 1627 年），通行的也有三種版本：葉敬池刻本、葉敬溪刊本、及衍慶堂刊本。《醒世恆言》衍慶堂刻本之「梓行識語」說明：「本坊重價購求古今通俗演義一百二十種。初刻為《喻世明言》，二刻為《警世通言》，海內均視為鄴架珍玩矣。茲三刻為《醒世恆言》，種種典實，事事奇觀，總取木鐸醒世之意。并前刻共成完璧云。」

3、《新列國志》一百零八回

《新列國志》乃馮夢龍增刪改寫余邵魚之《列國志傳》重編而成，現存葉敬池原刻本。約完成於明崇禎甲申十七年（西元 1644 年）。

4、《三教偶拈》三卷

全書分為三卷，第一卷為〈皇明大儒王陽明先生出身靖亂錄〉，又名〈王陽明出身靖難錄〉，曾有三卷之單行本發行；第二卷為〈濟顛羅漢淨慈寺顯聖記〉；第三卷為〈許真君旌陽宮斬蛟記〉。

5、《兩漢志傳》

今未見。《新列國志》梓行識語云：「羅貫中小說高手，故《三國志》、《水滸傳》並稱二絕，《列國》、《兩漢》僅當具臣。墨憨齋向纂《新平妖傳》及《明言》、《通言》、《恆言》諸刻，膾炙人口。今復訂補二書，本坊懇請先鐫《列國》，次當及《兩漢》。」

6、《燕居筆記》十三卷

原書十卷，何大掄著，馮夢龍增編為十三卷，目前存有清初刻本。

7、《忠義水滸全傳》一百二十回

此為馮夢龍與李贄門人楊定見、書商袁無涯共同校對出版由李贄評點的《水滸傳》。許自昌《樗齋漫錄》卷六：「吳士袁無涯、馮猶龍等，酷嗜李氏之學，奉為耆蔡，見而愛之，相與校對再三，刪削訛謬，附以余所示雜志、遺事，精書妙刻，費凡不貲，開卷琅然，心目沁爽，即此刻也。」

其他還有《西漢通俗演義》、《隋煬帝豔史》八卷四十回、《魏忠賢小說斥奸書》八卷、《石點頭》十四卷、《按鑒演義帝王御世盤古至唐虞傳》二卷十

四則、《按鑑演義帝王御世有夏志傳》四卷十九則、《按鑑演義帝王御世有商志傳》四卷十二則等。

（三）笑話書

1、《笑府》十三卷

《笑府》一書，別名《童痴三弄》，〔註64〕寧稼雨《中國文言小說總目提要‧第四編明代‧詼諧類‧笑府》云：「明代文言笑話集。墨憨齋主人馮夢龍編，未見著錄。原本十三卷，日本內閣文庫及大連圖書館各存一部，極不易見。日本舊木刻選本二種，其一為日本藤井孫兵衛刻本，上下二卷，分腐流、殊稟、刺俗、形體、方術（以上上卷）、謬誤、閨風、雜語等八類，共一百條。其二為風來山人刪譯本，一卷。……二本內容多不同。」〔註65〕

2、《古今笑》三十六卷

《古今笑》，亦名《古今譚概》、《譚概》、《笑史》、《古笑史》、《古今笑史》。其於明萬曆庚申年（1620 年）刊刻印行時，書中有「韻社第五人題于蕭林之碧泓」的〈題古今笑〉及署有「庚申春朝書於墨憨齋」之馮夢龍自序。而今之傳本，多以《古今譚概》之名行，為明閶門葉昆池刊本，分三十六卷三十六部，前有署「古亭社弟梅之熉惠連述」之〈敘譚概〉，總目下署：「古吳馮夢龍纂」、「古亭梅之熉閱」。《千頃堂書目》小說類著錄《古今譚概》三十四卷。〔註66〕《四庫全書總目提要‧卷一百三十二‧子部‧雜家類存目九》著錄：「《譚概》三十六卷」其下小注云：「（內府藏本），明馮夢龍撰，是編分類彙集輯古事以供談資，然體近俳諧，無關大雅。」董康《書舶庸譚‧譚一‧下》言所見內閣書目云：「《古今談譚》三十六卷。」

3、《廣笑府》十三卷

〔註64〕高洪鈞〈馮夢龍的俗文學著作及其編年〉文中曾就此進行過討論，亦有確切的證據與說明。

〔註65〕見同註 25，頁 324。當中所指二部《笑府》日本選本皆《笑府》之刪節本。宋隆枝疑這兩部日本選本為今日本內閣文庫所登錄之《刪笑府》及《笑府鈔錄》二書，詳見同註 61，宋隆枝文，頁 71。

〔註66〕三十四卷本的出現，據上海出版社《馮夢龍全集 39‧古今譚概》書前的影印說明及寧稼雨《中國文言小說總目提要‧第四編明代‧雜俎類‧古今譚概》條所言可知，乃康熙年間（丁未年仲春，1667 年）朱石鐘、朱姜玉、朱宮聲兄弟三人對明三十六卷本進行刪削，分為三十四卷，復以《古今笑》名重刊印行而成三十四卷本，此本前有李漁《序古笑史》，對於各目卷條略作刪削及次序更動。見同註 25，頁 284。

今所見版本，是一九三五年十一月署名墨憨主人著作、虞山沈亞公校定、襟霞閣主人印行、中央書局發行的「國學珍本文庫」叢書本。此書現多以爲非馮夢龍所作。〔註67〕

4、《雅謔》一卷

存明末刻本，原題「浮白齋主人述」。謝巍〈馮夢龍著述考補〉著錄此書。宋隆枝與陸樹崙疑《雅謔》作者並非馮夢龍，而是浮白齋主人對於《古今笑》一書的重輯本，並在標目和文字內容上略作更易。〔註68〕

5、《笑林》一卷

明浮白主人選。謝巍〈馮夢龍著述考補〉著錄此書，且云：「所知有舊鈔本，王仁俊原藏。」今所見《笑林》八十八則，其中有八十四則亦見於《笑府》，陸樹崙視此書爲《笑府》之選輯本，亦可爲信。

（四）散曲集、曲譜

1、《宛轉歌》

今不傳。《宛轉歌》出版時間，在明萬曆四十八年之前。任訥《曲譜·卷三·龍子猶宛轉歌》條：「曾取古今傳奇佳者，刪改彙刻之，名墨憨齋定本十四種。自作者有墨憨齋傳奇四種，散曲集名《宛轉歌》。」此書部分作品曾被輯入《太霞新奏》，或略作刪改，如《太霞新奏·卷十·商調上·閨怨》及《太霞新奏·卷十一·商調下·端二憶別·黃鶯兒》即是。

2、《太霞新奏》十四卷

存有明原刻本。此書爲散曲選集，所選多爲名家之作。前十二卷爲套數，後二卷爲雜曲、小令，篇後附有評語，多論寫曲之法，間有曲壇掌故。內含有馮夢龍青年時期所做的二十二首作品在內。

3、《墨憨齋散曲》

沈自晉《重定南詞全譜》首列「古今入譜詞曲傳劇總目」，中有「馮夢龍《墨憨齋散曲》」書目，應是馮夢龍的散曲總集。

〔註67〕關於《廣笑府》一書的眞僞問題，歷來有不少學者討論過，詳見趙旭成（景深）撰〈中國笑話提要〉、馮學撰〈廣笑府質疑二題〉，收於竹君點校：《笑府》（附《廣笑府》之〈附錄二〉）（福州：海峽文藝出版社，1992 年 1 版），頁 455～464、黃慶聲〈馮夢龍《笑府》研究〉、宋隆枝《馮夢龍詼諧寓言研究》等。

〔註68〕詳見同註 61，宋隆枝文，頁 92～93。

4、《墨憨齋新譜》

又名《墨憨齋新定譜》。《太霞新奏·發凡》云:「茲選以宮調分卷,其中犯調,一依《九宮詞譜》分注,又有譜之所未備者,參之《墨憨齋新譜》。」是以此書刊行年月當在《太霞新奏》之前。

5、《墨憨詞譜》

據沈自晉《重定南詞全譜》「凡例續記」所云:「訪馮子猶先生令嗣贊明,出其先人易簀時手書致囑,將所輯《墨憨詞譜》未完之稿及其他詞若干,畀我卒業。六月初,始攜書,并其遺筆相示。」可知,此為馮夢龍未完成之遺稿,尚存若干於《南詞全譜》中。〔註69〕

(五)傳 奇

1、《雙雄記》

又名《善惡圖》,為馮夢龍早期作品。書成,曾就正於沈璟。其為王驥德《曲律》所作序文中云:「余早歲曾以《雙雄》戲筆,售知詞隱先生。先生丹頭秘訣,傾懷指授,而更諄諄為余言王君伯良也。」〔註70〕

2、《萬事足》

此傳奇之改定應於馮夢龍任壽寧知縣時期,劇中落場詩有「山城公署喜清閑,戲把新詞信手編」之句。黃文暘《曲海總目提要》卷九云:「明馮夢龍撰,其劇前總評云:『舊有《萬全記》,詞多鄙俚,調復不叶,此記緣飾情節而文之。』」〔註71〕今人或據之言非馮氏自作。

3、《新灌園》

改訂張伯起《灌園記》而成。馮夢龍在《智囊·閨智部·賢哲卷二十五·王孫賈母》條之附注中寫道:「張伯起作《灌園記》傳奇,止譜私歡,而於王孫母子忠義不錄,大失輕重。余已改正矣。」

4、《酒家傭》

合姑蘇陸無從與欽虹江二人之稿加以取捨增補而成,該傳奇序言云:「採

〔註69〕 〔明〕沈自晉編撰:《南詞新譜》(台北:台灣學生書局,1984年8月,初版),頁39。

〔註70〕 〔明〕王驥德撰:《曲律》(台北:藝文印書館,版次不明,《叢書集成三編·第六函·學術叢編》),未註頁次。

〔註71〕 〔清〕黃文暘撰:《曲海總目提要》(台北:新興書局,1985年11月版),頁423。

陸者十之三，探欽者十之四，而余以襪線足之。」

5、《女丈夫》

此係匯合歷來所演紅拂故事著作更定而成，包含有張伯起《紅拂記》、凌濛初《虯髯翁》及劉晉充作品在內。

6、《量江記》

原爲池陽余聿雲作品。任訥《曲海揚波》卷四，摘有馮夢龍序言云：「量江事奇，聿雲氏才情更奇。間有微瑕纖瑕，余爲礱而縫之。」〔註72〕知馮夢龍對於原著並未有大規模之更改。

7、《精忠旗》

黃文暘《曲海總目提要》卷九云：「演岳飛事，杭州李梅實草創，蘇州馮夢龍改定。夢龍云：『舊有《精忠記》，俚而失實，識者恨之。從正史本傳，參以湯陰廟記事實，編成新劇，名曰《精忠旗》。』」〔註73〕

8、《夢磊記》

黃文暘《曲海總目提要》卷九云：「會稽史槃撰，吳縣人馮夢龍重訂。演文景昭夢神仙示以磊字，云：『婚姻富貴，皆由於此』因名夢磊。」〔註74〕

9、《風流夢》

全名爲《三會親風流夢》，黃文暘《曲海總目提要》卷九云：「即柳夢梅、杜麗娘事，馮夢龍據《牡丹亭》本改竄成編也。」〔註75〕

另外還有《灑雪堂》，改訂梅孝己《灑雪堂》而成；《楚江情》，改編袁蘊玉《西樓記》而成；《邯鄲夢》，改編湯顯祖《邯鄲夢》而成；《殺狗記》，改編自徐田臣《殺狗記》；《雙丸記》，改訂自史槃《雙丸記》；《一捧雪》、《人獸關》、《永團圓》、《占花魁》則分別改定自李玉合稱「一、人、永、占」之原作。凡此可見，馮夢龍在傳奇上的努力多著眼於對他人作品的更定。〔註76〕

（六）詩　集

1、《七樂齋稿》

〔註72〕轉引自同註48，頁119。
〔註73〕同註66，頁399。
〔註74〕同註71，頁413。
〔註75〕同註71，頁408。
〔註76〕馮夢龍之所以致力於更定他人傳奇，與其有感於當時劇壇之弊有關，可詳見馮夢龍《雙雄記·敘》。

今不傳。為馮夢龍詩作總集。朱彝尊《明詩綜》卷七十一皆言其有《七樂齋稿》，並選有〈冬日湖村即事〉一首。《光緒蘇州府志·卷一三六·藝文一》錄有《七樂齋集》，或為同一書。

2、《鬱陶集》

此為馮夢龍早年的一本詩集，《太霞新奏·卷七·南呂下·怨離詞》附評頁：「靜嘯齋（董斯張）評云：子猶自失慧卿，遂絕青樓之好。有怨離詞三十首，同社和者甚多，總名《鬱陶集》。」由此知此書收集了馮夢龍〈怨離詩〉和詩社社友唱和之作。目前僅見其末章。〔註77〕

3、《游閩吟草》一卷

亦為馮夢龍詩集，應是作於其任壽寧知縣時期。閩縣藏書家徐渤〈壽寧馮父母詩序〉云：「先生深於詩，……茲治壽寧，則又成《吟草》一卷。」〔註78〕今不傳，唯《壽寧待志》存其八首。

4、《感憤弔忠集》一卷

據陸樹崙《馮夢龍研究》所載，此書乃匯集了李自成推翻朱明後，忠心於明王朝的文人學士們的孤憤之作，而馮夢龍也是其中之一。

另馮夢龍於清兵入關之際曾刊抗敵小冊子，鄭振鐸言日本見存二種，為翻刻本，然未知其名。陸樹崙《馮夢龍研究》中，暫以《抗戰詩鈔》名之。

（七）筆　記

1、《太平廣記鈔》八十卷

此書乃刪削《太平廣記》而成，《太平廣記鈔·小引》中馮夢龍提到：「予自少涉獵，輒喜其博奧，厭其蕪穢，為之去同存異，芟繁就簡，類可并者并之，事可合者合之，前後宜更置者更置之，大約消簡什三，減字句復什二，所留才半，定為八十卷。」保存了《太平廣記》精粹，另有其眉批和總評。

2、《情史》二十四卷

一名《情史類略》，又名《情天寶鑒》。該書選錄歷代雜著筆記中有關「情」的故事，以類相從分為二十四卷。在各條目後及各卷末，亦就其事加諸評述，可從中見馮夢龍對「情」的闡釋及觀點。

〔註77〕《挂枝兒·卷二·歡部·感恩》附評中載其末章云：「詩狂酒癖總休論，病裡時時晝掩門。最是一生淒絕處，鴛鴦塚上欲招魂。」
〔註78〕轉引自同註51，王凌文，頁57。

3、《智囊》二十八卷、《智囊補》二十八卷

馮夢龍《智囊補・自敘》云：「憶丙寅歲，余坐蔣氏三經齋小樓近兩月，輯成《智囊》二十七卷。」知《智囊》輯成於明天啓丙寅六年（西元 1626 年），原爲二十七卷，然今所見諸本皆爲二十八卷，分十部二十八類。後據此書增補爲《智囊補》，《四庫全書總目提要・卷一百三十二・子部・雜家類存目九》著錄《智囊補》云：「夢龍先於天啓丙寅成《智囊》一書，以其書未備，復輯此編，其初刻〈補遺〉一卷，亦散入各類。」〔註 79〕

（八）經史應制著作

1、《麟經指月》十二卷

又名《春秋指月》，出版於明泰昌元年（西元 1620 年）。此書積累了馮夢龍研治《春秋》二十餘年的成果，不僅有助於科舉，其旨更在於梅之煥在敘中所言「因經信傳，借傳尊經」，備受時人推崇。

2、《春秋衡庫》三十卷

《春秋衡庫》出版於明天啓乙丑五年（西元 1625 年）。《四庫全書總目提要・卷三十・經部・春秋類存目一》著錄此書云：「其書爲科舉而作，故惟以胡傳爲主，雜引諸說發明之。所列春秋前事後事，欲於經所未書、傳所未盡者，原其始末，亦殊沓雜。」〔註 80〕

3、《四書指月》

《福寧府志・卷十七・壽寧循吏》之馮夢龍著作中載有此書。此書按章分節疏講四書，是馮夢龍在丹徒訓導任內平時授課的講稿，後由其門生訂定而成。其在任期爲明崇禎庚午三年（西元 1630 元）至甲戌七年（西元 1634 年）。

4、《譚餘》

《太平廣記鈔・序》云：「友人馮猶龍氏，近者留意性命之學，書有《譚餘》，經有《指月》，功在學者不淺。」亦爲儒生應舉之用。

另還有《別本春秋大全》三十卷、《春秋定旨新參》三十卷、《綱鑑統一》三十九卷、《權書揣摩》等書。

〔註 79〕〔清〕永瑢、紀昀等撰：《武英殿本四庫全書總目提要》第三冊子部（台北：台灣商務印書館，1983 年版），頁 3-807。

〔註 80〕同上註，頁 1-614。

（九）時事著作

1、《甲申紀事》十二卷

陸樹崙《馮夢龍研究》一書載錄十三卷。明崇禎甲申十七年（西元 1644 年）三月，李自成陷京師，崇禎自縊於煤山，明朝滅亡，福王朱由崧於紛亂中登基，馮夢龍作《甲申紀事》以誌其事，《甲申紀聞》一卷、《紳志略》一卷、《北事補遺》一卷、《揚州變略》一卷、《京口變略》一卷、《中興實錄》一卷等均在其中，另亦有程源、陳濟生、史可法、張亮、彭時亨等人的相關記錄。

2、《中興偉略》一卷

明南明弘光元年（西元 1645 年），清兵破南京，唐王監國於福建，馮夢龍撰《中興偉略》以助反清復明大業。與《中興實錄》同為明史實錄，唯多〈唐王令諭〉、〈韃韃考說〉二篇。

3、《中興從信錄》四卷

姚覲元《清代禁毀書目‧補遺一》，列於禁書總目，云：「查《中興從信錄》，明福王時馮夢龍編。採取一時揭入帖塘報雜記之類，餖飣成編。分仁義禮智四集，大抵里巷傳聞，不足為據。」〔註81〕

另據陸樹崙《馮夢龍研究》，馮夢龍尚有《再生紀略》二卷及《淮城紀事》一卷，前者刪節陳濟生《再生紀略》而成，後者就滕一飛《淮城紀事》潤飾而成。

（十）方　志

1、《壽寧待誌》二卷

馮夢龍曾於明崇禎甲戌七年至丁丑十年間（西元 1634 年至 1638 年）任壽寧知縣，作此書詳載任內經過與相關施政，是其四年知縣生活之實錄，因其意在「與其貿焉而成之，寧焉以待之」，故名之「待誌」。《光緒蘇州府志‧卷一三六‧藝文一》載有《壽寧府志》二卷，易名〈關於《馮夢龍著述考補》《馮夢龍著述考補》補正〉一文，考證其即為《壽寧待誌》書。〔註82〕

〔註81〕〔清〕姚覲元編：《清代禁毀書目‧補遺一》（上海：商務印書館，1957 年版），頁 200。

〔註82〕易名撰：〈關於《馮夢龍著述考補》《馮夢龍著述考補》補正〉（《文獻》，1985 年第 2 期），頁 55。

2、《雜志》

據陸樹崙《馮夢龍研究》，知是記吳地掌故一類的著作。

（十一）遊戲之作

1、《折梅箋》八卷

董康《書舶庸譚》於馮夢龍著作中列載，屬於尺牘一類作品，爲供讀者方便而作。

2、《牌經》十三編

又名《馬吊腳經》，收於《續說郛》中，是書主要在講紙牌博戲之品格、謀略、法術等。另有《馬吊腳例》一書，應亦此書之一部份。

3、《吳儂巧偶》一卷

陸樹崙《馮夢龍研究》中記載，此書今存浮白主人重輯本，收於《適情十種》。此書記錄吳地俗語，及兩兩相聯之聯句總匯，可作爲後世研究東吳方言之重要資料。

另尚有《牌譜》一卷、《謎語》一卷、《酒令》一卷、《刺俗》、《葉子新鬥譜》等書

（十二）其　他

1、《史餘》

《綱鑑統一・發凡》云：「其有事在正史而不及備載，語出稗官而可當異聞，別爲一集，名曰《史餘》。」可知此書集稗官野史所載而成，意在補正史之不足。

2、《楚辭句解評林》十七卷

董康《書舶庸譚》於馮夢龍著作中列載，應是對《楚辭》加以註解評論之作。

3、《如面談》

孫殿起《清代禁書知見錄》云：「明景陸鍾惺纂輯，古吳馮猶龍訂釋，……查係應酬俗書，內有違悖語句，應請抽毀。」〔註83〕

4、《文辭尺牘大全》二十六卷

謝巍〈馮夢龍著述考補〉一文中載有此書。

〔註83〕　〔清〕孫殿起輯：《清代禁書知見錄》（上海：商務印書館，1957年版），頁73。

　　由此看來，馮夢龍的著作的確相當的豐富，若依陸樹崙先生的分類，筆者上述所分列，（一）至（三）類又可歸類於通俗文學；（四）、（五）兩類屬於戲曲；（六）、（七）兩類為詩文筆記；（八）、（九）類則是經史方面的著作；而（十）至（十二）類則歸於雜著的範疇。總此以更定、增補和編輯者居多，全新創作的部份較為少見。

第四節　　本文論題的成立

　　既知中國笑話文學發展與馮夢龍生平著作概況，筆者試以「笑話的書寫與閱讀──馮夢龍《笑府》、《古今笑》探論」為題進行研究，此一論題之所以成立，並具研究之意義，其因如下：

　　一以前人研究取徑而論，早期笑話研究著力笑話的輯佚、辨偽與比較上：魯迅在 1909 年至 1911 年間輯錄自周至隋間的散佚古小說成《古小說鉤沉》，便輯了《笑林》中的笑話二十九則，其又於《中國小說史略·《世說新語》與其前後》一章中肯定了《笑林》的文學地位；1936～1938 年趙旭成（景深）〈中國笑話提要〉一文，對於歷來的笑話書進行了詳盡的論述與版本、作者的考究，也比較了各笑話書間重覆雷同的作品，映證了笑話轉變的情形，是笑話研究中擲地有聲的一篇重要著作。

　　自此笑話研究勃發，先是對於「笑話」進行通論性的整理、介紹之單篇文章的相繼出現，〔註84〕其中也包含了笑話集中編纂者所寫的前言或序，亦頗有可觀，如：1933 年周作人《苦茶庵笑話集·序》、1956 年王利器《歷代笑話集·前言》、1996 年陳如江、徐侗《明清通俗笑話集·前言》等。1985

〔註84〕如 1978 年陳紀實〈漫談中國的笑話文學〉、1978 年咸宜君〈古典文學的幽默面〉、1982 年鍾敬文民間文學論集（上）〈晚清革命派著作家的民間文藝學·論歌舞、戲劇及笑話的社會作用〉、1982 年陳戈華〈論笑話藝術〉、1985 年汪志勇〈古代笑話研究〉、1985 年林文寶〈笑話研究〉、1987 年徐侗〈中國古代笑論淺探〉、1989 年黃克武〈近代中國笑話研究之基本構想與書目〉、1990 年林文寶〈雖屬小道，不無學問──閒話「笑話」〉、1990 年劉兆祐〈古代笑話知多少？〉、1990 年王溢嘉〈心有所領，意有所會──笑話的心理分析〉、1990 年清華〈笑話如何使人想笑？──從中國古代笑話的藝術特質和寫作技巧談起〉、1990 年蔡君逸〈笑話中的眾生百態〉、1990 年陳清俊〈世間情萬種，盡付一笑中──談古代笑話的功能和價值〉、1990 年王國良〈歷代笑話集叢刊〉、1991 年龔鵬程〈笑林的廣記──《笑林廣記》導讀〉、2000 年朱紅霞〈淺談中國古代笑話文學〉等。

年陳清俊《中國古代笑話研究》是第一部將「笑話研究」帶入學術領域的作品，其以專文討論了古代笑話的來源、功能、藝術特色、分類與嘲弄主題及其所反映的社會及民俗問題等議題，在當時是難得一見的。另有針對某一笑話書進行研究的單篇文章；〔註 85〕也有將某種特殊意涵或型式的笑話從每本笑話書中抽離出來，進行深入的研究者，〔註 86〕其中葷笑話是甚受矚目的焦點，有盧怡蓉《中國古代葷笑話研究──以笑話書爲範疇》一碩士論文及黃克武、李心怡〈明清笑話中的身體與情慾：以《笑林廣記》爲中心之分析〉及〈性、笑話、潛意識：從精神分析的觀點看淫穢笑話的愉悅／踰越性〉等單篇文章；針對笑話型式進行研究者以機智人物阿凡提的討論最爲熱烈，呆女婿、妻子、讀書人等亦有學者關注，〔註 87〕從小說出發，探討笑話相關議題的亦有之。〔註 88〕笑話研究既繁，近兩三年甚而出現了兩篇對於整理笑話研究的篇章：羅秀美〈中國笑話研究暨編整概述〉〔註 89〕及段寶林〈二十世

〔註 85〕 如 1990 年龔鵬程〈《笑林廣記》是淫書嗎？〉、1996 年黃慶聲〈馮夢龍《笑府》研究〉、王國良〈介乎雅俗之間──明清笑話書《笑林評》、《笑府》與《笑林廣記》〉、2001 年王國良〈程氏《笑林廣記》考論〉、2002 年金周映〈《艾子》初探〉、郭娟玉〈《啓顏錄》初探〉、侯淑娟〈《山中一夕話》初探〉等。

〔註 86〕 如 1999 年顧青、劉東葵《冷眼笑看人間事──古代寓言笑話》以及 1997 年賴旬美《中國古代寓言型笑話研究》、1997 年《中國古代葷笑話研究──以笑話書爲範疇》、2002 年陳寶玉《晚明詼諧寓言研究》、2003 年陳克嫻《明清長篇世情小說中的笑話研究──以《金瓶梅》、《姑妄言》、《紅樓夢》爲中心之考察》等碩士論文都是。

〔註 87〕 段寶林 1998 年出版的《笑之研究──阿凡提故事評論集》一書，便是此類笑話重要的研究成果。當然這樣的研究成果不是一蹴而幾的，是許多學者長期研究智慧的累積，如 1956 年賈芝〈關於阿凡提的故事〉、1956 年袁忠岳〈關於阿凡提的傻行爲〉、1985 年何凱歌〈阿凡提的「帽子」──兼評「機智人物說」〉、1985 年韓伯泉〈機智人物故事的機智性〉、1992 年老彭〈論機智人物的玩世態度和滑稽形象〉……等都是。呆女婿故事類型的探討也開始得很早，除林蘭曾經出版了一系列不同笑話型式的集子，其中即包含了《呆女婿故事》在內之外，1928 年鍾敬文也發表了〈呆女婿故事探討〉，另外 1995 年龔鵬程〈腐儒、白丁、酸秀才──市井笑談裡的讀書人〉、陳葆文〈中國古代笑話中的妻子形象探析〉等都是聚焦在具有某種人物特質的笑話研究，亦有從小說出發，去探討相關議題的。

〔註 88〕 如 1991 年黃克武〈鏡花緣之幽默──清中葉中國幽默文學之分析〉、1993 年王年雙〈關於金瓶梅裡笑話的性質與作用〉等。

〔註 89〕 此文針對了「笑話」書的整理及編纂情形、「笑話」本身的相關研究成果等議題進行了一個全面性的整理與說明。見羅秀美撰：〈中國笑話研究暨編整概述〉（《元培學報》，第 6 期，1999 年 12 月，頁 275～290）。

紀的笑話研究〉〔註90〕一文。

　　值得一提的是大陸學者段寶林 1992 年在臺灣出版發行的《笑話——人間的喜劇藝術》一書，此書是全面研究笑話美學的專著，主要談論笑話的喜劇美特質、笑話的民俗與社會功能、對笑話加以分類，並具體分析各類笑話去評析笑話中的笑素、運用喜劇理論來對笑話中的喜劇人物、喜劇結構、喜劇語言藝術進行深入分析，這一研究將笑話與喜劇美學結合，並做出了不同以往喜劇是一種醜的表現的論點，甚至論證喜劇的內容非但不是醜，而是與之正好相反的「美」，這是相當創新的見解與研究。

　　由此觀之，笑話研究的路徑雖隨著時代不斷地拓展，主要研究仍多著眼於文本本身的分析比較，而段寶林從喜劇美學的角度談論笑話，是另一新奇的嘗試；然而對於笑話之書寫記錄、笑話集之輯成刊刻、以及讀者閱讀的相關問題似仍少有涉及。筆者對此深以為憾，亦深感興趣。

　　再就範疇的選定來說，關於馮夢龍的研究，早期多數學者將心力擺放在探尋其作品的考證、資料的整理，及馮夢龍對於通俗文學的貢獻上頭，如鄭振鐸、顧頡剛、趙景深、容肇祖、譚正璧等馮學大師，為後來的馮夢龍研究奠下不可撼搖的重要基礎。〔註91〕後期的研究則著重於文本的闡釋，其中以短篇小說集《三言》之研究成果尤為繁盛，〔註92〕至於民歌、傳奇、筆記、笑話等的研究則陸續有相關的研究出爐。〔註93〕

〔註90〕 此文從二十世紀初的吳趼人談起，直到九十年代對韋笑話的研究為止，對於其間幾個較具代表性的研究做了深入的探討評析，如魯迅、趙景深、周作人等，對於「阿凡提故事」及笑話美學等的研究也做了相當的說明。見段寶林撰：〈二十世紀的笑話研究〉（《廣西梧州師範高等專科學校學報》，第 17 卷第 4 期，2001 年 10 月）。

〔註91〕 參見人弋撰：〈世紀回眸：馮夢龍研究的歷史和現狀〉（《殷都學刊》，2001 年）。

〔註92〕 以國內學術論文而言，有 1982 年咸恩仙《三言愛情故事研究》、1984 年崔桓《三言題材研究》、1989 年郭靜薇《三言獄訟故事研究》、1990 年柳之青《三言人物研究》、1994 年柯瓊瑜《三言教化功能之研究》、1994 年蔡蕙如《三言中的婚姻與戀愛》、1995 年王吟芳《三言「發跡變泰」題材之研究》、1995 年劉灝《「三言二拍一型」中的婦女形象研究》、1995 年劉素里《「三言二拍一型」的貞節觀研究》、1998 年楊凱雯《三言幽媾故事研究》、1998 年金明求《三言的死亡故事探討》、1999 年馮翠珍《「三言二拍一型」之戒淫故事研究》、1999 年陳秀珍《三言兩拍情色探究》、1999 年陳裕鑫《細緻與奇巧——「三言」的細節、情節與心理描寫》、2001 年倪連好《三言公案故事計謀之研究》、2002 年吳玉杏《三言之越界研究》、2003 年陳嘉珮《三言兩拍愛與死故事探討》等等。

〔註93〕 以國內學術論文而言，有 1984 年劉景湘《列國志傳研究》、1985 年鹿憶鹿《馮

　　以其笑話集的研究來說，單篇文章如：1996 年黃慶聲〈馮夢龍《笑府》研究〉與 2001 年王國良〈介乎雅俗之間──明清笑話書《笑林評》、《笑府》與《笑林廣記》〉二文，所處理核心議題在於釐清相關笑話集間重複收編抄襲的關係，前文還試圖從《笑府・序》裡探尋馮夢龍的笑話觀。專文論及者唯見 1994 年宋隆枝《馮夢龍詼諧寓言研究》一文，該文釐清了馮夢龍的詼諧著作，以《笑府》、《古今譚概》（即《古今笑》）為範疇進行詳盡的研究與探討，在資料的蒐集、文本的整理與分類上花費許多功夫，研究成果極其斐然。然此文中討論的重點在於「詼諧寓言」，亦即將材料設定在詼諧而具有寓寄深意的篇章中，而非以「笑話」的角度去取決析斷二書，宋隆枝在緒論中引石成金詩云：「人以笑話為笑，我以笑話醒人；雖然遊戲三昧，可稱度世金針」數句，稱其「深知笑話兼具輕鬆與嚴肅兩種不同之特質」，還表示「今不論笑話為諷刺之利器或消遣之聖品，亦不論其是否出自馮氏之手，皆值得大家玩味與賞析」，可見宋隆枝亦贊賞笑話嚴諧兼具的雙重特質，然其文以詼諧寓言的研究為旨，對於笑話嘲諷譏刺的部份多所著墨，對於「娛樂」、「引人發笑」的面向與笑話書的相關發展卻未有觸及。是以筆者在宋隆枝對馮夢龍笑話著作的釐清基礎上，選定確為馮夢龍所纂輯之《笑府》、《古今笑》二書為研究範疇。

　　筆者所見《笑府》、《古今笑》二書，有上海古籍出版社和江蘇古籍出版社所出版的兩套《馮夢龍全集》，另有《苦茶庵笑話選》、《中國笑話書》、《中國笑話大觀》、《明清通俗笑話集》、《明清笑話十種》、《中國古代笑林四書》等笑話選集或合輯，筆者以上海出版社《馮夢龍全集》中《笑府》、《古今譚概》為本，以其他笑話書籍為輔，做為研究材料進行研究。然須特別一提的是《古今笑》一書，此書既有各以《古今笑》、《古今譚概》之異名同書三十六卷本行世，又多以《古今譚概》之名見錄於官方典籍、方志、及相關書目提要，所見書籍亦多以《古今譚概》為名，筆者卻取《古今笑》之名，而捨《古今譚概》，其原因有二：

夢龍所輯民歌研究》、1986 年凌亦文《新列國志研究》、1987 年張穗芳《馮夢龍情史類略之情論研究》、1987 年李壽菊《三遂平妖傳研究》、1988 年張仁淑《馮夢龍雙雄記之研究》、1994 年宋隆枝《馮夢龍詼諧寓言研究》、1995 年陳富容《馮夢龍戲曲理論研究──以其八部改編劇為例》、1998 年邱韶瑩《馮夢龍情史類略研究》、2002 年林艾齡《智囊補研究》、2003 年劉君（王告）《從墨憨齋定本傳奇之改編看馮夢龍作劇觀點及其實踐》、2003 年劉淑娟《馮夢龍纂評時調民歌美學研究》等等。

　　一則參酌高洪鈞〈馮夢龍的俗文學著作及其編年〉文中的意見，高洪鈞從馮夢龍的《古今笑·自敘》及題為韵社第五人所撰之《題古今笑》兩文中查驗出線索，就成書過程、思想情感、出版時間和流傳情況四個方向推斷：《古今笑》乃馮夢龍在韵社諸兄弟請求下所編成，而《古今譚概》是《古今笑》的改版易名，反駁了歷來根據李漁之說〔註94〕認為《古今笑》為《古今譚概》之易名的說法。而另兩篇文章——白岭〈《墨憨齋三笑》芻論〉〔註95〕及周觀武〈把笑話請入文學殿堂——從《墨憨齋三笑》的出版談起〉，〔註96〕此二文主要是為白岭、箏鳴所編校翻譯的《墨憨齋三笑》一書的出版所撰，文中肯定了馮夢龍《笑府》、《古今笑》、《廣笑府》三本笑話書的地位，也提到了《古今笑》一書書名的問題，所持意見亦與高洪鈞相同。《廣笑府》一書的真偽不明，暫不作論斷，然不可否認的，《笑府》、《古今笑》受到大陸學者以全新的角度去加以評價，將之提升到足以媲美《三言》的文學地位，實堪稱馮夢龍笑話書之代表作。

　　總此，既確定了《古今笑》書名，又筆者欲以笑話角度來切入論文的研究方向，而非以梅之熉〈敘譚概〉所言：「將以子之譚，概子之所未譚」如此嚴肅正經的角度，因而確立了以「笑話的書寫與閱讀」為題的必要性與正確性，並運用敘事學、接受美學及喜劇心理學、笑話分析等相關理論進行討論。

　　所謂「書寫」，包含笑話專書的輯成及笑話文字的完成，關於笑話專書的輯成上，特殊的時代背景與馮夢龍個人的優勢是笑話書面世的先決條件，而編纂的體例類別與主題意識是其備受肯定的要件，是以探論時代與編纂者的相關背景及條件、笑話的體例取材、內容主題有其必要性；而笑話文字的完成，不全然在於純粹的偶然巧合與記錄者的逐字抄寫，善用喜劇結構及語辭技巧得宜，可使一則笑話在以文字呈現的同時更加巧奪天工，馮夢龍雖未必具備笑話創作理論的清楚意識，但確是在不自覺中實踐著，藉由喜劇結構、語言技巧的論述可更明白笑話「書寫」的面向。

　　至於笑話的「閱讀」更不得不加以重視，再好的作品沒有經過讀者的閱

〔註94〕　李漁《古今笑史·序》：「是編之輯，出于馮子猶龍，其初名為《譚概》，後人謂其網羅之事，盡屬詼諧，求為正色而談者，百不得一，名為《譚概》，而實則《笑府》，亦何渾樸其貌而艷冶其中乎？遂以《古今笑》易名，從時好也。」
〔註95〕　白岭撰：〈《墨憨齋三笑》芻論〉（《中州學刊》，1997年，第2期）。
〔註96〕　周觀武撰：〈把笑話請入文學殿堂——從《墨憨齋三笑》的出版談起〉（《黃河水利職業技術學院學報》，1999年3月，第11卷第1期）。

讀便不見其文學價值的存在，是以研究笑話書的閱讀面向是趨使此一議題更見完整的重要成份。笑話書是一不登大雅之堂的書籍，笑話的閱讀也不見得產生多麼巨大的感觸與感想，因此這一方面的資料可謂鳳毛麟角，得之不易，甚而無從取得，幸而一個最重要的讀者——馮夢龍，因其個人閱讀與編纂的習慣爲相關的閱讀留下了珍貴的第一手資料，讓筆者尋覓到研究的契機。就晚明愛好通俗文學的市民大眾而言，筆者略談其閱讀期待，以知悉笑話書在當時之所以盛產風行、膾炙人口的原因；然最重要的論述擺放在將閱讀軌跡清晰記錄的馮夢龍身上，他既是一凡常讀者，有著直覺接受發笑的心理；又是一具有編纂意識，必須顧及市場與讀者的文人，因此以其笑話評點爲線索，從兩種不同的角度去解析他的閱讀，窺見他的多元思考與審美意識，並進一步剖析馮夢龍與讀者間所進行的隱形互動，以期稍補此一部份市井閱讀資料不足的闕漏。

　　曾有學者以爲馮夢龍藉《智囊》論智、藉《情史》談情、藉《笑府》言笑，其編纂通俗文學有其一定的思考，筆者之研究，本以笑／笑話的角度出發，又以《笑府》、《古今笑》爲範疇，兼述及其靈魂人物馮夢龍，冀使兩部擲地有聲之古代笑話書的研究更加周全，因以「笑話的書寫與閱讀——馮夢龍《笑府》、《古今笑》探論」爲題進行研究，盼能對相關議題之研究略盡一己綿薄之力。

第二章　笑話書的盛產

第一節　寫在笑話書之前

　　一部文學作品，姑且不論內容與形式表現為何，其之所以產生乃是作者以其主動自由之心志透過筆下文字展現其個人意志與感受的結果，否則純粹心靈活動的醞釀是無以成就一篇詩文、無以完成文學作品，更無以呈現於世人面前的。既此，無疑地，文學作品此一具像實物得以面世，其背後的靈魂推手正是作者。作者——這一具有獨特性格思考、學識涵養的人物，其於創作歷程中所進行的思維、審美，及對筆下文字的期許與價值判斷，更當是一部作品誕生及影響其風格呈現的主要關鍵。

　　作品的面貌與風格首要決定於作者的寫作動機以及其對該作品存在價值的定位。就中國傳統文學觀來說，著重的是在作者心靈活動與個人情志的感發之下而運作的文學書寫活動。劉勰《文心雕龍‧情采》曾云：

> 昔詩人什篇，為情而造文；辭人賦頌，為文而造情。何以明其然？
> 蓋風雅之興，志思蓄憤，而吟詠情性，以諷其上，此為情而造文也。
> 諸子之徒，心非鬱陶，苟馳誇飾，鬻聲釣世，此為文而造情也。故
> 為情者要約而寫真，為文者淫麗而煩濫。〔註1〕

作者，以一個書寫主體的身分，感受到外在環境而「志思蓄憤」，進而立書為文、吟詠情性，或寄予諷喻。倘心緒未曾鬱陶，徒然為文淫麗，矯情干譽，其作必無法情文並茂、感人肺腑。是以任何文學體裁，任何內容的表達，即

〔註1〕　〔梁〕劉勰撰，周振甫譯注《文心雕龍譯注》（台北：五南圖書出版公司，1997年6月，初版2刷），頁392。

使文字表面未曾透露，但作者自身的生活歷練及其內在感受必會以某一微妙的程度流露於他的著作當中。

著書立言以求千古不朽，是歷來文人致力撰著的冀求。任何文學作品要傳之久遠，必有其存在的基本目的與價值，在傳統的文學觀念裡，文學的經世教化目的被每個朝代裡的文人們周而復始地強調與重視著：孔子曾表示閱讀《詩經》「可以興，可以觀，可以群，可以怨」，甚可藉以「邇之事父，遠之事君」，確立了《詩經》千古不易的存在價值；唐柳冕也肯定「夫文章，本於教化，發於情性。」、「文章之道，不根教化，則是一技耳。」歷代儒家更是有著「文以明道」、「文以貫道」、「文以載道」等的說法。文學書寫的目的，除了吟詠情性之外，還被要求得以實踐經世教化。

另外，任何文學作品的面世，作者皆應有所謂「讀者預設」的目的，否則它不會呈現於書面，供人閱讀知悉。而對於讀者的預設，無非是希望此一作品能以「感人」與「娛人」的目的存在著，[註2] 具有感娛人心力量的文學作品才能驚天地、感鬼神，因爲這股力量，才能撼動讀者心肺進而引起共鳴、洗煉閱讀者的精神世界，也才能具有策動古今中外無數群眾持續開卷閱讀的動力。此一目的比起經世教化的嚴肅目的則更加深植人心，所產生的影響力更加無遠弗屆。

由此看來，作者若有意藉書寫爲文來傳達內在的感受，個人主觀的意識會清楚的透過文字傳達出來；若有意於教化，其創作亦依其意旨精神行造，而展現出不同程度的嚴肅教育功能；若其創作以感娛人心的目的取向爲出發點，則作者本身對於時代環境的解讀及對讀者預設的定位都將使作品展現出不同風貌。以笑話書的輯成來說，由於眞正創作笑話的作者往往無法尋求，編纂者成了笑話書輯成的靈魂人物，無論其所進行的書寫活動是編纂，抑或改寫，這個過程本身也是一種創造，編纂者個人的情感體驗及其審美價值下的取捨，以及對笑話書本身目的與價值的期許、傳達表現之敘述技巧與結構模式、對讀者喜好與心理之斟酌、特殊利益考量等等都影響著他的選擇與判

〔註 2〕　「感人與娛人，都是指博得人的同情心而言的。這兩個名詞，在表面的解釋上似有分別，但性質上實係一致。如所謂感人，既可以使人產生快樂之感，也可以使人產生悲痛、忿怒、恐怖、惡恨之感；所謂娛人，既可以使人笑，也可以使人泣、使人慄、使人怒目、使人頓足、使人鼓掌……。總之，作者的目的，是要將他所寄託在文學中的一切心情，使讀者一一感受而發生共鳴。」見涂公遂著：《文學概論》（臺北：五洲出版社，1994 年元月），頁 106。

斷，也影響著作品風貌的呈現。

此外，專就明清時期的通俗作品來說，書籍以一種商品形式進入市場販售，受到廣大市民階層的喜好與歡迎，這也是影響當時文學著作另一個重要因素。以笑話書的生產爲例，在王利器、王貞珉所輯《中國笑話大觀》一書裡，輯錄了自魏至清七十六部笑話書，其搜羅不可不謂之豐富，書中標示爲明代作品的便高達了三十八部之多，占了將近一半，是魏、晉、隋、唐、宋、元及其後有清一代的總和，〔註3〕從事笑話編纂的文人數目亦居歷代之冠。由此可見，在晚明這一個特殊的時代背景下，中國古代笑話書的生產，在此達到了高峰，甚至可說是盛況空前絕後，當時社會背景及文學發展究竟扮演著什麼樣推波助瀾的角色，實足玩味。

總之，文學作品是作者／編纂者多重體認後的綜合表現結果，作品的面世與不同風貌的展現，取決於作者／編纂者，而時代背景與文學氛圍亦有著舉足輕重的影響力。是以欲論《笑府》、《古今笑》這兩部笑話書的生產，筆者將先就「時代」與「編纂者」兩個方面著手，一者談論晚明時期整個的政治、文學及社會背景，還有傳統詼諧文藝發展的歷程，以明白笑話書何以於此時盛產，做爲進入《笑府》、《古今笑》二書探討前的外圍了解；再者，則以《笑府》、《古今笑》二書的編纂者馮夢龍爲本，談論其所具備的優勢條件，以求知悉一部笑話書順利輯成付梓須具的現實條件。

第二節　盛產笑話書的晚明時代

一、腐敗黑暗的政治

明中葉以後，執政者長期的無能怠政、貪污舞弊，文人士子的結黨交攻

〔註3〕 胡范鑄《幽默語言學》文中亦以王利器《歷代笑話集》一書所輯錄者做出統計，其統計數據爲：「從魏至清，笑話集的著者、輯者有98人，（含佚名氏27人）」，各朝代人數分別爲「魏1人、晉1人、隋3人、唐3人、宋19人、元2人、明49人、清20人」，就全書已收錄的笑話總數來看，「由魏至清凡1850則，而其中僅有明一代276年著輯之笑話即達1050則，較其餘1500餘年（包括明之後的清代）的總和尚多190則」。王利器的《歷代笑話集》是一綜合歷代笑話書的選輯本，胡范鑄的統計僅是一籠統而概括的數據，不算是眞實地驗證了中國歷代笑話及笑話書的數量及比例，但從這一數據的顯示，我們可以大膽推測：明代笑話書的的確確是歷代產量之冠，達到盛產的高峰。

以及宦官閹臣擅權干政，種種亂象造成了整個政治體制的嚴重腐敗，政治集團本身的腐化，致使其統馭管理群眾的力量薄弱，給了整個時代沉淪，抑或蓬勃的各種可能性。

（一）上下怠政

萬曆神宗（1573～1620）年方十歲便即位登基，前十年，張居正統掌朝廷大權，整頓吏治，使行政效率提高，朝廷政令「雖萬里外，朝下而夕奉行」；〔註4〕施行一條鞭法，改變嘉靖以來賦役嚴重不均的狀況，扭轉國家財政入不敷出的窘況；此外他還整飭邊防、任用能將，使得邊境平和，明人稱其輔政十年「中外乂安，海內殷阜，紀綱法度，莫不修明，功在社稷」。〔註5〕神宗十年，張居正去世，神宗親政，張居正執政的十年中作風專斷，排除異己，在他死後，曾遭張居正壓制打擊的官僚掀起反張倒張的運動，神宗自即位後受制於張，亦受反張勢力的影響，是以張執政期間所任官員多遭罷黜，曾遭貶斥者則重新得到起用，十年改革措施則或被取消、或遭停止，非但十年改革成果付之東流，明朝此後，帝王怠政，官僚結黨營私，亦陷入了新的危機之中。

神宗親政初年尚能勵精圖治，萬曆十四年後則出現了長達三十多年的怠政狀態，造成神宗怠政的原因或與「立儲」有關，神宗欲立鄭貴妃之皇三子為太子，廢長立幼的想法遭群臣反對，雙方形成僵局，此即長達二十餘年的「衛國本」之爭，因而神宗以一種極度消極的方式來抗議。神宗不上朝、不批奏疏、不親自按時祭享太廟，對於國政無動於衷之外，還貪圖享受、大肆揮霍，派大批宦官充當礦監稅使，橫徵暴斂，致使民不聊生。在這種情況之下，國家中樞機構的運作幾乎停滯，全國官員的任免也處於半停頓狀態，遇缺不補，升遷無方，因為官員無法正常升遷與遞補，使得「人滯於官」、「官曹空虛」愈益嚴重，原本奮發求進的積極自信受到削落，對於帝朝的向心力也趨瓦解，加上張居正的遭際，被視為「威柄之操，幾於震主，卒至禍發身後」，〔註6〕因而群臣為保住自己的地位，往往故做平庸，《明史》卷二一八贊曰：

> 神宗之朝，於時為豫，於象為蠱。時行諸人有鳴豫之凶，而無幹蠱

〔註4〕 〔清〕張廷玉等撰：《新校本明史并附編六種》（台北：鼎文書局，1982年11月，4版），卷213，頁5645。

〔註5〕 同註4，卷213，頁5652。

〔註6〕 同上註。

之略，外畏清議，內固恩寵，依阿自守，掩飾取名，弼諧無聞，循默避事。〔註7〕

將官僚缺乏政治責任感、苟且求安的心態如實呈現，是以吏治敗壞，貪污腐化嚴重，所謂「政府」已然缺乏其實質的運作功能。

（二）朋黨樹立

神宗的怠政，讓官僚體系形成兩大弊病，一即怠政貪污，吏治敗壞，二則是朋黨樹立，排除異己。集權統治力量的衰微亡失，使群臣不再受君臣禮治的約束，個人私欲的膨脹及追求，分裂成許多相互對立的小團體，先有時稱浙黨王錫爵、沈一貫、方從哲等人掌握軍中大權，利用內閣權剷除異己，後有萬曆二十一年顧憲成藉京察之機「盡黜執政私人」，〔註8〕後顧憲成因忤帝意而遭削籍回鄉，又於東林書院藉講學之名「諷議朝政，裁量人物，朝士慕其風者，多遙相應和」，〔註9〕東林黨遂成，控制天下輿論，此後東林黨與浙黨之間相互惡鬥，「憲成講學，天下趨之，（沈）一貫持權求勝，受黜者身去而名益高，此東林、浙黨所自始也」〔註10〕朝中其他官僚亦依己見與利益分別附和之，〔註11〕各派勢力互有消長，其後更相傾軋，長達五十年，國遂無寧日。

各派人馬除了在朝中劃分勢力、排除異己外，每當朝中有任何風吹草動或微末小事的發生，往往在黨派相互惡鬥的情形之下，使其演變更形劇烈，例如晚明發生的「衛國本」、「梃擊案」、「紅丸案」、「移宮案」幾個宮廷事件，像「衛國本」一事，浙黨與東林黨有志一同地要求神宗早日冊封皇太子，卻為壓制對方，而借題發揮，彼此攻擊，甚而演變成相互逐罷的局面，「梃擊」、「紅丸」兩案均遭東林黨人解讀成是鄭貴妃欲害光宗而令福王取代之的陰謀，隨即又發生了楊漣、左光斗等大臣逼光宗寵妾李侍選移居噦鸞宮，讓熹宗順利繼位的「移宮案」，至此各黨派之間已經歷無數爭論惡鬥，隨著熹宗的

〔註7〕　同註4，卷218，頁5768。

〔註8〕　同註4，卷231，頁6031。

〔註9〕　同註4，卷231，頁6032。

〔註10〕　〔明〕蔣平階撰：《東林始末》（台北：藝文印書館，1965年，《百部叢書集成》第七函），頁5。

〔註11〕　附和東林黨，如秦黨；附和浙黨的如齊黨、楚黨、宣黨。詳見傅衣凌主編：《明史新編》第六章〈從正歸內閣到朋黨樹立〉（台北：昭明出版社，1999年9月，第1版第1刷），頁278～283。

即位，浙黨領袖人物方從哲等被迫致仕離去，東林黨人漸受重用，但掌政後的東林黨人並未將實際的政治權力運用在如何改善時局，恢復政治清明，而是將更大的精神耗費在報復嚴斥異己，使得黨派之爭更形劇烈，被壓抑排斥的非東林黨者爲求與之抗衡，遂與閹黨魏忠賢結合，讓宦官閹黨趁機坐大，爲明朝開啓了滅亡之路。

（三）宦官亂政

明代政治的紛亂除了黨爭以外，爲亂最劇的莫過於宦官。明朝立朝之初，朱元璋鑑於前代宦官之禍，曾有意識的抑制宦官權勢，《明史·宦官一》寫明：

> 明太祖既定江左，鑒前代之失，置宦者不及百人。迨末年頒《祖訓》，乃定爲十有二監及各司局，稍稱備員矣。然定制，不得兼外臣文武銜，不得御外臣冠服，官無過四品，月米一石，衣食於內庭。嘗鐫鐵牌置宮門前曰：「內臣不得干預政事，預者斬」。〔註12〕

儘管如此，利用宦官辦事仍在所難免，即使是事必親躬的明太祖，亦無法將此措施完全貫徹，在其在位期間，也曾多次任用宦官辦事，如杜安道、趙成等，因駕馭得體，未有不妥，但卻也因此無法將相關規定貫徹執行，至建文帝即位，派用內臣情形更爲嚴重，永樂之後，又予以出使、專征、監軍、分鎮、刺臣民隱事諸大權。又：

> 初，太祖制，內臣不許讀書識字。後宣宗設內書堂，選小內侍，令大學士陳山教習之，遂爲定制。用是多通文墨，曉古今，逞其智巧，逢君作奸。數傳之後，勢成積重，始於王振，卒於魏忠賢。考其禍敗，其去漢、唐何遠哉。〔註13〕

英宗時王振狡黠，得到少年英帝的歡心，不但掌司禮監大權，甚而擴張自己的勢力干涉朝政，陷害忠良，「畏禍者爭附振免死，賕賂輳集」。〔註14〕正統十四年秋七月，瓦剌大舉進犯，王振鼓惑挾持英宗親征，終致英宗土木堡被俘，賠款辱國。

熹宗時魏忠賢爲害亦甚，利用熹宗年少好玩及對其信任的弱點，當了司禮秉筆太監，又總督東廠，順利操控朝政。爲厚植自己的勢力，又與正被東林黨打壓的朝臣結合，形成一股新的政治勢力──閹黨，朝中奸邪甘爲魏之

〔註12〕同註4，卷304，頁7765。
〔註13〕同註4，卷304，頁7766。
〔註14〕同註4，卷304，頁7773。

爪牙，舉朝阿諛者「俱拜為乾父，行五拜三叩頭禮，口呼九千九百歲爺爺」，
〔註15〕其遠近親屬義子乾孫皆列位要津，各地巴結逢迎的官吏不計其數，甚
有為建祠者：「諸督撫大臣閻泰鳴、劉詔、李精白、姚宗文等，爭頌德立祠，
洶洶若不及，下及武夫，賈豎、諸無賴子亦各建祠，窮極之巧，攘奪民田廬，
斬伐墓木，莫敢控愬」。〔註16〕

東林黨與閹黨對立，即使有楊漣等人上疏痛斥魏忠賢各大罪狀，熹宗對
之仍十分信任，反遭罷黜貶抑，此後東林黨人再三受到迫害，先後有「六君
子之獄」、「七君子之獄」等，或遭殺害、或遭禁錮、或遭放逐，幾無倖免，
使得朝中正直之士為之一空；或有對之不滿、或有批評者亦無好下場，如：「中
書吳懷賢讀楊漣疏，擊節稱歎。奴告之，斃懷賢，籍其家。」〔註17〕甚至「民
間偶語，或觸忠賢，輒被擒僇，甚至剝皮、刲舌，所殺不可勝數，道路以目。」
〔註18〕直至崇禎即位，魏忠賢權勢消失，但國勢已積重難返，思宗雖有心振
作，為時已晚。

明朝後期，在正統的政府體制內，上有皇帝的無能怠政，下有群臣間的
黨爭惡鬥，再加上宦官伺機擅權干政以及此一政治氛圍中所產生的諂媚阿
諛、賄賂貪婪之風氣，致使國家陷入一片暗無天日的境況。王朝既顯現出其
在政治力量上的腐敗無能，對思想文化界的控制力也大大削弱，不再如明初
時期嚴密的思想言語鉗制，於是促成各類思想的勃發，文學的創行，其中笑
話的創作繁榮興盛，則是受政治黑暗為害最深的下層百姓，在無力對抗時局、
改善現況的情形下，以冷嘲熱諷的態度去批判這病態社會的一個途徑。

二、思潮解放的年代

晚明文學思潮之所以形成，思想界各學說主張的影響不小。明初，在思
想鉗制上，朱元璋為建立封建王朝的統治秩序及復興漢民族倫理文化，尊崇
朱熹理學，藉之以壓制齊一人民思想，致使當時學術思想界陷於一家獨言的
局面，日久遂使學者思想僵化、學識空疏，而導致理學日益腐朽沒落。

明中葉以後，王陽明以強調本心為出發點的「心學」對程朱理學提出了

〔註15〕〔明〕呂毖輯著：《明朝小史・天啓紀》（北京：中國書店，1990 年，《玄覽堂
　　　　叢書》91），頁 16-2。

〔註16〕同註4，卷 305，頁 7822～7823。

〔註17〕同註4，卷 305，頁 7820。

〔註18〕同上註。

批評與對抗，一時間心學風行天下，啓動了社會亟欲擺脫封建傳統的叛逆精神，也動搖了程朱理學在當時的地位。嘉靖、萬曆以後，以王艮爲代表的泰州學派繼承了王學中反道學的異端思想，將傳統儒學中高不可攀的道發展爲「百姓日用之道」，指出「愚夫愚婦，與知能行即是道」，而所謂「聖人之道」則「無異於百姓日用，凡有異者，皆是異端」、「百姓日用條理處，即是聖人之條理處，聖人知，便不失；百姓不知，便會失。」〔註 19〕此外，王艮還提出了「安身立本」、「尊身尊道」「明哲保身」等學說，反覆強調出自身的重要性，相當程度地提高了個人的價值與個人尊嚴的維護。

被斥爲「異端之尤」的李贄，在王艮、何心隱、羅汝芳等泰州學人之後，掀起一陣驚天動地的思想狂潮，李贄繼承並發揮了王艮「百姓日用之道即聖人之道」的論點，更精確的提出了「穿衣吃飯即是人倫物理」，其言：

> 穿衣吃飯，即是人倫物理；除卻穿衣吃飯，無倫物矣。世間種種皆衣與飯類耳，故舉衣與飯而世間種種自然在其中，非衣飯之外更有所謂種種絕與百姓不相同者也。〔註 20〕

李贄以人們追求物慾的基本需求來代替程朱理學中所強調的「天理」，所謂的「道」，不再具有凌駕於人類之上的神秘力量，其就在人民的物質生活中體現，根本否定了「天理」的權威與「道」的神聖。又延續泰州學派何心隱「心不能無欲」的觀點：

> 夫私者人之心也。人必有私而後其心乃見，若無私則無心矣。如服田者，私有秋之獲而後治田必力；居家者私積倉之獲而後治家必力；爲學者私進取之獲而後舉業之治也必力。……此自然之理，必至之符，非可以架空而臆説也。〔註 21〕

其所謂私心，指的是對於欲望的追求，因爲私心的支配，使得人們積極去從事得以滿足欲望的工作，而這爲了求生存、爲求得私心之滿足的舉動，實是再自然不過的行爲了。將私心作爲人的自然本性和社會發展的內在動力，不再如程朱理學般將人欲視爲罪惡，絕對地肯定了對「人欲」追求的正當性與

〔註 19〕 〔明〕王艮撰：《王心齋全集·卷三·語錄》（台北：廣文書局，1987 年 3 月，再版），頁次不明。

〔註 20〕 〔明〕李贄撰：《焚書·卷一·答鄧石陽》（北京：社會科學文獻出版社，2000 年 5 月，1 版），頁 4。

〔註 21〕 〔明〕李贄撰：《藏書·卷三十二·德業儒臣後論》（北京：社會科學文獻出版社，2000 年 5 月，1 版），頁 626。

必然性，即使是聖人亦不能免之。〔註22〕如此的認知，遠勝過程朱理學，甚至比起泰州學派也進步許多。

這一連串的哲學思潮，再三地將宋明理學裡被視爲最高規範的「理」、「道」和日常起居畫上等號，也把被視爲罪惡、要求摒棄的「欲」向上提昇，好色、好貨、多積金寶以及追求其他的慾望嗜好均是理所當然的；順著逐欲的脈絡發展，進一步即是要求個人個性的自由與解放，反對封建倫理和制度的束縛，尊「情」抑「理」的觀念更是甚囂塵上。

再者，既然打破了對「理」至高無上的迷思，要求平等的觀念逐步成形，李贄即認爲人人平等，甚至男女平等：

> 謂人有男女則可，謂見有男女豈可乎？謂見有長短則可，謂男子之
> 見盡長，女子之見盡短又豈可乎？〔註23〕

既此，階級間不再涇渭分明，絕對遵守封建教條、服從權威的思想也漸受到動搖。

在當時農業、手工業發展，促進了城市商業繁榮，資本主義萌芽，造成市民階層興起的背景之下，這一股思潮肯定了市民百姓追求物質利益的思想，市民階層在謀求自身利益時，必然會與封建倫理和制度發生矛盾衝突，而此一思潮所建立起的追求社會平等、否定封建特權的新思想，便符合了市民階層不願再屈服於封建地主壓迫，進而要求自由與思想解放的心理因素，因而得到許多的支持與回響，進而廣泛地傳播。

整個晚明社會的發展都與這股思潮發生了極大的關聯，也造成不小的影響。其中對於「文學」的影響尤甚。

三、詼諧文藝的興盛

明初爲求拑制百姓文人的思想，不僅有理學至上的一言堂式思想灌輸，也採用了八股〔註24〕取士的科舉制度，推行既久，考生專就應試科目用功，

〔註22〕〔明〕李贄、劉東星撰：《明燈道古錄》卷上云：「聖人亦人耳，既不能高飛遠舉，棄人間世，則自不能不衣不食，絕粒衣草而自逃荒野也。故雖聖人不能無勢利之心。……財之與勢，固英雄之所必資，而大聖人之所必用也。何可言無也？吾故曰：雖大聖人不能無勢利之心，則知勢利之心，亦吾人秉賦之自然矣矣。」（台北：廣文書局，1983年12月，初版），頁次不明。
〔註23〕同註20，《焚書・卷二・答以女人學道見短書》，頁54～55。
〔註24〕所謂八股文是一固定作文方式，就是作文的格式由破題、承題、起講、入手、

一味地講究八股格律,對讀書士子荼毒益深。社會的逐漸安定,國家日益加昌盛,加以政治高壓統治與僵化的科舉考試,使明初中期的文人走上形式主義和復古主義的途徑,其中以歌功頌德、粉飾太平爲旨的「台閣體」及爲反對台閣體而主張「文必秦漢,詩必盛唐」的前後七子爲甚。

然而,隨著晚明哲學思潮的蓬勃,時代不斷演變,在王學左派和李贄等人所提出的肯定物欲,強調個性,反對封建束縛的理論基礎之下,文學被認定爲是作者主觀意識的產物,是眞情的自然流露與人格的表現,反對虛僞矯飾、爲文造情。李贄的〈童心說〉便是其中影響最劇者:

> 夫童心者,絕假純眞,最初一念之本心也。若失去童心,便失卻眞心;失卻眞心,便失卻眞人。人而非眞,全不復有初也。

> 天下之至文,未有不出於童心焉者也。苟童心常存,則道理不行,聞見不立,無時不文,無人不文,無一樣創制體格文字而非文者。詩何必古選,文何必先秦。降而爲六朝,變而爲近體,又變而爲傳奇,變而爲院本,爲雜劇,爲《西廂曲》《水滸傳》,爲今之舉子業,皆古今至文,不可得而時勢先後論也。故吾因是而有感於童心者之自文也,更說甚麼《六經》,更說甚麼《語》《孟》乎?〔註25〕

人若失去了最初一念之本心,則便失去了眞心,不再爲眞人,而爲虛假。運用於文學理論上,則旨在針對前後七子所倡之摹擬和復古風氣的弊病來發聲,其言:「天下之至文,未有不出於童心焉者也。」肯定了發自胸臆,心之所欲吐的眞實情感,是以文章理應直抒人類心底共通的情感,只要是出自於童心眞情者,便是「天下之至文」,反對一味地仿古造作。

一般認爲以袁宏道爲首的三袁承繼李贄思想,成爲晚明思潮重要的代表人物,公安派主張的「性靈」,即李贄所謂「童心」。袁宏道曾言「大都獨抒性靈,不拘格套,非從自己胸臆流出,不肯下筆。有時情與境會,頃刻千言,如水東注,令人奪魂」,〔註26〕這是其提及性靈說的開端。在此主張之下,他

起股、中股、後股、束股這八部分組成,而命題範圍則侷限於四書、五經。
〔註25〕 同註 20,《焚書・卷三・童心說》,頁 92~93,。
〔註26〕 見〔明〕袁宏道撰、錢伯城箋校:《袁宏道集箋校・卷四・敍小修詩》(上海:上海古籍出版社,1981 年版),頁 187。又江盈科在〈敝篋集引〉中也對袁宏道的性靈說做了具體詳盡的記錄:「世之稱詩者,必曰唐;稱唐詩者,必曰初曰盛。唯中郎不然,曰:「詩何必唐,何必初與盛?要以出自性靈者爲眞詩爾。夫性靈竅于心,寓於境。境所偶觸,心能攝之;心所欲吐,腕能運之。心能

將民間那些婦人孺子爲表「人之喜怒哀樂嗜好情欲」「任性而發」的作品視爲
充滿「眞聲」、得以流傳的作品。其言：

> 故吾謂今之詩文不傳矣。其萬一傳者，或今閭閻婦人孺子所唱《擘
> 破玉》、《打草竿》之類，猶是無聞無識眞人所作，故多眞聲。不效
> 顰於漢，不學步於盛唐，任性而發，尚能通于人之喜怒哀樂嗜好情
> 欲，是可喜也。〔註27〕

之後，此一以李贄〈童心說〉爲出發，公安三袁「性靈說」繼之，馮夢龍、
〔註28〕湯顯祖、〔註29〕王驥德、〔註30〕徐渭〔註31〕等諸多文人共襄盛舉的
文學思潮，遂蓬勃地從文人伸展至民間市井。

　　在這股思潮所帶來的重視個人主觀意識、肯定人欲物質的生活態度之下，

攝境，即螻蟻蜂蠆皆足寄興，不必《雎鳩》、《騶虞》矣；腕能運心，即諧詞
謔語皆足觀感，不必法言莊什矣。以心攝境，以腕運心，則性靈無不畢達，
是之謂眞詩，而何必唐，又何必初與盛之爲沾沾！」見〔明〕江盈科撰：《江
盈科集・卷八・敝篋集引》（長沙：岳麓書社，1997 年 4 月，1 版），頁 398。

〔註27〕同註26，《袁宏道集箋校・卷四・敘小修詩》，頁 188。

〔註28〕《古今小說・序》：「天下之文心少而里耳多，則小說資於選言者少，而資於
通俗者多。試令說話人當場描寫，可喜可愕，可悲可涕，可敬可舞，再欲捉
刀，再欲下拜，再欲決脰，再欲捐金。怯者勇，淫者貞，薄者敦，頑鈍者汗
下，雖小誦《孝經》、《論語》，其感人未必如是之捷且深也。」收於橘君輯注：
《馮夢龍詩文》（福州：海峽文藝出版社，1985 年 10 月），頁 37。

〔註29〕湯顯祖在文學創作上注重意趣和才情，《湯顯祖詩文集・卷三十二・合奇序》：
「世間惟拘儒老生不可與言文。耳多未聞，目多未見。而出其鄙委牽拘之識，
相天下文章，寧復有文章乎？予謂文章之妙不在步趨形似之間。自然靈氣，
恍惚而來，不思而至。怪怪奇奇，莫可名狀。非物尋常得以合之。」《湯顯祖
詩文集・卷五十・焚香記總評》：「作者精神命脈，全在桂英冥訴幾折，摹寫
得九死一生光景，宛轉激烈。其塡詞皆尚眞色，所以入人最深，遂令後世之
聽者淚，讀者顰，無情者心動，有情者腸裂。何物情種，具此傳神乎。」見
〔明〕湯顯祖撰、徐朔方箋校：《湯顯祖詩文集》（上海：上海古籍出版社，
1982 年 6 月，1 版），頁 1078、1486。

〔註30〕王驥德《曲律・論家數第十四》：「曲之始，止本色一家，……夫曲以摹寫物情，
體貼人理，所取委曲宛轉，以代說詞，一涉藻績，便蔽本來。」見〔明〕王驥德
撰：《曲律》（台北：藝文印書館，版次不明，《叢書集成三編》第六函），頁 21。

〔註31〕徐渭《徐文長佚草・卷一・西廂序》：「世事莫不有『本色』，有『相色』。本
色猶俗言正身也，相色，替身也。替身者，即書評中『婢作夫人，終覺羞澀』
之謂也。婢作夫人者，欲塗抹成主母而多插帶，反掩其素之謂也。故余于此
本中賤相色，貴本色，衆人嘖嘖者我呴呴也。」在《徐文長三集・卷十九・
葉子肅詩序》中提出本色的標準即「出於己之所自得」。見〔明〕徐渭撰：《徐
渭集》（北京：新華書局，1983 年 4 月，1 版），頁 1089、519~520。

過去傳統理學思考與禁欲主義土崩瓦解，個人對於各種欲念及生活悅樂的追求得到時代的鼓舞與支持。加以政局的動盪不安，執政者權力的分配與執行處於一種紛亂無力的狀態，自顧不暇的情形下無法再對百姓進行思想控制，百姓可以暢所欲言、無所忌諱；社會秩序的失衡脫軌、人際關係多元變動，曾是絕對的長幼卑尊貴賤貧富關係不再一如從前，平等意識抬頭，禮教意識的鬆動亡佚，個人精神意識不再受到外在名銜、傳統教條所箝制，更敢於表現自我、隨心所欲……等因素，使得整個晚明時期出現了一種詼諧文藝風潮。

以文人志士而論，他們總能毫不避諱的聲稱自己的好謔喜笑，袁宏道曾云：「少年工諧謔，頗溺《滑稽傳》」，〔註32〕說明自小即好諧謔滑稽；王思任則好謔成性，自號為「謔庵」；李贄是個「滑稽排調，衝口而出」的人，其言「既能解頤，亦可刺骨」；〔註33〕關於徐渭的笑話故事民間更是廣為流傳，他的個性「詼諧謔浪，大類坡公」。〔註34〕除此之外，尤有甚者，詼諧取樂當與眾分享，張岱《陶庵夢憶》卷六記載了張岱叔父葆生在北京與漏仲容、沈虎臣、韓求仲等組織「噱社」，專講笑話，尋開心，「嘻喋數言，必絕纓噴飯」的實際內容，馮夢龍《古今笑》書中韻社第五人序中也提及「韻社」社員相聚，「爭以笑尚」，推馮夢龍為笑宗之事。由此看來諧謔調笑成為文人名士間的一種風潮。

為文諧謔亦為風氣之一，袁宗道為人謹嚴，思想雖較偏重儒家精神，但也不乏〈毛穎陳玄石泓楮素傳〉一類作品，此文仿唐韓愈〈毛穎傳〉，通篇擬人，為文房四寶筆墨紙硯立傳，因能巧妙結合有關歷史掌故，所以寫得幽默生動，情趣盎然。袁宏道在與友人江盈科往來的書信中曾經表示自己所作浙江山水游記「謔語居十之七，莊語十之三，然無一字不真」，〔註35〕如〈百花洲〉一文，袁宏道信手鋪陳，誇張地突顯出他所見到的醜惡百花洲：

> 百花洲在胥、盤二門之間。余一夕從盤門出，道逢江進之，問：「百
> 花洲花盛開否？盍往觀之。」余曰：「無他物，惟有二三十糞艘，鱗
> 次綺錯，氤氳數里而已矣。」進之大笑而別。〔註36〕

〔註32〕同註26，《袁宏道集箋校‧卷九‧聽朱先生說〈水滸傳〉》，頁418。
〔註33〕〔明〕袁中道撰，錢伯城點校：《珂雪齋集‧卷十七‧李溫陵傳》（上海：上海古籍出版社，1989年1月1版），頁721。
〔註34〕同註31，《徐渭集‧附錄‧刻徐文長佚書序》，頁1349。
〔註35〕同註26，《袁宏道集箋校‧卷十一‧江進之（盈科）》，頁510。
〔註36〕同註26，《袁宏道集箋校‧卷四‧百花洲》，頁178。

「百花洲」優美的稱號讓人產生錯覺，袁宏道輕鬆詼諧的回答，一改江盈科對於「百花洲」錯誤的刻板印象，令人會心大笑，這正是他謔而不虐態度的表現。不只遊記，其他文體如書信、傳記、隨筆、詩歌等，既隨著獨抒性靈的主張施展，也就在無形中呈顯出其喜好詼諧的本性而使文章間雜恰切的俳諧幽默。

自號謔庵的王思任，對於喜劇意識有著自覺的把握，並藉以進行其文學創作，他的筆下的人物往往顯得幽默充滿情趣，如《冒伯麐詩序》中「容儀不整」、「疏步高談」，不屑「以口舌求相印」的冒伯麐、《袁臨侯詩集序》中「善戲謔」、經常「呼予痛飲」的袁臨侯、以及《屠田叔笑詞序》中「用醉眼一縫」世態、能「破涕為笑」的屠田叔；而將景物的擬人化、人物的動物化更讓他的遊記文章充滿滑稽幽默的情趣。成功地熔情趣、幽默、詼諧為一爐，展現出異於他人的獨特風格來，堪為當代幽默大師無愧。此外，李贄、徐渭、江盈科、馮夢龍、張岱、江承、顧大韶等人，皆尚俳謔，他們的詩文都展現出不同程度的幽默、詼諧、滑稽、與微諷的色彩。

另外，諸如《西遊記》、《三國演義》、《水滸傳》等長篇小說中，也不免出現具有較多滑稽言行、性格的人物塑造；歷來不可計數的文字遊戲，舉凡繞口令、順口溜、歇後語、俏皮話、謎語等，其創生的精神無非是以逗趣取樂為出發點，某些既有文學形式，不是專為幽默遊戲而生，但是卻也能遊戲好玩，例如詩歌、詞曲、對聯等，加入了笑感幽默，便可成為趣詩、趣詞、趣聯；笑話則是以另一不同方式呈顯的詼諧文字，前曾提及晚明時期笑話專集及笑話作者數量均居歷代之冠，總此觀之，這些詼諧文學及文字都堪稱是此一特殊時代的產物，就其數量而論，更可確定「詼諧」在此一時空中熠熠盛燃。

這種風潮不只出現在文人生活中而已，對於廣大的市井階層而言，他們未必懂得童心與性靈，也無法以筆墨文字來諧謔調笑，但喜愛幽默詼諧、滑稽謔笑的社會氛圍卻是他們深刻感受，且前仆後繼地去追求助長的，有意為者或無心者可透過各種不同管道、以各種不同的形式將之發揮出來，致使一切諧謔調笑的方法、形式傾篋而出，因此也造就了詼諧表演藝術 〔註37〕 的興盛。

〔註37〕 「所謂的表演藝術，泛指某一個個人或團體，在有觀賞者的情況下，所進行的一種藝術演出活動。其演出地點可以在室內或室，演出的形式與媒介不拘，但其所演出的內容和目的，必須在表演期間之內完成。」見陳亞萍、夏學理撰：〈表演藝術觀眾發展及其相關理論探析〉(《空大行政學報》第 11 期，2001年 8 月)，頁 219。

　　中國詼諧表演藝術的濫觴首推「俳優」一類人物，早在春秋時期便由貴族自養、以說、唱、歌、舞及競技等各種形式演出來滑稽調笑、娛樂王公貴族為業之藝人，漢代以後，俳優一類除了歌舞戲謔，還偶爾演出故事，隨著人們對現實認識程度的逐漸深廣，許多譏諷違背自然、社會規律，及揭示封建統治階級醜惡實質的笑話或故事相繼出現，若將不同笑料加以揉合，以歌舞戲謔與演出故事立體展現，便成了戲劇，漢代的「角觝戲」即此。日後逐漸自帝王宮廷向民間發展出來，助長民間百戲競陳，表演者走街串巷，逢年過節作即興表演，內容日益豐富充實，表演的方式也能慢慢醞釀出具有特定主題的簡單故事，在藝術性上更勝以往。

　　這類詼諧的表演藝術在晉有參軍戲，〔註38〕南北朝時有踏謠娘，〔註39〕兩者到了唐代依舊盛行而各有發展，以「參軍戲」為例，中唐以後，將「參軍戲」中主要的兩個演員，稱叫「參軍」和「蒼鶻」，前者愚鈍，後者譏智，兩人一捧一逗，頗似今日相聲，演員不僅會說，還要邊唱，有鼓樂伴奏，其演出旨趣有流以詼諧機智為笑樂的，也有承繼俳優諷諫傳統而寓諷刺於其中的。〔註40〕宋金時期，有所謂的「雜劇」、「院本」，〔註41〕其中的五個角色中有兩個以詼諧言行為職責，務求滑稽來吸引觀眾，其目的則是將諫諍寓於詼諧之中。像宋金雜劇院本一類「務在滑稽」為旨的藝術表演，在民間不斷搬

〔註38〕　參軍戲的形式最早可上溯至東漢和帝之時，是帝王對其僚臣進行某種示範教育的手段，通常穿插在宴樂中的表演中，見〔唐〕段安節撰：《樂府雜錄‧俳優》（北京：中華書局，1985 年，新 1 版），頁 20。名稱的確立，則在後趙，詳見〔宋〕李昉等撰：《太平御覽‧卷五六九‧樂部‧優倡》（台北：台灣商務印書館，1986 年版，《四部叢刊》三編子部）。

〔註39〕　是一種盛行於民間後被吸收到宮廷教坊的民間小戲，後或訛為「踏搖娘」，發展至唐還有「談容娘」的變異，可見其受時人歡迎的程度。〔唐〕崔令欽撰：《教坊記》有相關記載。（台北：藝文印書館，1965 年，《百部叢書集成》第六函），頁 11。

〔註40〕　湯哲聲撰：《中國十大古典喜劇精品‧概論》（台北：業強出版社，1993 年 1 月，初版），頁 7。

〔註41〕　吳自牧《夢梁錄》有詳細的說明：「且謂雜劇中末泥為長，每一場四人或五人，先作尋常熟事一段，名曰「豔段」，次做「正雜劇」，通名為兩段。末泥色主張，引戲色分付，副淨色發喬，副末色打諢。或添一人，名曰「裝孤」。……大抵全以故事，務在滑稽，唱念應對，通偏此本是鑑戒，又隱於諫諍也。故從便跣露，謂之無過蟲耳。……又有「雜扮」，或曰：「雜班」，……即雜劇之後散段也。頃在汴京時，村落野夫，罕得入城，遂撰此端：多是借裝為山東、河北村叟，以資笑端。」見〔宋〕吳自牧撰：《夢梁錄‧卷二十‧妓樂》（台北：廣文書局，未見出版年次，《中國近代小說史料續編》35），頁 9。

演，也許在形式上或有改變，但總是生生不息、未曾間斷的，到了明代則有所謂的「過錦戲」：

> 鐘鼓司過錦之戲，約在百回，每回十餘人不拘。濃淡相間，雅俗並
> 陳，全在結局有趣，如說笑話之類，又如雜劇故事之類，各有引旗
> 一對，鑼鼓送上。所裝扮者，備極世間騙局俗態，并閨閣、拙婦、
> 駃男及市井商匠、刁賴詞訟、雜耍把戲等項。〔註42〕

此類表演，日益發達壯盛，竟達到「百回」之多，可見此類詼諧戲劇的演出在當時有著極大的消費市場，受到廣大群眾熱烈歡迎。而其「全在結局有趣」、「如說笑話之類」、且「備極世間騙局俗態」的表演內容與風格，與宋金雜劇院本極其相似，甚至也承襲了「鑒戒」「諫諍」的內在目的，崇禎時莊烈皇后就曾因觀看過錦戲而體會到民間疾苦：

> 初神廟以孝養故，設西宮百戲，自宮中舊戲以及民間囊弄無不備。
> 至是悉裁革，而獨留舊戲承應。如所稱「過錦戲」者，彷彿古優伶，
> 供奉取時事諧謔，以備規諷。時旱蝗，中州賊大起，戲者作驅蝗及
> 避賊狀。后見之，徐謂上曰：「有此耶？」因掩面泣，上亦泣。是日
> 遂罷戲。〔註43〕

元代以後，出現了王實甫《西廂記》、關漢卿《救風塵》、白樸《牆頭馬上》、鄭廷玉《看錢奴》等藝術水準很高的喜劇，明清後又有康海《中山狼》、高濂《玉簪記》、吳炳《綠牡丹》、李漁《風箏誤》等喜劇佳作，這是雜劇傳奇創作理論與技巧成熟的條件下必然的盛況。另有些戲劇創作雖未必旨在供人笑樂，但其中保留滑稽的成份卻是普遍的現象，明王驥德《曲律・論插科第三十五》中說：

> 插科打諢，須作得極巧，又下得恰好。如善說笑話者，不動聲色而
> 令人絕倒，方妙。大略曲冷不鬧場處，得淨丑間插一科，可博人鬨
> 堂，亦是戲劇眼目。〔註44〕

可見插科打諢是戲劇中極其重要的要素之一，若無之，則可能造成冷場乏趣的場面，凡此可知，晚明時期，不僅在文學表現上充滿詼諧色彩，詼諧表演

〔註42〕筆者未見呂毖《明宮史木集》，轉引自張啟超撰：《中國戲曲「喜劇傳統」之研究》（東吳大學中國文學研究所碩士論文，1990年5月），頁47。

〔註43〕〔清〕毛奇齡撰：《勝朝彤史拾遺記・卷六》（北京：中華書局，1991年，1版），頁67。

〔註44〕同註30，頁12。

藝術亦在歷代的發展奠基之下，以貫徹「務以滑稽」、「以爲笑樂」的目的延續著，還有至清以後臻至成熟的「相聲」表演，不曾間斷地在大街小巷、宮廷民間不同的舞台與看倌面前盡情上演。

　　《笑府》、《古今笑》二書的面世，與編纂者馮夢龍個人當然密切相關，但就二書刊成的時代背景與其中「笑話」爲主的內容來看，正是搭乘著這詼諧文藝興盛的順風車，在這股追求「童心」、「性靈」思潮下的產物。笑話，本就出自於廣大群眾的日常調笑，本就是「任性而發」，充滿「眞聲」的文學作品，以一種遊戲的態度去表達「人之喜怒哀樂嗜好情欲」，是以一針見血的諷刺基調去調侃可笑的眾生百態，即便情節偶有過度荒腔走板，但的確是現實生活的反映，因而受到眾人的肯定與青睞。晚明文學思潮解放、重視性靈情眞的結果，使得流傳於民間，田畯野夫、婦人孺子眞情的日常笑談受到重視，得到文人的關切記錄，更進一步的被集結成書，甚而成爲文化消費市場上的銷售常勝軍。

四、通俗文學商品化

　　在傳統文學中，向來以雅正詩文爲正宗，也受到歷來文人學者的重視與肯定，而下層勞動群眾的餘興之作，雖是源源不絕地在民間蓬勃發展著，但因其欠缺對文字的掌握能力，又無積極創作的誘因，是以即使有所謂「文學」，也僅以不甚正式、簡單粗略的的形式流傳，若有躍昇爲書面文字者，殆半是文人的好奇記錄。胡應麟《少室山房筆叢‧丙部‧九流緒論下》曾指出：

> 漢《藝文志》所謂小說，雖曰街談巷語，實與後世博物志怪等書迥別，蓋亦雜家者流，稍錯以事耳。……子之爲類，略有十家，昔人所取凡九，而其一小說弗與焉。然古今著述，小說家特盛，而古今書籍，小說家獨傳，何以故哉？怪力亂神，俗流喜道，而亦博物所珍也；玄虛廣莫，好事偏攻，而亦洽聞所昵也。……至於大雅君子，心知其妄，而口競傳之，旦斥其非，而暮引用之。〔註45〕

由此看來，小說傳奇等著作，其內容多在怪力亂神，所謂雅文學的擁護者表面上知其妄假，予以強烈批評否定，但卻也在不知不覺中擔任了這些非雅文學的記錄和傳播者。〔註46〕

〔註45〕〔明〕胡應麟撰：《少室山房筆叢‧卷二十九，丙部‧九流緒論下》（台北：世界書局，1980 年 5 月，再版），頁 371～374。

〔註46〕王三慶撰：〈論文學之「雅正」與「通俗」〉，收於《通俗文學與雅正文學全國

　　通俗文學在這樣的基礎上一直存在於民間，藉由文人之手默默地在各類典籍中潛沉，隨著時代的遞進，政治、經濟、社會環境的變化，以及文學觀念的此消彼長使得通俗文學日益成形，發展出各種獨立而成熟的文學形式，如小說、戲曲、民歌……等，到了晚明，其聲勢更達如日中天之地步，其之所以蓬勃，與當時整個社會環境密切相關。笑話書在當時亦為膾炙人口的通俗文學讀物，其發展當然與此脫不了關係。

（一）市民階層的興起

　　明嘉靖、萬曆以來，政治雖日顯衰敗，而社會經濟卻相對地發展起來，隨著商業的發展、農業生產的進步、水陸交通的發達，農業商品化程度增高，城市手工業與農業分離後，生產發展得很快，不但造成市鎮的興起，甚至發展出專業市鎮，〔註47〕而一些與文化藝術關係密切的行業，如版刻、印刷、文具、造紙，建築、五金、陶瓷等，也在同期中達到很高的水平。

　　商業與手工業的發展，加以稅賦的繁重，使得農村人口大量流向城市逐利，「昔日逐末之人尚少，今去農而改業為工商者，三倍於前矣。昔日原無游手之人，今去農而游手趁食者，又十之二三矣。大抵以十分百姓言之，已六七分去農。」〔註48〕因此「市民」成為活躍於城鎮市集中最龐大而重要的階層，相關的行業也因應而生，使得大小市鎮更顯熱鬧，貨幣流通更見頻繁。市民階層於城市中謀生更易於過去務農時期，衣食溫飽之餘，開始要求更高的物質生活品質，物質生活得到一定的滿足後，又轉而要求精神的滿足，於是對文化娛樂的需求提昇，加上其具有相當之購買能力，進而促進了藝術消費的增長，而通俗文化娛樂當然也就隨著市場的需求而熱切發展。

　　當時的市井平民對文化娛樂活動有著極高興致。他們熱衷於看戲，加上民間社戲、神會的習俗，使得地方戲曲技藝頗受一般百姓歡迎；他們好聽評書、聽曲子，衍生大量城市小曲，在各地說唱；識得些許文字的便喜歡起閱讀通俗小說、彈詞唱本等所得的快樂，於是市民強烈的閱讀需求，是此類商品銷路的最佳保證，推動著作家與書商積極編撰與販售，使得可以提供大眾

　　　　學術研討會論文集》第二屆（台中：2001年2月。中興大學中國文學系主編），
　　　　頁9。
〔註47〕如江南嘉湖地區以絲綢織花技術聞名，蕪湖以漿染業、江西以瓷器、松江以棉布織造業享譽天下。
〔註48〕〔明〕何良俊撰：《四友齋叢說》卷之十三（台北：藝文印書館，1965年，《百部叢書集成》第十函），頁12。

娛樂的相關作品大量刊刻流行。葉盛《水東日記・卷二十一・小說戲文》文中的記錄可見當時社會在官府不禁、士人不非的情形下，諸如小說戲曲之類的雜書和文藝大行其道，炙手可熱：

> 今書坊相傳射利之徒偽為小說雜書，南人喜談如漢小王光武、蔡伯喈邕、楊六使文廣，北人喜談如繼母大賢等事甚多。農工商販，鈔寫繪畫，家畜而人有之。癡騃女婦，尤所酷好，好事者因目為《女通鑑》，有以也。……有官者不以為禁，士大夫不以為非；或者以為警世之為，而忍為推波助瀾者，亦有之矣。……如《西廂記》、《碧雲騢》之類，流傳之久，遂以氾濫而莫之捄歟。〔註49〕

（二）帝王士人的喜愛

前引葉盛「有官者不以為禁」一言不假，非但不禁，甚而愛之不忍釋者。

明初帝王為鞏固專制統治地位，對於知識份子與平民百姓均採取了高壓的手段嚴密控制，尤其在意識型態上進行了極其嚴格縝密的防堵，並以四書五經為限進行八股取士的科舉制度，致使文學遭受到極大的抑制，唯有應制稱頌的臺閣體得以流行百年之久，通俗文學上即有《三國演義》、《水滸傳》等傑出作品的出現，也沒有人敢冒著殺頭大罪印賣收藏，而與通俗小說密切相關的戲曲創作也同樣地遭到壓制。〔註50〕

此一政治風氣雖阻礙了通俗文學的發展，但是卻不是絕對的滯礙難行。就戲曲而言，太祖來自民間，喜好南戲，對於高明《琵琶記》劇中「子孝共妻賢」的封建道德觀大為讚賞；明成祖曾建立規模宏大的勾欄，亦榮寵明初雜劇十六子；後有憲宗好聽雜劇和散詞，曾大量搜羅海外詞本；武宗時，每有進獻戲本者，則必予以厚賞，至此戲曲創作死灰復燃之勢已萌。除了英宗不好此道外，幾乎其他明代皇帝皆戲劇之愛好者。上有所好，下必有所甚，君王本身喜好必然造成風行草偃的效果——即使表面上曾明令禁止，如成化年間出版的《說唱詞話》，不但由開設在天子腳下——北京城裡的永順堂刊

〔註49〕〔明〕葉盛撰：《水東日記》（台北：新興書局，1978年1月版，《筆記小說大觀》第36編第3冊），頁371～374。

〔註50〕永樂九年七月一日，朝廷頒布命令：「……但有褻瀆帝王聖賢之詞曲、駕頭雜劇，非律所該載者，敢有收藏、傳誦、印賣，一時拿送法司究治。……敢有收藏的，全家殺了。」見於顧起元：《客座贅談・卷十・國初榜文》，筆者未見，轉引自陳大康撰：《通俗小說的歷史軌跡》（長沙：湖南出版社，1993年1月，1版1刷），頁47。

印，更是朝廷命官宣昶妻子所好者，不但甘冒大不韙公然閱讀禁書，甚而將之隨葬。〔註51〕

對於通俗小說，明武宗本人甚至公開地要求閱讀，錢希言《桐薪》卷三曾提及武宗夜半傳旨欲讀《金統殘唐記》，令中官於肆中重金購得之事，夜讀小說的明武宗也許是緣於心血來潮、一時興起，之後有明神宗愛讀《水滸傳》，明熹宗愛看民間戲曲，在某種意義上，可顯示出封建政權對於通俗文學的態度已由嚴禁轉為接受喜愛，宦官夜半奉旨於民間重價搜購的情事亦定然盛傳於百姓口耳間，對於通俗文學的流行也起了相當的作用。嘉靖以後，更有第一部出於皇家，即司禮監經廠刊印的通俗小說刊本——《三國演義》，都察院及南京國子監等也曾出版過此書，《忠義水滸全傳》則是由武定侯郭勛代表官方率先刊刻，朝中官員與當代名士閱讀小說者不勝枚舉，〔註52〕佐以文學思潮上各家對於通俗文學地位的肯定，這一風氣更加昌盛而無法遏抑了。〔註53〕

隨著時局的變遷，影響通俗文學發展的阻力漸消失，而助力漸加溫，民間通俗文學勃然欲發的力量已漸非政治權力所能控制，加上明代帝王、朝廷官員及名士文人喜愛閱讀戲曲、小說等通俗文學，因其身份的特殊，對於整個通俗文學發展的環境起了積極推動與減少阻礙的作用；對於閱讀群眾而言也起了帶頭與示範的作用。其法令上所謂「禁」根本已名存實亡，抵擋不住這股狂潮了。

（三）印刷技術的進步

任何文學作品必須在傳播的過程中才能顯現出它的價值。印刷未發達前，文學的流傳端靠手抄本，詩文的傳抄謄錄尚易，如晉時左思作《三都賦》後，「豪貴之家竟相傳寫，洛陽為之紙貴」（《晉書‧列傳第六十二‧文苑》），又如劉禹錫《戲贈看花諸君子》「其詩　出，傳於都下」（孟棨《本事詩‧事感第二》），流傳速度甚快。

然而通俗文學形式不同於傳統詩文，其內容動輒十數萬字，僅賴抄寫謄錄，其流傳速度有限，真有手抄本傳世，索價也定然不貲。是以通俗文學要

〔註51〕詳見張仁淑撰：《馮夢龍雙雄記之研究》（國立政治大學中國文學研究所碩士論文，民國78年6月），頁69～70。

〔註52〕陳大康《通俗小說的歷史軌跡》曾列表詳說當時官員士人與通俗小說之關係，其所舉者不過百一，但數量已非常可觀，可見當時通俗小說閱讀之盛。見同註50，頁148～152。

〔註53〕以上參見同註50，頁146～148。

能廣泛流傳，必得仰賴印刷術的進步，方得將書籍以商品的形式出售，使其在數量上及在價格上保證了能被廣大群眾閱讀，消除難以傳播的障礙。

　　明代的印刷刊刻可說是我國的極盛時代。明太祖在洪武元年曾經詔除書籍稅，本可刺激印刷業的發展，然因思想上的種種拑制壓抑，使得明初至正統年間將近百年的時間，「書籍印刷尚未廣」，陸容《菽園雜記・卷十》曾載：

> 宣德、正統間，書籍印版尚未廣。今所在書版，日增月益，天下古
> 文之象，愈隆於前已。但今士習浮靡，能刻正大古書以惠後學者少，
> 所刻皆無益，令人可厭。〔註54〕

成化以後，印刷刊刻技術日益進步，此一行業蓬勃發展，「所在書版，日增月益」，但所刊刻的書籍品類在陸容看來，儘管數目繁多，可惜「能刻正大古書以惠後學者少，所刻皆無益」，筆者無法確切得知他所謂的「無益」、「可厭」的書籍究竟包含了哪些，但被向來傳統士人視為文學末流的通俗文學恐怕也位列其中。

　　嘉靖以後，隨著手工業的發展與專業分工，書籍製成過程中相關行業的隆盛降低了書籍成本，加上市民群眾大量的消費需求，致使各地書籍的刊刻印刷更加興旺繁盛。以印刷材料——紙張而言，造紙技術進步，產品種類繁多，光是印書所用紙張，便有「永豐棉紙」、「常山柬紙」、「順昌書紙」、「福建竹紙」等的優劣差別，〔註55〕產量大而價格便宜；最為費時費力的雕刻工作，亦因刻工工資的低廉而降低了成本；〔註56〕技術上自弘治、正德年間，開始嘗試金屬活字如「銅活字」、「鉛活字」等的活字印刷的運用，在字體上也逐漸發展出較為規範化的「明匠體字」，還有版畫插圖的加入、套印技術的改良等特色，使得當時書籍印刷更顯豐富而日趨便捷。

　　既此，刊刻書籍成本低而便利，人人得以為之，葉德輝《書林清話・卷七・明時刻書工價之廉》記有：

> 嘗聞王遵巖、唐荊川兩先生曾相謂曰：「數十年讀書人，能中一榜，
> 必有一部刻稿；屠沽小兒，身衣飽煖，歿時必有一篇墓誌。此等板

〔註54〕　〔明〕陸容撰：《菽園雜記》（台北：廣文書局，1970年12月，初版），頁12。
〔註55〕　同註45，《少室山房筆叢・卷四・甲部・經籍會通四》，頁57。
〔註56〕　《書林清話》卷七〈明時刻書工價之廉〉條引蔡澄「雞窗叢話」云：「前明書皆可私刻，刻工極廉。」又言：「聞前輩何東海云：『刻一部古注十三經，費僅百餘金』，故刻稿者紛紛矣。」見葉德輝撰：《書林清話》（北京：古籍出版社，1957年1月，1版），頁185。

籍，幸不久即滅，假使盡存，則雖以大地爲架子，亦貯不下矣。」

又聞遵巖謂荊川曰：「近時之稿板，以祖龍手段施之，則南山柴炭必

賤。」〔註57〕

此二人的對話雖表達出其對濫刻書稿的不滿，但亦足以見當時印刷業的普及及時人流行自刻詩文之風氣。

　　由此看來，晚明時期由於印刷技術的進步，佐以原料與人力資源的物美價廉，致使刊刻事業繁盛，書籍遂得以大量生產，以「商品」形式於「市場」中販售。

（四）書商促使銷路通暢

　　明代刻書有官刻、家刻及坊刻三類，官刻本爲中央或地方政府所刻書，因校勘與印刷良善而受歡迎；家刻本則興盛於嘉靖之後，刊刻者多爲大藏書家，注重善本且精加校刊，此二者皆不以營利爲目的，而所謂坊刻本，通常以刊印民間日用參考用書、科舉應試用書及通俗文學這三類書籍爲多，專以商業獲利爲其出版書籍的唯一動機。

　　成化年間，杭州通判沈澄因刊刻一部時文集而甚獲重利，各書坊紛紛跟進，明中葉以後，書坊主基於市場需求，又將目標轉向市民群眾所喜好的小說、戲曲一類的通俗文學，既擁有良好的書籍生產條件與廣大書籍銷售市場，爲求重利，書坊主不得不絞盡腦汁，乘時以趨利。

　　其一，好的文稿難得，書坊主或親自從事編寫工作，或與文人建立酬傭關係。明初問世的《三國演義》在嘉靖年間刊印行世，廣受歡迎，致使書坊趨之若鶩，然除了《三國》、《水滸》等上好的作品外，幾無其他作品供刊印，時日既久，市場已然飽和，加上文人投入創作風氣亦未盛，是以諸如余象斗、熊大木等文學素養較高的書坊主，爲迎合讀者的嗜好、爲再多求利潤，索性自己動手從事通俗小說的編寫，〔註58〕但此類作品，往往受限於書坊主作者

〔註57〕同上註，頁185～186。

〔註58〕余邵魚編寫《列國志傳》，其在《列國志傳·引》言：「自《三國》、《水滸》外，奇書不復多見。」而熊大木據文言小說《精忠錄》改寫《大宋演義中興英烈傳》，就他自己所言，他所做的也只是「以王本傳行狀之實迹，按《通鑒綱目》而取義」而已。見〔明〕余邵魚編集：《列國志傳》（上海：上海古籍出版社，1994年版，《古今小說集成》第67冊），頁3；〔明〕熊大木改寫：《大宋演義中興英烈傳》，（上海：上海古籍出版社，1994年版，《古今小說集成》第71冊），頁2。

文化素質與藝術修養以及其強烈牟利動機，而使得作品質量及藝術價值不很高。〔註 59〕日後，書坊主與士人交往密切，建立起酬佣關係，只要利潤可靠豐厚，書坊主都願意不惜重金投資，如萬曆年間，舒載陽對《封神演義》的稿本就是「不惜重資，購求錄行」，〔註 60〕而晚明通俗文學作家代表馮夢龍，其所出版書籍膾炙人口，在《古今小說·序》中，便言：「家藏古今通俗小說甚富，因賈人之請，抽其可以嘉惠里耳者，凡四十種，畀為一刻。」所謂「因賈人之請」即是書坊主看準了「馮夢龍」知名度的號召力及「通俗小說」內容必受歡迎的商機，為求在書籍市場上爭取銷售優勢而積極向馮夢龍邀稿。

再者，除了根據市場閱讀喜好尋覓好的文稿刊刻出版外，書坊主不得不顧及市民階層的知識水平與欣賞嗜好，設法使「書籍」這一商品更符合大眾口味與需求，例如在書籍中加入標點、評點、或插畫等，又有特別強調版本之精良，確保其書之品質無虞者，也有為標新立異而加上諸多名堂以吸引更多讀者的青睞，如「新刻增異」、「殘本新刻」、「全像按鑑」、「增廣」……等，實際上未必與原書有多大差異，〔註 61〕而最下者，甚有為了求得厚利，配合大眾的購買能力，便盜印翻刻、偷工減料或假託名人文士者，郎瑛《七修類稿·卷四十五·事物類·書冊》即言：

> 我朝太平日久，舊書多出，此大幸也，亦惜為福建書坊所壞。蓋閩專以貨利為計，但遇各省所刻好書價，聞價高即便翻刊，卷數目錄相同，而於篇中多所減去，使人不知，故一部止貨半部之價，人爭購之。〔註 62〕

胡應麟也說：

> 余二十年前，所見「水滸傳」傳本，尚極足尋味。十數載來，為閩中坊賈刊落，止錄事實，中間遊詞餘韻，神情寄寓處，一概刪之，遂幾不堪覆瓿。復數十年，無原本印證，此書將永廢矣。〔註 63〕

可見為謀求利潤，各地書坊無所不用其極。

〔註 59〕 同註 50，頁 74～77。
〔註 60〕 出自舒載陽版《封神演義·識》，筆者未見文本，轉引自同註 50，頁 52。
〔註 61〕 陳昭珍撰：《明代書坊之研究》（台灣大學圖書資訊研究所碩士論文，1984 年7 月），頁 57。
〔註 62〕 〔明〕郎瑛撰：《七修類稿》（台北：新興書局，1978 年 1 月版，《筆記小說大觀》第 33 編第 1 冊），頁 665。
〔註 63〕 同註 45，《少室山房筆叢·卷四十一·辛部·莊嶽委談下》，同註 45。

此外，最為重要者，便是書籍銷售網絡的建立。一般而言，文化事業發達或刊刻業興盛的地方也是最易形成書籍集散的銷售中心，當時稱書坊、書林或書鋪。以馮夢龍所在蘇州府城長洲縣、吳縣來說，「凡姑蘇書肆，多在闆門內外及吳縣前，書多精整，然率其地梓也。」〔註64〕明代此地書坊已知的有三十七家之多，〔註65〕書坊刻書業發達，加上蘇州一帶人文薈萃，藏書家眾多，不但高價收購珍籍善本，更不惜重資刊刻印行，使得蘇州書籍市場具有高生產性質，其書品質之高更成為各地書商從事遠途販售的重要商品。

當時全國重要的書籍集散市場，就胡應麟所指，乃燕市（北京）、金陵（南京）、闆閶（蘇州城）、臨安（杭州）四個城市，其中以蘇州南京二地規模最為盛大，「海內商賈所資，二方十七」，〔註66〕至於所餘十分之三者，則來自福建。嘉靖年間《建陽縣志》即載：「書籍出麻沙、崇化兩坊，昔號圖書之府。」「書市在崇化里，比屋皆鬻書籍，天下客商販者如織，每月以一、六日集。」〔註67〕由此可見，在資訊、交通不如今日便捷的明代，書籍的流通以每月固定某幾天的方式來進行交易，每逢交易日各路書商與書客雲集，創造最大銷售量。其中閩本以最廉之竹紙刊印，又偷斤減兩，是為書籍版本評價中最低者，謝肇淛《五雜俎》言：「閩建陽有書坊，出書最多，而紙版俱最濫惡，蓋徒為射利記，非以傳世也。」但亦因其成本低售價廉而具有市場競爭力，故而常盛不衰，書市的盛況甚至一直延續到清初。

除了書市之外，還有沿水路到各地販售的「書船」〔註68〕以及為了爭取無錢買書的讀者所設置的「租書」〔註69〕業務等，都是書坊書商為逐金錢利

〔註64〕繆咏禾編著：《明代出版史稿》（南京：江蘇人民出版社，2000年10月，1版1刷），頁388。

〔註65〕張秀民撰：《中國印刷史》（上海：人民出版社，1989年，1版），頁369～372。

〔註66〕同註45，《少室山房筆叢・卷四・甲部・經籍會通四》，頁55。

〔註67〕〔明〕趙文、黃璠纂修，袁鉌續修：《嘉靖建陽縣誌・卷四，物產》（柳營：莊嚴文化事業公司，1996年8月，初版）。

〔註68〕書船的產生是為了因應遠途販賣圖書的需要，沿水路到各地兌售，書船與藏書家時有往來，熟知門道和行情。詳見同註64，頁391～392。

〔註69〕據陳大康言，現已無從考察明末租書的具體情形，但從清代的材料中可尋覓到一些蛛絲馬跡：諸明齋《生涯百咏・卷一・租書》寫到：「藏書何必多，《西游》《水滸》架上鋪；借非一瓢，還則需青蚨。喜人家記性無，昨日看完，明日又租，真個詩書不負我，擁此數卷腹可果。」此文筆者未見，轉引自同註50，頁181。又阿英《小說三談・小說搜奇錄》記載了清道光間四宜齋在小說《鐵冠圖》上所印的租書啟事的印記：「書業生涯，本大利細，塗抹撕扯，全

益所設立的管道。

　　從上文的探討可以發現，明代通俗文學出版，在各方條件的齊全與配合之下，到了晚明時期，已是一熾盛景況，笑話書以一通俗文學的樣貌崛立於書籍市場，廣受市民群眾的喜愛，因而不斷地有人願意投身編撰，造成笑話書的盛產，自是不言可喻，而馮夢龍生於這個通俗文學暢行的時代，處於這個人文薈萃、書籍刊印流通繁盛的蘇州府城，加上他個人對於通俗文學讀物的努力、書坊讀者的支持擁護，更促進了他出版通俗文學作品的量與質。

第三節　　編纂者馮夢龍的優勢條件

　　除晚明時代背景助長了通俗作品的發展，諧謔的氛圍激盪了笑話專書的勃興外，任一笑話書的成形，不但受作者／編纂者個人寫作為文的技巧與能力影響，其性格理念以及其所擁有的社會支援都是影響一部作品呈現的關鍵，特別像是《笑府》、《古今笑》這兩部同時具有清楚編纂意識與市場利潤的通俗作品更是如此，是以欲探究這兩部笑話著作，自然得先從其編纂者——通俗文學大家馮夢龍其所具備的優勢條件著手。此節分就「性格意識」及「社會支援」兩個面向來加以討論。

一、性格意識

（一）以情為真的畸人面貌

　　「畸」字有乖背世俗，奇特不常、蹇澀多難的意思，再由《莊子·內篇·大宗師第六》可探畸人一詞意義，其文言：「畸人者，畸於人而侔於天。」成玄英疏云：「侔者，等也、同也。夫不修仁義，不偶於物，而率其本性者，與自然之理同也。」〔註70〕由此可見，所謂「畸人」，當是能夠了解天理之自然，故而唾棄一般禮法而不偶於世道時尚，率一己之本眞以行世之人。莊子〈大宗師〉一文中，將生命意義的極成規定為從俗人經畸人以證得眞人。所謂「眞

部賠抵，勤換早還，輪流更替，三日為期；過期倍計，諸祈鑒原，特此告啟。」見阿英撰：《小說三談》（上海：上海古籍出版社，1979 年 8 月，1 版 1 刷），頁 45。此二資料寫的是清朝租書的情況，未知與晚明租書差異幾何，略敘一二以供參考。

〔註70〕〔清〕郭慶藩撰：《校正莊子集釋》（台北：世界書局，1981 年 11 月，5 版），頁 273。

人」，能夠超越俗知、超越生死與欲望的追求，卻能不被迷惑與困限的人，但又其絕非是逃離天下、拱默山林以求超脫，反而是在世情擾動中，任運隨化，徹底消融一切矛盾衝突的，是以到達「萬致不相非，天人不相勝」的和諧境界。然而「畸人」在生命的證悟上未若真人，其具俗人未有之不侔於俗情的明知，能超離世情的迷執，卻未能完全解脫圓融，是以必然與世俗對立，進而以各種不同的形式與力量批判世界，在世人眼中便成了一種「畸」，而其本身亦陷於矛盾中，因此即便悟道卻未能有體道者的喜悅，反而充滿無可奈何的孤涼、遺世獨立之感。故具有「畸人」性格者，雖率本真以處世，能夠照著自己內心要求而生活，但行為卻往往背俗反常，其中狂憚激烈者非但不見容於世，甚而與世針鋒相對，即便犧牲性命，亦絕不妥協。〔註71〕

馮夢龍是一個具有畸人性格的文人。認識他的人將他定義為畸人，董斯張在《宛轉歌序》曾言「虎阜之陽，雀巿之側，其中有畸士焉」，以「畸士」稱之；王挺在〈挽馮猶龍〉詩中也提及他是「逍遙豔治場，游戲煙花裡」、「笑罵成文章，燁然散霞綺。放浪忘形骸；觸咏托心理」〔註72〕的狂士。而馮夢龍亦曾多次如此稱呼自己，《智囊·自序》中寫道：

> 馮子名夢龍，字猶龍，東吳之畸人也。

在《警世通言·敘》中則有「隴西君，海內畸士，與余相遇於棲霞山房，傾蓋莫逆，各敘旅況，因出其新刻數卷佐酒，且曰：『尚未成書·子盍先為我命名？』」的文字，而《三教偶拈·敘》中署有「東吳畸人七樂生」的名字，上述所指「隴西君」、「七樂生」都是指馮夢龍。

由此可見，在馮夢龍自我的認知裡自己也是個不同於凡俗的畸人，而錢謙益在《馮二丈猶龍七十壽詩》亦以其具晉人風度稱之。然而在馮夢龍的定義中，「畸人」是什麼樣子的呢？而他表現出來的又是怎樣的畸人風貌、晉人風度呢？

王凌《情種·畸人·七品官——馮夢龍探幽》一書對於馮夢龍的性格有過多篇詳細的研究，其中就王凌所指馮夢龍表現出的畸人性格有五：〔註73〕

1、「石壓筍斜出」——強烈的叛逆精神。

〔註71〕 詳見陳德和撰：〈畸人與真人——莊子大宗師的超越性和圓融性〉（《鵝湖月刊》219 期，1993 年 9 月）。

〔註72〕 轉引自同註28，頁 147。

〔註73〕 以上詳見王凌撰：《畸人·情種·七品官——馮夢龍探幽》（福州：海峽文藝出版社，1992 年 3 月，1 版 1 刷），頁 43～47。

2、「不畏勢」——鮮明的愛憎感情。

3、「放聲狂笑」，不復知有南面王樂矣」——放蕩不羈的生活。

4、「跅弛自喜，不拘小節」——俗文學家的氣派。

5、生活貧困，「落魄奔走」——但難移其志。

王凌以馮夢龍《笑府‧序》中直言不諱：「經書子史，鬼話也，而爭傳焉」，又在《古今笑》裡指斥昏君「動見拘束不如市邊屠沽兒百倍」、嘲笑「天不生仲尼，萬古如長教」的說教，又將「罵孟詩」收入《譚概》等為例，說明馮氏不奉舊傳統經典聖哲為圭臬，不視天子天道為最尊最貴。與傳統價值觀背道而馳。

馮夢龍在《古今笑‧越情部》小序中表示：「天下莫靈於鬼神，莫威於雷電，莫重於生死，莫難於忍氣，莫難捨於財；而一當權勢所在，便如鬼如神，如雷如電，舍財忍氣，甚者不惜捐性命以奉之矣。人情之蔽，無甚於此。故余以不畏勢為首。」一般人的趨炎附勢讓馮夢龍唾棄，尤其痛恨道學、山人之虛偽，指斥他們「山之不山，人之不人」、「口譚賢聖，耽耽窺權要之津；手握牙籌，沾沾慷慨之譽」；相反地贊賞武則天、卓文君等遭傳統道德譴責的人物，其愛憎之鮮明強烈不言自明。

王凌又以馮夢龍《古今笑‧自序》中自言「非謂認真不如取笑也，古今來原無真可認也。無真可認，吾但有笑而已矣；無真可認並強欲認真，吾益有笑而已矣。」及韵社第五人《題古今笑》文中所言，再加上其編纂《笑府》、《古今笑》，自號為「千秋笑宗」等線索，說明他的放蕩不羈。

而褚人獲《堅瓠九集》卷四中〈馮夢龍抑少年〉一則所載馮夢龍少年時與人飲酒行酒令的任真行徑為例正好說明馮夢龍的「跅弛自喜、不拘小節」。楊恩壽《詞餘叢話》中所記馮家絕糧之時，馮夢龍尚能安穩鎮定為袁韞玉《西樓記》增入《錯夢》一出之事，說明馮夢龍即使生活困苦，面臨斷炊之苦，也能談笑自若，不因貧苦折腰喪志的性格。

王凌以上所列正說明了馮夢龍對抗世俗的異端思想、以笑為談不拘小節的文人風範以及一往無前、貧賤不移的精神，然在其畸人言行底下，潛藏的更是他思想意識裡所堅持的「以情為真」的真正本質。

在《情史‧卷九‧情幻類‧李月華》條後注中，他曾經將芸芸眾生分成三類：

> 至人無夢，其情忘，其魂寂。下愚亦無夢，其情蠢，其魂枯。常人

多夢，其情雜，其魂蕩。畸人異夢，其情專，其魂清。

至人、常人尚且不論。畸人不同於俗世眾生，對於情專一純粹，精神清明朗潔，他既自稱畸人，即是自認為「其情專，其魂清」的那一類人，「情」也確實是馮夢龍一生最重要的主題。是以筆者再就其一生始終追求奉行的「情真」來補充說明馮夢龍的畸人性格。

馮夢龍在《情史·敘》中曾表示：

> 余少負情痴，遇同儕必傾赤相與，吉凶同患。聞人有奇窮奇枉，雖不相識，求為之地。或力所不及，則嗟歎累日，中夜展轉不寐。見一有情人，輒欲下拜；或無情者，志言相忤，必委曲以情導之，萬萬不從乃已。

在面對一生摯愛侯慧卿的離去時，他有《怨離詩》三十首之多。在狎遊的日子裡，與妓女接觸，不但平等視之、真情相待，對於風塵女子在愛情上的合理追求亦表同情：《太霞新奏·送友訪妓》序文中指出之所以製作此曲，乃是為鼓勵好友袁無涯去找尋曾經「一見成契，將有久要」卻不幸「鬻為越中蘇小」的妓女王冬生。名妓女白小樊與馮友人東山劉生相善，兩人一度密訂婚約，後因劉生一去不返，拋棄了白小樊。馮夢龍憤憤不平，為白小樊作散曲《青樓怨》，譴責友人的負心薄情，又藉此題材作傳奇《雙雄記》，以劉生與白小樊為劇中男女，終以感動劉生為小樊脫籍。〔註74〕

以上足見馮夢龍是個情感豐富的人，對朋友傾心相交，禍福與共，見有奇窮奇枉者，雖素昧平生亦必竭力相助；為了侯慧卿的改嫁離去，他曾以三十首之多的《怨離詩》來寄情抒懷，詩詞中句句可見其對侯慧卿的深情；見有情之人，感動再三，甚欲下拜，眼見袁王二人之戀有緣無份，馮夢龍挺身支持友人再為此情努力；見無情者則急欲勸導，欲化其鐵石心腸，東山劉生無情負約，馮夢龍以其通俗作品去譴責教化，終使結果圓滿。凡此種種，全都緣於他的「情痴」性格，不但專於自己對愛情的追求，也專於自己對「情」字的堅持，自己也好，身旁的友人也罷，馮夢龍所為，只為求得「情」的合理圓滿。

〔註74〕《太霞新奏·雙調·步步嬌·青樓怨》首篇序言提及此事：「余友東山劉某，與白小樊相善也，已而相逢。傾偕子往，道六年別意，淚與聲落，匆匆訂約而去。去則不復相聞。每瞷小樊，未嘗不哽咽也。世界有李十郎乎？為寫此詞。」

少負情痴的馮夢龍在年少時表現出其為「情」執著的一面，對於「情」的認知愈益清楚，也就更強化了他對於「情」的重視。在《情史》一書中，記錄了情的各種面貌，尤其當中諸多評語更再三顯現出馮夢龍對「情」的觀察及賦予「情」的特質：

一者否定佛教所言構成世間一切的四種因素——地、水、火、風，以此均為幻設，唯有情為世間一切有為法的形成根源，唯有情真不假，無情則萬物不生，一旦有情，能使疏離者親近，若是無情，即為親近者亦疏離，《情史·序》言：

> 天地若無情，不生一切物。一切物無情，不能環相生，生生而不滅，
> 繇情不滅故。四大皆幻設，惟情不虛假，有情疏者親，無情親者疏，
> 無情與有情，相去不可量。

再者，他反對宋明以來道學家以虛無縹緲的「天理」做為道德本源，尤其歷代衛道者認為情感自由導致人欲橫流，將造成各種奸邪悖亂的發生，視人性中的「情欲」為引發社會秩序不安的禍端，因而制法律、禮儀與刑賞等種種的「理」來箝制人們的真情，如此禮教的桎梏，使得人們不得不壓抑內在本真勉強為之，久而遂忘其真。馮夢龍對此深為痛恨。他重新審視了自古以來被貶斥壓抑的真情，以情本為人類天性所具，是與生俱來的本能，表達天性本能的「情」，是一種本真自然的表現，又以情更甚於理，是為道德的歸向，後來更進而推動了情教說，這部分留待後文再論。

（二）明確的通俗文學主張

馮夢龍在天生個性上是一個對抗禮法，不同於流俗，以情為真之畸人，然文學表現上，卻是中國文學史上首屈一指的通俗文學大家，其之所以具有如此地位，不僅緣於其通俗文學作品的繁多與膾炙人口，更因為他對於通俗文學有著自己一套明確的觀點及主張。以下便分就幾個項目來探索：

1、肯定通俗文學的地位

馮夢龍在《醒世恒言·序》中寫道：

> 自昔溷亂之世，謂之天醉。天不自醉人醉之，則天不自醒人醒之。
> 以醒天之權與人，而以醒人之權與言。言恒而人恒，人恒而天亦得
> 其恒。萬世太平之福，其可量乎！則茲刻者，雖與《康衢》、《擊壤》
> 之歌并傳不朽可也。崇儒之代，不廢二教，亦謂導愚適俗，或有藉

焉。以二教爲儒之輔也，以《明言》、《通言》、《恒言》爲六經國史
之輔不亦可乎？

《警世通言・敘》亦言：

> 六經、《語》、《孟》，譚者紛如，歸於令人爲忠臣、爲孝子，爲賢牧，
> 爲良友，爲義夫，爲節婦，爲樹德之士，爲積善之家，如是而已矣。
> 經書著其理，史傳述其事，其揆一也。理著而世不皆切磋之彥，事
> 述而世不皆博雅之儒。於是乎村夫稚子，里婦佑兒，以甲是乙非爲
> 喜怒，以前因后果爲勸懲，以道聽塗說爲學問，而通俗演義一種，
> 遂足以佐經書史傳之窮。

馮夢龍的這兩段話適足以證明他對通俗小說地位的肯定。其將《三言》一類
的通俗文學作品提昇至足以與六經國史相提並論的地位，與上古時代使堯舜
爲之警醒的《康衢》、《擊壤》等歌謠具有並傳不朽的價值，原因是六經國史
一類的書籍目的在於教導讀者忠孝節義、行善修德，然而此類作品必得博文
尙雅之士方得以知之，絕大多數的群眾卻未必能樂於此道，精於學養，是以
通俗文學作品在此時便能發揮其功效，藉通俗演義一類的接觸來了解前因後
果、評斷人物是非，才能愈益明白六經國史中所強調的仁義禮智等道理，達
到「醒人」、「醒天」，甚而「人恒而天亦得其恒」，以致「萬世太平之福」的
境地。如此的肯定不僅只於通俗小說，馮夢龍也在《山歌・序》中曾提到：

> 書契以來，代有歌謠，太史所陳，並稱風雅，尙矣。自楚騷唐律，
> 爭妍竸暢，而民間性情之響，遂不得列於詩壇，於是別之曰《山歌》，
> 言田夫野豎矢口寄興之所爲，荐紳學士家不道也。……山歌雖俚甚
> 矣，獨非鄭、衛之遺歟？

如此看來，由田夫野豎隨口寄興哼唱的民間歌謠集《山歌》，亦可比歷來倍受
尊崇的《詩經》、《離騷》，是爲有明一朝民間眞直性情的發聲，馮夢龍之重視
不言可喻。

　　以上所言，俱見馮夢龍對通俗文學地位的再三肯定，他如此不諱言地大
聲疾呼，推崇通俗文學，相對於傳統文學來說，無疑是一先進的主張。

　　2、主張「娛樂」與「教化」並俱的通俗文學功能

　　通俗文學究竟有何魅力？足以讓馮夢龍將它從不入流、不登大雅之堂的
小道提昇到與經史同等的地位。這可分就「娛樂」和「教化」兩項通俗文學
功能的主張來論述：

在天許齋《古今小說‧題辭》中有言：

> 小説如《三國志》、《水滸傳》稱巨觀矣。其有一人一事，足資談笑
> 者，猶雜劇之於傳奇，不可偏廢也。〔註75〕

在《三國志》、《水滸傳》等堪稱巨觀的小說裡，只要足資談笑的部分，便不
可小覷、不得捨棄，這是馮夢龍刊刻《古今小說》時的初衷，可見在選輯故
事小說之時，他的第一個價值取捨在於「足資談笑」，亦即通俗文學最先的功
能──「娛樂」取向。

更深入地來看，馮夢龍曾在《古今小說‧序》中，將古代傳統小說與通
俗演義作一區別：

> 史統散而小說興。始乎周季，盛于唐，而浸淫于宋。韓非、列御寇
> 諸人，小說之祖也。《吳越春秋》等書，雖出炎漢，然秦火之後，著
> 述猶稀。迨開元以降，而文人之筆橫矣。若通俗演義，不知何昉？
> 按南宋供奉局有說話人，如今說書之流，其文必通俗，其作者莫可
> 考。泥馬倦勤，以太上享天下之養，仁壽清暇，喜閱話本，命內璫
> 日進一帙，當意，則以錢厚酬。於是內璫輩廣求先代奇跡及閭里新
> 聞，倩人敷演進御，以怡天顏。〔註76〕

在此文中，馮夢龍以傳統小說始於韓非，而通俗演義則不願追溯至炎漢，而疑
在南宋有說話人行業的時代裡，其中以怡天顏的話本作品與通俗小說有關。這
不但將後起通俗小說與傳統目錄學中的小說概念分別開來，甚而在推論通俗小
說的源起時已將之與「說話」之類的民間藝術的娛樂功能相繫連，〔註77〕由此

〔註75〕同註28，頁38。

〔註76〕除馮夢龍外，明人郎瑛《七修類稿‧卷二十二‧辯證類‧小說》中也有類似
的記錄與見解：「小説起宋仁宋。蓋時太平盛久，國家閒暇，日欲進一奇怪之
事以娛之」見同註62，頁330。而清人翟灝《通俗編》亦提及：「《新論》：『小
說家合叢殘小語，近取譬諭，以作短書』。按古凡雜說短記，不本經典，概比
小道，謂之小說，乃諸于雜家之流，非若今之穢言也。《輟耕錄》言：『宋有
渾詞小說』，乃指今小說矣。」，見〔清〕翟灝《通俗編‧卷七‧文學》（台北：
廣文書局，1990年10月，再版），頁18。可見將話本小說與古代傳統小說的
概念區隔開來，並非馮夢龍一人的想法，而是一個逐漸形成的發展，而馮夢
龍可謂居其先者。

〔註77〕引文所指「說話人」非始於南宋，實際上「說話」一詞在唐代已經存在，然
而說話藝術與說話人在唐代尚未形成風潮，就目前資料而言，即便有之，也
當僅屬偶然。但在敦煌變文中有些話本名目，此類話本多半與講唱佛經故事
有關，旨在宣傳佛教，其目的尚不在娛樂。馮夢龍之所以不以之為通俗小說

可見出馮夢龍對於通俗文學首要功能「娛樂性」的重視。

　　再者，馮夢龍最為推崇的，也是他「情教說」理念的同步實踐，便是通俗文學的「教化」力量。馮夢龍不只一次地在文章中強調這股連傳統經典都望塵莫及的教化力量。《古今小說‧序》中提到：

> 小說資於選言者少，而資於通俗者多。試令說話人當場指出，可喜可愕，可悲可涕，可敬可舞；再欲捉刀，再欲下拜，再欲決脰，再欲捐金。怯者勇，淫者貞，薄者敦，頑鈍者汗下，雖日誦《孝經》、《論語》，其感人未必如是之捷且深也。噫，不通俗而能之乎？

馮夢龍在《警世通言‧敘》中甚至還舉出一特別的生活實例來說明：

> 里中兒代庖而創其指，不呼痛，或怪之。曰：「吾頃從玄妙觀聽說《三國志》來，關雲長刮骨療毒，且談笑自若，我何痛為！」夫能使里中兒有刮骨療毒之勇，推此說孝而孝，說忠而忠，說節義而節義，觸性性通，導情情出。

《山歌‧序》中也提到他輯錄民間歌謠的用心：

> 若夫借男女之真情，發名教之偽藥，其功於《掛枝兒》等，故錄《掛枝兒》而次及《山歌》。

以上所言，正是馮夢龍對於通俗小說快捷而深刻的感染教育力量的清醒認識。通俗文學的閱讀，如說話人在眼前的生動演出，讓人在情緒上隨著主角人物而「可喜可愕，可悲可涕，可敬可舞」，有著「再欲捉刀，再欲下拜，再欲決脰，再欲捐金」等的行為衝動，無論是在自己的行為或心性上都起了一種模仿效法的作用，即便是幾歲小兒都能效關雲長有著刮骨療毒之勇；尤有甚者，得讓原本個性怯弱、淫惑的、道德薄缺、本性頑劣駑鈍的藉由閱讀深刻感受到作品中主角人物的圓滿德行或因果報應，受其感發薰陶、警惕教訓而改正自己，達到所謂「觸性性通，導情情出」的勸善懲善之作用。這是通俗文學以其最不受正統文學重視的形式，卻發揮起其等同經史的教忠教孝之教化功能的明證，同時也達到了馮夢龍對於通俗文學所謂「嘉惠里耳」、「振恆心」的基本要求。

3、對通俗文學的內容與形式要求

　　對於通俗文學地位與功能的肯定之餘，實際進行通俗文學的創作、編纂與出版的馮夢龍對於通俗文學的內容及形式要求亦多有論述。《古今小說‧序》

之源起，而推以南宋，顯然強調南宋時期的話本偏重娛樂與專業之性質有關。

中指出：

> 大抵唐人選言，入于文心；宋人通俗，諧于里耳。天下之文心少而
> 里耳多，則小說之資于選言者少，而資于通俗者多。

因為「天下之文心少而里耳多」，是以唐代傳奇雖為文人學士們的遣興游戲之作，但仍屬文人圈子裡的產品，只適合少數學識及文化素養較高的有「文心」者的審美需求，其在語言形式及藝術趣味上都與廣大群眾有著難以跨越的距離；至於宋人話本等諧于里耳的作品，即後來的通俗小說吸收與承繼的主要方向，此則為世俗百姓所喜聞樂見。

再者，正如前曾提及者，通俗文學的教化影響既快且深，若如《孝經》、《論語》一類，引經據典，用詞雅正，何讓平凡百姓在最快的時間內願意接受，且充分理解呢？確如馮夢龍自己在《古今小說‧序》所做的感嘆一般：「噫，不通俗而能之乎？」

由此看來，通俗文學的主要閱讀者非為少數的具有文心之人，而是絕大多數的里耳民眾。為求廣大群眾得以喜聞接納，獲得最快的娛樂與教化成效，通俗文學在內容或形式上的基本要求，便無論如何得是「資於通俗者」、「諧於里耳」者了。

就其內容而言，符合「通俗」、「諧於里耳」的條件者，是什麼樣的題材或故事呢？馮夢龍以為「村夫稚子，里婦估兒，以甲是乙非為喜怒，以前因後果為勸懲，以道聽塗說為學問」，因為村夫里婦的文化層次較低，他們通常以道聽塗說的閭里新聞為學問，以過去人物因果報應的經歷為警惕，因此要撰著出他們所能接受的作品，自當從其所熟悉的古代人物事蹟去著手，從其現實熟稔的生活情節中去取材，是以才有了《太平廣記鈔》、《三言》等膾炙人口的作品。

在取材過程中，馮夢龍也提到內容未必一定要求真，情真理真才最為重要。《警世通言‧敘》有言：

> 人不必有其事，事不必麗其人。其真者可以補金匱石室之遺，而贗
> 者亦必有一番激揚勸誘、悲歌感慨之意。事真而理不贗，即事贗而
> 理亦真，不害於風化，不謬於聖賢，不戾於詩書經史，若此者其可
> 廢乎？

《山歌‧序》亦言：

> 今所盛行者，皆私情譜耳。雖然，桑間濮上，國風刺之，尼父錄焉，

以是爲情眞而不可廢也。山歌雖俚甚矣，獨非鄭、衛之遺歟？且今
雖季世，而但有假詩文，無假山歌；則以山歌不與詩文爭名，故不
屑假；苟其不屑假，而吾藉以存眞，不亦可乎？

可見通俗小說的內容雖取材於前人事蹟與現實生活，但不需在意眞確與否，
其中揚善懲惡的道理才是更勝於詩書經史的重點，民間歌謠的輯錄雖然出自
夫野豎之口，俚俗至甚，但卻是「眞情而不可廢」，可見「情眞」、「理眞」是
爲馮夢龍在通俗文學取材上最重要的衡量標準。

就語言形式來說，馮夢龍在《醒世恒言‧序》中提到：

六經國史而外，凡著述皆小說也。而尚理或病于艱深，修詞或傷于
藻繪，則不足以觸里耳而振恒心。

馮夢龍認爲，作爲一個通俗文學作品，就消極條件而言，必得將「尚理或病於
艱深，修詞或傷於藻繪」的作品給摒除在外，因爲過度地著重義理、文字艱深
難懂或在修辭綴飾上過於繁複者，一般大眾無法閱讀接受，做不到「觸里耳」、
「振恒心」，已然遠離了「通俗」二字的範疇，自然當被淘汰在通俗作品門外。
換言之，不僅須具備有通俗的題材內容，其語言形式也當採取最接近群眾、最
爲口語的詞彙，「文必通俗」方得爲大眾所接受，也才能眞正的「通俗」。

4、對通俗文學的喜好與蒐集

馮夢龍在年少時期傾注全副精力在研讀經史著作上，尤其作爲應考科目
的《春秋》一書更是鑽研益深。王挺在〈挽馮夢龍〉一詩中亦云：「上下數千
年，瀾翻廿一史。」〔註78〕更可想見早年的馮夢龍博覽群書，在經史典籍中
所下的苦功不少，這成爲日後撰著通俗文學作品時旁徵博引的最佳資源。但
除了研經治學之外，馮夢龍亦喜歡閱讀其他書籍。

他在《太平廣記鈔‧小引》中回憶道：「予自少涉獵，輒喜其博奧。」其
所指者乃是《太平廣記》一類的稗官野史，因內容的廣博神奧而讓他愛不釋
手。另外，馮夢龍亦喜歡兒歌童謠，他曾說：「余幼時問得『十六不諧』，不
知何義；其詞頗趣，并記之。」（《山歌‧卷一‧私情四句‧睃》）所謂「十六
不諧」即是吳中地區相傳的小兒歌謠，而這樣不起眼的孩童謠唱也因其詞頗
趣而爲馮夢龍所接納記憶。如此廣泛閱讀，使得馮夢龍不但爲自己在封建正
統教育的侷限下開拓另一個繽紛多采的視野，且爲後來編纂《笑府》、《古今

〔註78〕收於同註28，頁147。

笑》、《情史》以及《山歌》、《掛枝兒》等書籍提供了條件。

　　青年時期的馮夢龍由於長期出入青樓茶坊，使他有機會接近社會下層人民，了解一般百姓民眾的思想情感，熟悉了基層群眾的語言表達技巧，這也開啟了他蒐集俗文學的興趣，其民歌《掛枝兒》、《山歌》即蒐集於此際。以民歌蒐集為例，《掛枝兒·卷三·想部·帳》其言：

> 琵琶婦阿圓能為新聲，兼善清謳，余所極賞。聞余《廣掛枝兒》刻，詣余請之，亦出此篇贈余，云傳自婁江。

就馮夢龍所言，他從能為新聲的琵琶婦阿圓那裡搜集了民歌〈帳〉和〈訴落山坡羊〉，而收錄於《掛枝兒》。同書亦收了來自名妓馮喜生所演唱〈打棗竿·送別〉和〈吳歌·隔河看見野花開〉二首，《掛枝兒·送別》之四末首之評注提及此事：

> 後一篇，名妓馮喜生所傳也。喜美容止，善諧謔，與余稱好友。將適人之前一夕，招余話別。夜半，余且去，問喜曰：「子尚有不了語否？」喜曰：「兒猶記〈打草竿〉及〈吳歌〉各一，所未語若者獨此耳。」因為余歌之。〈打草竿〉即此，其〈吳歌〉云：「隔河看見野花開，……」嗚呼，人面桃花，已成夢境，每閱二詞，依稀遠梁聲在耳畔也。佳人難再，千古同憐，傷哉！

正如他自己所說：「余少時從狎游，得所轉贈詩帨甚多。」這段狎遊經歷，正如一場社會實錄的閱讀，而其與凡俗百姓的接觸、與歌伎倡女的交往不僅使得他的文學視野從經史子集而稗官野史，再至最鄉野俚俗的民間趣味，甚而直接提供了編輯創作的思想及材料。這些材料的蒐集與生活氛圍對他編寫通俗文學等有著極大助益。

（三）情教濟世的儒者居心

　　馮夢龍的言行儘管看似桀傲不馴、與眾不同，但從其以情為真的畸人性格出發，結合他最初研治經典，受儒家薰陶而內化至最底層生命情懷中的儒者性格，發展出一情教濟世的思考與生命價值。

1、濟世抱負的實踐轉折

　　馮夢龍出身於仕宦書香門第，幼年接受傳統儒家教育，在家庭教育上，有父親豎立起要他學習效法的對象——王仁孝。馮夢龍父親與當時以孝子、名儒聞名的王仁孝來往相當密切，並且反覆教育馮夢龍向他學習，依照儒家對於君

子品德的要求等一套方式來爲人處事。馮夢龍〈噱後編‧跋〉文中有言：

> 先君子必提耳命曰：「此孝子王先生，聖賢中人也，小子勉之！」……
> 先生非闊袖大帶之人也，讀其《噱後編》，經濟有大用，勿論裁定禮
> 儀，折衷千古，即其縱談軍國，歷詆時相，往往出自己手眼，拓一世
> 心胸。嗟乎！余乃知先生所以爲孝矣。……然則兩家祖父教做人必學
> 王先生孝者，政學其定省中、塞天地、橫四海有用之孝也。〔註79〕

王仁孝所形塑的儒者典型，呈現出一種完美的人格，在父親的強化下，王仁
孝成了馮夢龍幼時行爲思想形成過程中的良好楷模。馮夢龍的這段文字，正
可看出其在王仁孝《噱後編》中所感受到的孝的表現，不僅只是事親至孝的
基本孝行，而是將「孝」的心意加以擴充發揚，進而做到經世濟民，有用於
世，才是眞正無愧於父母的「定省中、塞天地、橫四海」的「有用之孝」。

　　再者，馮夢龍又潛心於《春秋》一書的研治，其弟馮夢熊曾描述馮夢龍
勤學苦讀《春秋》的情形：「余兄猶龍，初治《春秋》，胸中武庫，不減征南。
居恒研精覃思。曰：『吾志在《春秋》。』牆壁戶牖皆置刀筆者，積二十餘年
而始愜。」〔註80〕馮夢龍研讀《春秋》用心之專可見，亦見在治學過程中，
受《春秋》精神啓發感動之深。傳統經典中深刻表達出淑世教化的理想與君
子品德的修養，用功的馮夢龍當也領悟得到，是以在年少時期的閱讀中，馮
夢龍認同了儒家對生命價值的實踐方式，他在《警世通言‧敘》中曾表示「六
經、《語》、《孟》，譚者紛如，歸於令人爲忠臣、爲孝子，爲賢牧，爲良友，
爲義夫，爲節婦，爲樹德之士，爲積善之家，如是而已矣。」如此的使命感，
也讓他在日後的科考中不斷努力，只是科考一途對他而言終究不是一條順遂
的道路，使得他不得不另覓出路，換個方向讓他的理想與使命感得以發揮。

　　一個人性格的養成，孩少時期影響最大。而教育孩子最重要的便是父母
的身教與言教，礙於資料的闕如，馮夢龍雙親實際的身教言教筆者無法獲知，
然而，在《噱後編‧跋》中，我們知道在馮父的要求下，王仁孝是馮夢龍現
實生活中一個儒家思想實踐的身教典範，其對於「孝」的解讀，也影響了馮
夢龍日後對於從政的堅持，從政，才能經世濟民，是盡忠也是盡孝，這是造
成了他儒者性格與儒家使命感的一個起點。至於言教，父親而外，則無妨說
是他曾竭盡心力精研深究的儒家經典，經典的窮究，讓他不純然只是個想藉

〔註79〕收於同註28，頁 172～173。
〔註80〕收於同註28，頁弟序二。

科舉功名以光耀門楣、攫取功名利祿的平凡讀書人，更重要的是藉由仕宦之路可以讓「達則兼善天下」的理想得以落實施展，這也是他終其一生無法忘懷科舉功名，同時在他性格中一直存在的最嚴肅的一面。這可以從馮夢龍《智囊》、《智囊補》等書的批語及其擔任壽寧知縣時所修之《壽寧待志》以及晚年所撰著的《中興偉略》、《甲申記事》等書中可見一般。

　　然而屢次的科舉失利，馮夢龍年少時在家庭教育與經籍閱讀中所建立的儒家性格及欲展鴻圖的恢宏大志，轉變成逐樂煙花的放蕩行徑，這是對儒家規範的背叛出軌；而對於經書子史的質疑、傳統權威的挑戰，使其「畸人」、「狂士」印象愈益深植人心，更一度讓馮夢龍成了傳統輿論的撻伐目標。馮夢龍的性格底層的確有著反叛傳統、不願隨世浮沉的畸人因子，但中年以後的他一改荒誕，在生活的歷練下，文學理論的逐次清晰中，他尋找到一股新的力量，劉淑娟《馮夢龍通俗文學志業之研究》謂其「本著儒家所賦予的道德價值觀念和道德使命感，欲爲社會大眾開出救世良方，以展現救世熱腸。」「其把通俗文學當作事業來處理，還賦予『志』在其中」，〔註81〕他的濟世雄心，從仕途官場轉折至更爲廣大的通俗文學事業的經營，而那份儒者居心卻未曾稍卻。

2、情教濟世的具體實踐

　　歷代正統典籍皆有莊重爲文、言之有物之書寫認知，無論是具備抒懷言志、怡悅耳目或裨益見聞等任何一種目的，都成爲後人對文章價值的判斷，也才能確立是否得以行之久遠。其中，歷代文人最注重的仍是從《詩經》、《尚書》等儒家經典及史傳傳統延續而來的教化功能，即便是從事爲傳統所鄙夷的小道文學創作者亦不免具有此一傳統價值觀。明清時期，通俗文學蓬勃之前，最初有朱元璋登基時所宣布之「教化爲先」的基本國策，促使程朱理學的教化觀點更形發展，之後隨著通俗小說的全面發展，「教化爲先」的傳統不斷地得到強化，進而成爲通俗小說內容中最重要的主題意識。

　　就馮夢龍來說，在「教化爲先」的傳統考量下，著書爲文，確實可以充份發揮其欲入世教化人心的積極目標；以通俗文學作品爲途徑，對於廣大讀者又可得既捷且深之效益，官場仕途一路無法完成他的理想抱負，馮夢龍藉編輯纂著等書寫活動，將其理念轉嫁到通俗文學事業上，彌補了其在政壇上的無能爲力。馮夢龍在他的通俗文學作品裡注入了何種力量，隱含在作品中

〔註81〕劉淑娟撰：《馮夢龍通俗文學志業之研究》（國立中正大學中國文學研究所碩士論文，1997 年 1 月），頁 29。

的「志」是什麼？

　　筆者以爲，其儒者居心未改，但卻換了個全新面貌——「情教說」，馮夢龍效法六經，認爲六經亦皆以情爲教，他在《情史·敘》提到：

　　　　六經皆以情教也，《易》尊夫婦，《詩》首關雎，《書》序嬪虞之文，
　　　　《禮》謹聘奔之別，《春秋》于姬姜之際，詳然言之，豈非以情始于
　　　　男女？凡民之所必開者，聖人亦因而導之，俾勿作于涼，於是流注
　　　　于兄弟朋友之間，而汪然有餘乎？異端之學，欲人鰥曠，以求清淨，
　　　　其究不至無君父不止。情之功效亦可知已。

馮夢龍以六經爲例，認爲男女之情是人類社會關係的基礎，情始於男女，認爲落實情教必從男女之情爲出發點，再「流注于兄弟朋友之間」，進而擴及君臣，乃至於世間一切，「推之種種相，俱作如是觀」。因此他曾開宗明義地表示「我欲立情教，教誨諸眾生」，透過文學作品的流布來教化人生，感動人心，使「無情化有，私情化公」，甚至「庶鄉國天下，藹然以情相與，於澆俗冀有更焉。」〔註82〕這是他希望藉由情教進而達到理想世界之目標。

　　而具體的情教內容與思想，表現在眾多的著作序跋或評點文字之中，其中又以《情史》一書涉獵此一主題最多。舉例來說，馮夢龍認爲婚姻的定義爲「男女相悅爲昏」，否定「父母之言」、「媒妁之言」，主以眞情自擇佳偶，情是爲第一考量，守貞、私奔等行徑，若是發自眞情，馮夢龍亦給予高度肯定，這是以情爲眞性格的具體發聲。以男女之情出發，擴及五倫，上至天子聖人亦不能免之，天子聖人亦當有情，「王道本乎人情，不通人情，不能爲帝王」（《情史·情芽類·智脅》），不僅君王，整個執政團體都當如此，如此一來，上下通情，以情治國，社會關係自然和諧。不只如此，前曾提及馮夢龍以爲「情」是道德的，甚至是維繫「理」的根本。他在《情史·敘》中便指出：

　　　　自古忠孝節烈之事，從道理上做者必勉強，從至情上出者必眞切。
　　　　夫婦其最近者也，無情之夫，必不能爲義夫；無情之婦，必不能爲
　　　　節婦。世儒但知理爲情之範，熟知情爲理之維乎？

馮夢龍認爲自古以來忠孝節義等道德精神，如純以理來要求落實，必勉強爲難，能夠出自於眞情，才得以確實實踐，以倫常中最爲基礎的夫妻關係來說，有情方得以有義有節，由此看來，馮夢龍情教的功效，不僅限於人際關係，擴及了政治社會，甚至他試圖以「情」來代替傳統的「理」、「禮法」，將「情」

────────────

〔註82〕收於同註28，《情史·敘》，頁84～85。

的效用提昇到極致。

綜合以上所述可見馮夢龍此人特殊的性格意識:「以情為眞的畸人面貌」、具有「明確的通俗文學主張」及「情教濟世的儒者居心」,這可說是馮夢龍作為一個笑話書編纂者獨具的性格條件,凡此三者對其編纂包含笑話書在內的通俗文學作品起了不小的作用。就其性格本質來說,追求情眞是其一生信仰的命題,不願違背自我,不與世俗合流,因而叛逆不羈、因而愛憎分明,以畸人不偶於世的角度看待世間,讓他超然物外的態度看透一切可笑事,敢於自我解嘲,也敢於嘲笑他人,擁有一種樂觀的喜劇思考;推及文學便成了渴望眞情,追求眞聲的主張,所以他能觸及笑話世界,網羅來自田野市井間的日常笑語,因為這些笑語正是眞實不虛地披露世間風貌的文字,符合他文學要求的情眞。就其學養而論,他不像傳統士人以正統文學觀的角度否定通俗文學的存在,相反地竟是給予極力的肯定與讚揚,不但意識到通俗文學作品的價值與功能,對於通俗文學的內容、形式、取材及撰作等更有著明確的主張,這樣的主張與遠見使他能著眼於不登大雅之堂的笑話文學,早在《童癡一弄‧挂枝兒》此一收錄民歌的集子裡便附帶收錄了些許笑話文字,日後更陸續有《笑府》、《古今笑》的笑話專集面世。就其抱負經歷而論,受儒學教育的薰陶影響,淑世教化的理想在現實科考的失利後轉嫁到通俗文學事業的經營,透過通俗文學作品對社會群眾進行潛移默化的情教作用,冀欲達成自己情教濟世的雄心壯志,《情史‧序》裡他提到:「倒卻情種子,天地亦混沌。無奈我情多,無奈人情少,願得有情人,一起來演法。」號召世間有情人與他一同努力,又言:「我死後不能忘情世人,必當作佛度世,其佛號當云『多情歡喜如來』。」雖是戲言,但亦足見馮夢龍儘管無法擁有足夠的政治舞台揮灑政治抱負,但以情教濟世對他而言的的確確是任重道遠的使命了,笑話書是他通俗文學事業中的一環,編纂過程中當然也受此一性格意識的潛在影響。〔註83〕

二、社會支援

馮夢龍在通俗文學上的成就來自於他自身的博學廣聞以及對於通俗文學的愛好與努力,他的人際關係也在相當程度上助長他通俗文學事業的發展,

---

〔註83〕關於馮夢龍笑話書中可能產生的教化思維,參見第四章第三節。

一來有與下層民眾的接觸及了解，讓他的編輯與創作源源不絕地湧入現實的材料，而他與書坊主友好的交誼是促使其通俗文學作品得以面世的助力，再者輔以整個結社風潮下，馮夢龍周遭龐大文友所成立之非正式文學團體的佐翼，對其通俗文學作品的誕生也有著重要份量。

（一）市井遊歷及與書商友好

馮夢龍在科舉失意後，一頭栽進了「逍遙艷冶場，遊戲煙花里」寄情於青樓酒館的放蕩生涯，但他未曾在當中迷失自己，反而開拓了自幼研治經史之外的視野，結交了不少未曾結交過的下層民眾。尤其與不少妓女接觸，總是眞誠以待、寄予同情憐惜，在生活遭遇與思想情感上都能感同身受，因而成為知交，是以馮夢龍在進行搜集時尚小曲，輯刻成《挂枝兒》、《山歌》等工作之際，熟習民間歌謠曲藝的妓女自是樂於提供相關資訊的，馮夢龍從她們身上得到不少編輯時尚小曲的理論基礎與直接材料。〔註84〕妓女之外，馮夢龍也曾向一般百姓搜集歌謠，例如《山歌・卷五・雜歌四句》中記錄了一首〈鄉下人〉的山歌，並在附註中生動描述他從船夫口中發現此歌及時記錄的經過，〔註85〕此外，他搜集民歌的對象尚擴大至「彈詞之盲女」及「行歌之丐婦」。

這段市井遊歷的生活經驗，與這些凡夫俗子、歌妓倡女的接觸，讓馮夢龍更貼近世俗，擴展視野，下層民眾的生活趣味與藝術品味不同於正統經傳詩詞的雅正文學，在馮夢龍的努力及這些朋友的幫助下，最初搜集刊行的《挂枝兒》、《山歌》涵蓋了數百首民謠山歌，也兼收了笑話、謎語、俚語、行酒令等市井文學，馮夢龍不但深受如此民間人情與文學的吸引，更藉由此一編纂活動的進行逐步為日後從事通俗文學事業奠定深厚的基礎，這是他在這看似放浪形骸的生涯裡極大的收穫。

再者，則是馮夢龍與書商友好的助益。以明代的書籍出版而言，由於市民階層增加，老百姓對文學藝術的需要量大增，致使整個文學市場出現了一些頗有厚利可圖的暢銷流行書籍。利字當頭的時局下，大量書籍以一種極為強烈的商業色彩進行創作與出版。書籍的出版一般來說分為兩種情況，一者是早期書坊主在利益的驅使之下親自從事自創、自編、自刻、自銷等工作，這類書籍除非書坊主自身文學造詣亦高，否則為利急就章出版的書籍只能說

〔註84〕前文述及馮夢龍「明確的通俗文學主張」中曾有說明，參見上一小節。
〔註85〕見〔明〕馮夢龍撰：《山歌》（上海：上海古籍出版社，1993年，《馮夢龍全集》42），頁99。

是濫竽充數，在文學藝術成就上並不高。

而另一種情況則是書坊主與文人合作，文人負責通俗文學的創作，書坊主負責書籍的出版與銷售，此一書籍出版關係對文人和書坊主而言是一種相輔相成的良性循環。諸多文人無法藉由順暢的科舉管道晉身仕途，光耀門楣，在家庭經濟中便是百無一用了，明代的社會時空、大量書籍的需求，讓他們得以憑藉一身才華專注心力於通俗文學的創作，既可寄託情感或諷喻於文字，一旦成為暢銷作家，鬻文維生又可得一家溫飽；就書坊主來說，「書籍」對他們而言是一項商品，源源不絕的商品能夠帶來源源不絕的利益，然而受限自身的才學及對於書稿的大量需求，使得他們樂與文人合作，甚至於不惜重資，廣為招攬，若是當時知名文士的筆墨，更成為書坊主大力推銷書籍的活看板，是以當代書坊主與文人多半有著密切關係，而文人的作品想要廣為流通，也需仰仗書坊主的支持，以文人的創作才華加上書坊主出版專業，兩者相得益彰，更能有效地大發利市。

以馮夢龍大量的作品來說，不容置喙的，馮夢龍是一個多產的暢銷文學作家，諸多文學作品的出版，受到廣大群眾的擁護與喜愛，除了自身才學，得以時有新作的因素之外，他與書坊主的關係友好，書坊主樂向之邀稿，亦是促使馮夢龍多產的重要因素之一。這在他許多作品的序言、識語中可以得窺一二：

> 芳苑野史氏，家藏古今通俗小說甚富，因賈人之請，抽其可以嘉惠里耳者，凡四十種，畀為一刻。（綠天館主人《古今小說‧序》）

> 本坊重價求古今通俗演義一百二十種，初刻為《喻世明言》，二刻為《警世通言》，海內均奉為鄴架玩奇矣。茲三刻為《醒世恒言》，種種典實，事事奇觀。」（衍慶堂《醒世恒言識語》）

由上述二段文字可見馮夢龍的作品受人喜愛，是以書坊賈人往往主動邀請，重價求之，可見他與好幾位書坊主都頗有交情，舉例來說，蘇州書種堂主人袁無涯與馮夢龍便是很好的朋友，李贄評點的《水滸傳》就是由馮夢龍與袁無涯兩人「見而愛之，相與校對再三」之後刻印發行的，此外，他還具有得以「慫恿書坊重價購刻《金瓶梅》」的力量，憑其眼光與出版作品的暢銷，能影響書坊主，願在他的建議之下，重價購刻《金瓶梅》，除袁無涯之外，就其作品出版來看，曾出版過馮作品的書坊就有長春閣、衍慶堂、三多齋、天許齋、兼善堂、開美齋、嘉會堂以及書林葉敬池、葉敬溪和葉昆池能遠居

等，〔註86〕有將近十家之多。

　　馮夢龍的交友網絡看來是十分複雜的，但是他卻在不同的朋友身上找到不同的生活經驗，與書商關係的友好，無形之中推動助長了馮夢龍在通俗文學事業上的發展。

（二）結社風潮與文學團體

　　明代「文人結社」的風潮盛極一時，早期結社大致仍不出「以文會友，以友輔仁」的目的，亦有少數爲了廣博學問，建立功名的社團，〔註87〕然而隨著結社風潮的日益風行，其目的與方向已不再侷限於此。謝國楨《明清之際黨社運動考》指出：

> 所以結社這一件事，在明末已成風氣，文有文社，詩有詩社，普遍了江、浙、福建、廣東、江西、山東、河北各省，風行了百數十年，大江南北，結社的風氣，猶如春潮怒上，應運勃興。那時候不但讀書人們要立社，就是士女們也結起詩酒文社，提倡風雅，從事吟咏（見《照世杯小說》），而兩些考六等的秀才，也要夤緣加入社盟了（見二刻《增補驚世通言小說》）〔註88〕

夏咸淳《晚明士風與文學》書中也提到：

> 其時士大夫喜歡結社，各種自由組織的社團多如牛毛、名目繁多，最多的是文社、詩社，又有茶社、酒社、飲食社、鬥雞社，還有專門比賽笑話的「噱社」。只要對某種文化生活感興趣，就可以邀集一些志同道合的朋友，組織一個什麼社。社員經常聚會，或一旬一會，或一月一會，討論大家感興趣的文化問題。〔註89〕

由此可見，當時所組織成立的社團性質多樣，只要是就某一文化生活或議題有著共同的興趣或主張，即可自由組織。以「噱社」爲例，張岱《陶庵夢憶·卷六·噱社》寫道：

> 仲叔善詼諧，在京師與漏仲容、沈虎臣、韓求仲輩結"噱社"，唁喋數言，必絕纓噴飯。漏仲容爲帖括名士，常曰：「吾輩老年讀書做

〔註86〕可詳見麥杰安《明代蘇常地區出版事業之研究》，台灣大學圖書館研究所，碩士論文，1996 年 5 月。

〔註87〕馮夢龍即曾參與一個與眾多文人共同切磋《春秋》的跨省文社，詳見下文。

〔註88〕謝國楨《明清之際黨社運動考》，筆者未見原文，轉引自夏咸淳撰：《晚明士風與文學》（北京：中國社會科學出版社，1994 年 7 月，1 版）頁 278。

〔註89〕同上註。

文字，與少年不同。少年讀書，快刀切物，眼光逼注，皆在行墨空
處，一過輒了。老年如以指頭掐字，掐得一個箇，只是一個，掐得
不著時，只是白地。少年做文字，白眼看天，一篇現成文字掛在天
上，頃刻下來，刷入紙上，一刷便完。老年如惡心嘔吐，以手扼入
齒嗽出之，出亦無多，總是渣穢。"此是格言，非止諧語。

一日，韓求仲與仲叔同謁一客，欲連名速之，仲叔曰：「我長求仲，
則我名應在求仲前，但綴繩頭於如拳之上，則是細註在前，白文在
後，那有此理！」人皆失笑。沈虎臣出語尤尖巧。仲叔候座師收一
帽套，此日嚴寒，沈虎臣嘲之曰：「座主已收帽套去，此地空餘帽套
頭；帽套一去不復返，此頭千載冷悠悠。」其滑稽多類此。〔註90〕

由此看來，此時的結社活動多半是文人間雅樂閒趣的結合，或吟詩品茶，或遊
山玩水，甚至純為諧笑滑稽，未必因著嚴肅的主題而正式成立，然而藉此結交
朋友、消磨時間確是實在的。因為目的喜好的不同，使得各類社團呈現出各種
不同的風貌，更助長了原已繽紛繁榮的明代文化氛圍，文人之間結識交流的網
絡更由此不斷向外拓展，成為整個文化藝術領域發展的一股蓬勃動力。

結社活動的參與，馮夢龍也是個活躍人物。終其一生，所參與的社團理
應不少，王凌〈也考馮夢龍的「社」籍〉特別聲明「馮夢龍一生至少參加過
兩種社」、「而不是兩個社」，〔註91〕可見是兩種以上不同性質的社團。有關馮
夢龍交遊結社的相關資料相當有限，其與友輩曾於文字中透露的線索，約有
下列幾則：

馮夢龍《太霞新奏‧卷七‧怨離詞》靜嘯齋評云：「子猶自失慧卿，
遂絕青樓之好。有〈怨離詞〉三十首，同社和者甚多。總名《鬱陶
集》。」

馮夢龍《麟經指月‧發凡》：「頃歲讀書楚黃，與同社諸兄弟掩關畢
業。……同社批點，並列之。」

馮夢龍《智囊補‧序》：「書成，值余將赴閩中，而社友德仲氏，以
送余故，同至松陵。」

〔註90〕〔明〕張岱撰：《陶庵夢憶》（台北：藝文印書館，1965 年，《百部叢書集成》
第二函），頁 9。
〔註91〕同註 73，頁 73。

毛湛光〈馮夢龍先生席上同楚中耿孝廉夜話〉:「千里雲停懷舊社,一時星聚結新知。」

文從簡〈馮夢龍〉:「一時名士推盟主,千古風流引後生。」

錢謙益〈馮二丈猶龍七十歲壽詩〉:「七子舊游思應阮,五君新詠削山王(馮爲同社長兄。文閣學、姚宮詹,皆社中人也──原注)」

這幾段文字,無法確認馮夢龍究竟隸屬於哪幾個社團,但顯而易見的是,明朝盛行的結社風潮,馮夢龍也共襄盛舉,所以能夠擁有一群同社好友,每當馮夢龍有著作面世,其中或有唱和支持者,抑有協助批點者。甚而這群與馮氏相好的文士們還曾共推馮夢龍爲一時盟主,肯定了他在同儕交遊與學識文采上的出眾。

至於,馮夢龍所參與的社團性質究竟是否可考呢?歷來學者則多從其交遊對象的身份與背景去進行探討。以下試就幾位與馮夢龍關係較爲密切的文人略談馮夢龍可能投身的社團性質。

董斯張,原名嗣暲,字然明,號遐周,又號借庵,烏程人。馮夢龍契友,秉性孤介狂狷、「於生計最拙,獨耽於書」,[註92] 兩人同樣科舉失意,亦同爲情種。馮夢龍散曲〈爲董遐周贈薛彥什〉即爲董斯張與歌妓薛彥什久別重逢所寫,也曾爲董斯張的《廣博物志》作過校訂。董擬作的〈掛枝兒·噴嚏〉,馮夢龍亦收入《掛枝兒·卷三·想部》,在後注中,極其贊賞董的才情:「遐周曠世才人,亦千古情人。詩賦文詞,靡所不工。其才吾不能測之。」而董斯張則多次評論馮夢龍所寫之散曲,亦爲馮之《宛轉歌序》寫過序,序中提及馮夢龍,指爲「虎阜之陽,雀市之側,其中有畸士焉。」兩人往來頻仍,情誼深厚,可見一般。

在《太霞新奏·卷七·怨離詞》董斯張的評語中曾提及馮夢龍作〈怨離詩〉三十首,「同社和者甚多,總名曰《鬱陶集》」,王凌考據結果以爲此社即韻社,此社團成員的活動除了詩歌的吟作唱和,亦有著撰寫散曲、搜集擬作民歌等活動,是馮夢龍與董斯張在青年時期曾加入的一個社團。

梅之熉,字惠連,麻城人。梅父是兵部右侍郎總督宣大山西軍務的梅國楨,但其行徑卻與一般政要權豪子弟不同,《黃州府志》云其:「博涉群書,頡頏海內名宿。明末亂起,棄蔭襲,散家歸隱囊山爲僧,別號檽木,以著述

〔註92〕周慶雲撰:《南潯志·卷十八·人物 一》(上海:上海書店,1992 年 7 月,1 版,《中國地方志集成·鄉鎮志專輯》22),頁 193。

自娛，禮鄉賢案。之熉常與三吳復社諸子主盟文壇，馳名海內。國變後，北行上書，請葬壯烈，歸隱囊山，地極幽僻。晚且祝髮，披緇，麤衣糲食，以終其身。」〔註93〕從他的行徑看來，其雖出身封建統治階級，卻是個無意仕進，卻能主盟文壇、著述自娛的文人，亦是甘願粗衣惡食、不戀功名利祿的和尚。如此性格，是以能爲馮夢龍審閱這部離經叛道的《古今笑》（《古今譚概》），並爲之作序，序中還不諱自稱是馮夢龍的「古亭社弟」。此外，韻社第五人《題古今笑》一文中，也提到：

> 韻社諸兄弟抑鬱無聊，不堪復讀《離騷》，計惟一笑足以自娛，於是爭以笑尚，推社長子猶爲笑宗焉。子猶固博物者，至稗編叢說，流覽無不徧。凡揮塵而譚，雜以近聞，諸兄弟輒放聲狂笑，粲風起而鬱雲開，夕鳥驚而寒鱗躍，山花爲之徧放，林葉爲之振落，日夕相聚，撫掌掀髯，不復知有南面王樂矣。〔註94〕

由此看來，馮夢龍不僅在青年時期加入以詩歌吟唱、輯纂民歌爲主要活動的韻社，在中年時也擔任了韻社社長，〔註95〕再由董斯張與梅之熉等人性格行事看來，此一社團成員應是與之有著相似性格、相同志趣的同好者。

梅之煥，字彬父，麻城人，梅之熉的兄長。馮夢龍在與名妓侯慧卿分離，絕青樓之好而應邀前往麻城講學的這段時間，馮夢龍與梅氏兄弟友好，往來頻繁，馮夢龍《麟經指月》成帙，梅氏兄弟二人均是《麟經指月》的參閱者，而梅之煥還爲之作序。

文震孟，字文起，長洲人。錢謙益〈馮二丈猶龍七十壽詩〉有句「七子舊游思應阮，五君新詠削山王」，其下附注：「馮爲同社長兄，文閣學、姚宮詹皆社中人也。」〔註96〕文震孟雖出身簪纓士族，官至禮都侍郎，東閣太學士，其性「剛方貞介，有古大臣之風」（《明史·文震孟傳》），爲人所敬仰，其亦曾參閱批點馮之《麟經指月》。

錢謙益，字受之，常熟人。是《麟經指月》的參閱者。馮夢龍七十歲，錢曾作詩以賀。

〔註93〕 筆者未見，轉引自陸樹崙撰：《馮夢龍研究》（北京：復旦大學出版社，1987年9月，1版1刷），頁66。

〔註94〕 收於同註28，頁25～26。

〔註95〕 王凌以爲，馮夢龍青年時期與董斯張所參與之韻社，及之後其擔任之韻社未必完全相同，但可以肯定的是兩者確是相同性質的社團。

〔註96〕 收於同註28，頁146。

　　張我城，字德仲，長洲人，與馮夢龍同鄉。和馮夢龍情誼深摯，馮夢龍去福建壽寧任知縣時，張曾親自送至松陵。馮夢龍《智囊補》、《春秋衡庫》成帙時，張曾為之校訂，亦是《麟經指月》的參閱者。

　　上述人物的共同點是他們都參閱了馮夢龍《麟經指月》一書，馮夢龍在《麟經指月‧發凡》之後，曾將「同社批點」的八十八人名單「并刻之，以便展閱」，可見曾有一群為數不少的文人曾共同研討《春秋》一書，對於《麟經指月》的成書，貢獻了不少心力。馮夢龍在《麟經指月‧發凡》也提到：

> 不佞童年受經，逢人問道，四方之秘篋，盡得疏觀，廿載之苦心，
> 亦多研悟，纂而成書，便為同人許可。頃歲讀書楚黃，與同社諸兄
> 弟掩關卒業，益加詳定，撥新汰舊，摘要芟煩，傳無微而不彰，題
> 雖擇而不漏，非敢僭居造後學之功，庶幾不愧成先進之德云耳。

由此看來，文中所謂「同社諸兄弟」的這一群文人共同研討、參與批點、協助校訂、為其作序，非僅是偶然短暫的文聚，其面對《春秋》的研討是以一種正經投入的態度，旨在完成「傳無微而不彰，題雖擇而不漏」的治學目的，如此的「社」當然與前所提及韻社大不相同，站在研經治學立場來看，當又與求考功名的現實取向有關。這與陸世儀《復社記略》中的一段文字不謀而合：

> 今甲以科目取人，而制義始重。士既重於其事，咸思厚自濯磨，以
> 求付功令。因共尊師取友，互相砥礪。多者數十人，少者數人，謂
> 文社。即此以文會友，以友輔仁之遺則也。好修之士，以是為學問
> 之地，馳騖之徒，亦以是為功名之門，所從來舊矣。〔註97〕

是以，我們可以推知馮夢龍曾經投身於以研讀《春秋》，求考功名為目的的文社，儘管此時，身在麻城的馮夢龍對於科舉考試所抱持的態度未必積極，但「以文會友，以友輔仁」，相互砥礪以廣博學問，想必是定然的。

　　再者，便是馮夢龍與當時「東林」、「復社」的關係深淺了。東林黨與復社兩者性質略有不同，但都是明代後期為了反抗黑暗腐敗的政治現況所結合生成的兩股勢力，其中復社乃是繼東林之後，由當時一群讀書人鑒於國事日非，內憂外患的形勢，發動結合各地文社而成的政治文學社團，一改昔日文人結社酬唱詩歌、交遊解悶的性質，進而將結社集會的目的轉為關心社會民生，發展出其特定的政治理念，致力於政治改革。與馮夢龍友好的這一群文人中，如曾參閱過《麟經指月》的梅之煥兄弟、文震孟、姚希孟、錢謙益；

〔註97〕筆者未見，轉引自同註81，頁42。

參閱過《智囊》一書的沈幾、張德仲；爲《智囊》作序的張明弼；撰寫〈挽馮夢龍〉詩的王挺等等，凡此幾與復社有著匪淺的關係。如梅之熉、張明弼、沈幾等是復社社員，錢謙益、文震孟、姚希孟三人雖未列復社名錄之中，但都與復社關係密切，算得上是復社同路人。胡萬川先生在〈馮夢龍與復社人物〉一文中對此有過詳細的探討。

然儘管與馮夢龍友好的這些文人與復社關係密切，並不能證明馮夢龍便是復社人物，我們只能說馮夢龍關心政治，卻未必捲入政治的爭鬥，既與這些群人友好，卻未必投入此一顯然有組織、有宗旨的政治黨團，彼此之間未必朝著同樣的思想及人生路徑前進，但其志趣性格必有一致、相互影響之處，如同前曾提及的韻社、文社一般，志同道合方能同路相謀。對於政治家國的關心與熱情，馮夢龍與復社人物相較亦不分軒輊，一以政治行動救世，一以文學力量濟世，兩者方式不全然相同，但馮夢龍在這當中受其影響之深不徵可明。

以上所言，對馮夢龍可能參與的社團，即其社籍的歸屬略作說明，歷來學者對此議題亦有著諸多的考據與推測，但不論是純爲消遣的社團或是政治目的社團，結社活動對馮夢龍的思想、品德確有著很大的影響。

除前文提出探討的韻社、文社與復社之外，另值得一提的是因文人結社的管道，馮夢龍擴大自己的生活交誼圈，憑藉著友人間相互牽繫，又連結出一個巨大的網絡，這樣的網絡，筆者在此要聚焦的是因緣於文學的文人網絡——包含著爲數不少的明代中晚期作家與評論家。

曾經深深影響馮夢龍的李贄，晚年主要生活在麻城，1602 年去世，馮夢龍約在十年後，即 1612 年離開長洲、奔赴麻城，在此結交了不少友人，如：丘長孺、梅之煥、梅之熉以及袁中郎兄弟等，均與李贄有過往來，也成爲馮夢龍接觸李贄思想的間接橋樑。這些個橋樑串連起李贄與馮夢龍之間的思想姑且不論，以文學的牽繫上來說，這裡曾經形成一個無形的網絡。

以《水滸傳》一書的閱讀爲例，李贄在《續焚書·與焦弱侯》文中曾經提及閱讀《水滸》時適遇袁宏道兄弟來訪。而袁宏道亦曾高度評價《水滸傳》，袁中道曾將李贄評點事寫入《記居柿錄》，而馮夢龍與袁氏兄弟有所接觸，對於李贄評點的《水滸傳》又極其喜愛，與好友袁無涯再三校對，如此看來，儘管馮夢龍無法親炙李贄，但《水滸傳》一書曾經是他們之間在不同的時間裡晤談的話題。〔註98〕

〔註98〕詳見同註 50，頁 171〜172。

　　再以《金瓶梅》的流傳來論，袁宏道筆下以「雲霞滿紙，勝於枚生《七發》多矣」〔註99〕稱許的《金瓶梅》一書，是從董其昌手裡借來抄錄的，此一傳抄不只於袁宏道，袁中道也是愛好此書之人，亦曾抄錄《金瓶梅》全本，陳繼儒、謝肇淛、湯顯祖、沈德符、李日華等人也曾經袁氏兄弟之手得見此書、抄錄此書，形成一熱烈風潮，其中沈德符自己抄錄的《金瓶梅》手抄本為馮夢龍所見，馮夢龍見之極為驚喜，據沈之《野獲編》卷二十五文字可知：

> 袁中郎觴政，以金瓶梅配水滸傳為外典，予恨未得見，丙午，遇中郎京邸，問曾有全帙否？曰，第睹數卷，其奇快，……又三年（按己酉年），小修上公車，已攜有其書，因與借抄挈歸。吾友馮夢龍見之驚喜，慫恿書坊以重價購刻。〔註100〕

馮夢龍等人的喜好，甚而「慫恿書坊以重價購刻」的舉動，使得諸如《金瓶梅》這樣的通俗文學在文人從旁的推波助瀾下加速了流傳。

　　透過上述兩段文字，我們可以從這兩本書的借閱傳抄去連繫出這一群文人間的交流網絡。馮夢龍是一個大量出版通俗文學的暢銷作家，而李贄、李日華、沈德潛等人則又具有評論者的角色，這一群文人閱讀通俗文學作品，自身對於文學也進行創作或評論，然後藉由單線或交叉疊複的友誼串連，直接溝通或間接交流彼此之間的文學觀感，文人們所進行的文學創作與實踐並非閉門造車、孤軍奮鬥的。如此的證據也許不盡完備，但筆者想嘗試說明的是，在通俗文學作品的牽引之下，這一群文人間，形成了一個無形而流動的文學交流網絡，但這樣的牽繫，如此的文學網絡結構是鬆散的，不必結社，沒有一個正式的組織與活動，甚至於不見得曾經謀面相親，但這個網絡性質卻是開放的，是可以持續往外擴延的，一群同好在文學上的切磋，不管彼此之間的主張是否一致，在無形之中，都促進了通俗文學的理論與實踐，對當時通俗文學的發展與流傳貢獻了一份不小的心力，當然也影響了馮夢龍的文學觀及後來通俗文學事業的撰著與方向。〔註101〕

〔註99〕　同註26，《袁宏道集箋校‧卷六‧董思白》，頁289。
〔註100〕　〔明〕沈德符撰：《萬曆野獲編‧卷二十五‧金瓶梅》（台北：新興書局，1978年，1版，《筆記小說大觀》第15編第6冊），頁652。
〔註101〕　如此一個團體，並未隨著同一群人的存歿而凋零，世代交替過程中的新陳代謝讓這個文學團體延續下去。詳見同註50，頁173～176。

第三章　笑話的書寫

第一節　《笑府》、《古今笑》的體例、取材及編纂原則

明中葉以後的笑話書繁多，《笑府》、《古今笑》是當中頗具代表性的二本書。同爲馮夢龍所輯之笑話書，時間上而言，《笑府》早於《古今笑》；〔註1〕就內容上來說，《笑府》一書所集內容主要來自民間，是笑話在口頭傳播之後以書面文字進行「俗」的呈現，而《古今笑》則是多取自歷代典籍中可資談笑的材料，是書面系統裡以「雅」的方式呈現出來的笑，兩者在體例、取材上各有異同之處，以下試就此部份進行論述。

一、體　例

目前所見之《笑府》，多以日本內閣文庫所藏《笑府》爲底本複印或重新點校排印刊行。此一藏本，爲明寫刻本，分裝爲四冊，爲現今所知最爲接近

〔註1〕 據宋隆枝、王國良以爲《笑府》一書約爲 1620 年左右刊印發行；而《古今笑》亦在同年重刊發行。而高洪鈞〈馮夢龍的俗文學著作及其編年〉一文中，對於又名《童痴三弄》的《笑府》成書年代考究的結果爲萬曆三十七年（1609年），較宋、王二人爲早，而《古今笑》則由馮夢龍於萬曆四十八年（1620年）自刻，綜合三人所說，以《笑府》一書早於《古今笑》。見宋隆枝撰：《馮夢龍詼諧寓言研究》（台北：中國文化大學中國文學研究所碩士論文，1994年），頁 109、王國良〈介乎雅俗之間——明清笑話書《笑林評》、《笑府》與《笑林廣記》〉（台中：《通俗文學與雅正文學全國學術研討會論文集》，國立中興大學中文系印行），頁 241、高洪鈞〈馮夢龍的俗文學著作及其編年〉（《天津師大學報》，1997 年第 1 期），頁 53～54。

完本之《笑府》,上海古籍出版社出版之《馮夢龍全集41‧笑府》即據此影印。書前有署名「墨憨齋主人題」的序文;其次目錄,共十三卷十三部,分別是古豔、腐流、世諱、方術、廣萃、殊稟、細娛、刺俗、閨風、形體、謬誤、日用、閏語等十三部。

　　《古今笑》三十六卷本,多以《古今譚概》名傳行,今所傳者,為明閶門葉昆池刻本,署「古吳馮夢龍纂」、「古亭梅之熉閱」,首有署「古亭社弟梅之熉惠連述」的《敘譚概》,每部均有以「子猶曰」為起始的小序,乃集古今史傳談笑之大成。上海古籍出版社《馮夢龍全集39‧古今譚概》即據之影印,但原書《不韻部》第十五和十六葉、《酬嘲部》第二十二葉下半葉、《微詞部》目錄第三葉,又依據三十卷本《古今笑》配補。〔註2〕在體制篇幅上較《笑府》為巨,共有三十六卷三十六部,分別是迂腐、怪誕、痴絕、專愚、謬誤、無術、苦海、不韻、癖嗜、越情、佻達、矜嫚、貧儉、汰侈、貪穢、鷙忍、容悅、顏甲、閨誡、委蛻、譎智、儇弄、機警、酬嘲、塞語、雅浪、文戲、巧言、談資、微詞、口碑、靈蹟、荒唐、妖異、非族、雜志等三十六部,而以《古今笑》為名且具完整卷數以行世者甚少,筆者所見唯《明清笑話十種》所收之《古今笑》,但此本亦為節錄本,卷數雖為三十六卷,內容並未全數收錄。

　　不論是《笑府》或《古今笑》,在各部類起始均有一段小序,《笑府》各部以「墨憨子曰」開頭,《古今笑》則以「子猶曰」為首,小序的用意主要在於說明設立該部類的緣由及其要旨,在進入整個部類的閱讀之前,透過小序得以明瞭該部主題,或從作者的扼要評騭得知該部笑話特點。另外,在《笑府》、《古今笑》的每則笑話皆有句讀圈點,笑話之後也多有小注、附評,小注與附評的主要功能在於註解說明、抒感評議、或續作笑話、抑或附錄該則笑話的另說與相類之另作,亦可視同正文的笑話記錄,從這些小注、附評也可看出馮夢龍對於笑話編輯的態度嚴謹及對於笑話人物言行的見解。尤其馮夢龍的觀念意識往往顛覆世俗傳統價值觀,常不諱言地在部類小序或笑話附評中直抒個人對於部類中人物個性或行事風格的主觀看法。是以藉由每一部類前的小序及每則笑話後的小注附評可見馮夢龍對於各部類笑話的主觀見解,也成了《笑府》、《古今笑》兩書中除了笑話本身的記錄之外,另一值得觀察研究的重要部份。〔註3〕

〔註2〕 《馮夢龍全集39‧古今譚概》影印說明(上海:上海古籍出版社),頁2。
〔註3〕 關於《笑府》、《古今笑》的評點部分,參見本論文第四章。

對於一本書而言，爲求便於檢閱和主題的井然有序，適度的分類是必要的。《詩經》依內容性質的不同分爲「風」、「雅」、「頌」，《世說新語》以記載魏晉文人趣聞軼事爲主，亦就內容屬性的偏重分爲「德行」、「言語」、「政事」、「文學」……等三十六門類。至於笑話的分類，目前已知在侯白《啓顏錄》時即有之，分「論難」、「辯捷」、「昏忘」、「嘲誚」四類，而舊題唐陸龜蒙撰之《笑海叢珠》亦將所輯笑話分爲「官宦」、「三教」、「醫卜」、「藝術」、「身體」、「飲食」、「釋」、「道」等八類。〔註4〕

至《笑府》，馮夢龍分爲十三類，《古今笑》又擴爲三十六類，就這些分類來看，又可簡單分爲兩大類，其詳情如下列表格：

		笑　府	古　今　笑
人事	以諷刺譴笑爲趣	〈古豔〉、〈腐流〉、〈世諱〉、〈方術〉、〈廣萃〉、〈殊稟〉、〈細娛〉、〈刺俗〉、〈閨風〉、〈形體〉、〈謬誤〉、〈日用〉	〈迂腐〉、〈怪誕〉、〈痴絕〉、〈專愚〉、〈謬誤〉、〈無術〉、〈不韵〉、〈癖嗜〉、〈越情〉、〈佻達〉、〈矜嫚〉、〈貧儉〉、〈汰侈〉、〈貪穢〉、〈鷙忍〉、〈容悅〉、〈顏甲〉、〈閨誡〉、〈委蛻〉、〈譎智〉、〈儇弄〉、〈雜志〉
	以異聞怪事爲奇		〈靈蹟〉、〈荒唐〉、〈妖異〉、〈非族〉
語言	以語言文字爲戲	〈閨語〉	〈苦海〉、〈機警〉、〈酬嘲〉、〈塞語〉、〈雅浪〉、〈文戲〉、〈巧言〉、〈談資〉、〈微詞〉、〈口碑〉

「人事」一類，以記錄因個人的身份、學識、性格、習慣、資質、外貌、愛惡、行止、生活或在整個時代社會共同的風氣下所造成的笑話記錄，這一分類囊括了許多細微的部類，其主要是以諷刺譴笑爲趣，《笑府》、《古今笑》兩書絕大部份的分類都屬於此類，惟《古今笑》中另有屬於奇聞異事之記錄。另一種則爲「語言文字」，此一部份，所記錄者亦屬於人事，然主要的笑料重點在於透過語言文字所形成的謬誤或文字詩詞遊戲，進而引起笑聲，自成風格，故別立一個類別，《笑府》一書中僅〈閨語〉一類屬之，而《古今笑》中則有較多這類笑話的匯集。從上表我們可以清楚看見，馮夢龍的笑話編輯從《笑府》到《古今笑》，除了在內容份量上增加了許多之外，就笑話材料的分

〔註4〕　汪志勇撰：〈古代笑話研究〉，收入汪志勇《談俗說戲》（台北：文史哲出版社，1991年），頁153～154。

類也精細豐富了許多，是以在《古今笑》中可以看到更多不同於《笑府》、不同於今日笑話定義的文字，這是兩書在體例內容上較大的差異。

　　儘管如此，單就「分類」來說，一則笑話有時並不能很單純絕對的將之畫分在某一部類，實因一則笑話往往涉及的不止一個面向，全然憑仗編纂者的主觀意識與認知，是以在馮夢龍手中，笑話的分類與部類的設立還不能說臻至盡善盡美，例如有些部類綜合收錄了較為駁雜，或為馮夢龍無所置之的笑話，如《笑府》〈廣萃〉、〈細娛〉、〈閨語〉和《古今笑》〈苦海〉、〈雜志〉等，有時仍不免令人納悶其之所以將某些笑話置入的思考與判斷。但就《笑府》、《古今笑》而言，其分類與歸類笑話已然達到凸顯主題與便於檢閱的效用，後來的笑話書多半在其部類的基礎上去分類笑話，如遊戲主人《笑林廣記》便直接承繼了《笑府》分類的傳統，沿襲了馮夢龍所立的十三部的名目，而略作修變，別為十二部，〔註5〕便是最佳佐證。可見馮夢龍的笑話分類在某種程度上確實奠定了日後笑話書分類的基礎。甚至於《笑府》一書在明和時期（1764～1771）被介紹到日本，還影響到江戶時代（1603～1866）日本的笑話和笑話書。〔註6〕

二、取　材

　　馮夢龍在《古今笑・雜志部》小序中曾言：

　　　史書所載，采之不盡，稗官所述，閱之不盡，客座所聞，錄之不盡。

可見「史書所載」、「稗官所述」及「客座所聞」這三大方向都是馮夢龍樂於去記錄採擷的，也正好提供了研究《笑府》、《古今笑》二書取材來源的線索：史書記載可算是正式的官方記錄；稗官野史正好彌補了正統史書的不足；至於客座所聞，則儘管是當下見聞，未及見於書面記錄者了，因此，就馮夢龍此說，可以發現他取材的資料庫極其多元，可古可今，有書面亦有時聞。若要簡單二分，依《笑府》與《古今笑》二書的內容來看，則《笑府》為民間口傳笑話的記錄，《古今笑》即為歷史典籍中笑料的匯集。以下再做詳細之說明：

　　《笑府》一書，大抵記載市井小民或無名人士的荒唐可笑言行，有不少是民間口傳故事，為馮夢龍或友人所知，宴座之間傳述以為笑，後為馮夢龍

─────────────

〔註5〕　遊戲主人《笑林廣記》分〈古豔〉、〈腐流〉、〈術業〉、〈形體〉、〈殊稟〉、〈閨風〉、〈世諱〉、〈僧道〉、〈貪吝〉、〈貧窶〉、〈譏刺〉、〈謬誤〉等十二部。

〔註6〕　黃慶聲撰：〈馮夢龍《笑府》研究〉（《中華學苑》第48期，1996年7月，國立政治大學中文系印行），頁82～83。

所記錄：

> 一乞兒病腿爛，臥金剛腳下。狗往銛之。乞兒曰：「畜生直恁性急，
> 我死後少不得都是你的！」
>
> 　附評：或述此笑話，云是嘲敗子者。余曰：「還是嘲敗子父。」或
> 問何説，余曰：「他做人家忒叫化樣了，定然養出這等畜生來。」
>
> （《笑府‧世諱部‧乞兒又一》）

從附評裡可以查知笑話來源的線索：當時是友人陳述此笑話，並與馮夢龍共同討論的，此一笑話之所以收錄，是緣於朋友的分享，由馮夢龍將之轉爲書面文字，留存下來。

　　然而，《笑府》所收錄的笑話內容，卻不全然由此一途徑。黃慶聲、王國良都曾撰文討論，發覺《笑府》內容與楊茂謙《笑林評》、《續笑林評》及鄧志謨《洒洒篇》等笑話書有部分雷同的現象，證明《笑府》實曾取材自這些笑話書。王國良將楊茂謙的正、續《笑林評》與《笑府》相對照，兩書笑話相同、近似者估計有 160 則；文字全同者，實馮夢龍抄錄《笑林評》，文字稍有出入者，則應其據之改寫，以《笑府‧卷八‧刺俗部》〈題柩〉、《笑府‧卷一‧古豔部》〈土地〉二則爲例，指其顯然改寫自《笑林評》。黃慶聲對照了《笑府》與鄧志謨的《洒洒篇》，發現相同者約有 69 則，與楊茂謙正、續《笑林評》對照，相同者約有 121 則，並指出馮夢龍對他書笑話的引用往往進行文字的增減簡化、趣味性的加深等工作。〔註7〕如此看來，《笑府》另一的取材來源應是歷代或當代已然盛行的笑話書。

　　至於《古今笑》的取材則更爲廣泛，遍觀《古今笑》一書內容，其中不乏有馮夢龍日常聽聞記錄的笑話，唯較《笑府》一書少見；最大量的笑料來源來自於歷代經史典籍，據陸樹崙《馮夢龍研究》一書中所統計，馮夢龍在《古今笑》正文、小注、附評中明明白白標註該笑話取材出處的，即有一百一十餘種，〔註8〕尚不包含其未標註、無法查知的部份，這些書籍涵蓋的範圍甚廣，舉凡經史、小說雜俎、筆記見聞、稗聞野史、評論、方志、道書、佛經等各類均在其參酌的品項之列；〔註9〕也有從其他笑話書收錄者，書中直接

〔註7〕　見王國良撰：〈介乎雅俗之間──明清笑話書《笑林評》、《笑府》與《笑林廣記》〉（台中：《通俗文學與雅正文學全國學術研討會論文集》，國立中興大學中文系印行）、黃慶聲撰：〈馮夢龍《笑府》研究〉，同註6。
〔註8〕　宋隆枝《馮夢龍詼諧寓言研究》一文中則記有一百七十餘種。
〔註9〕　詳目請參見陸樹崙撰：《馮夢龍研究》（北京：復旦大學出版社，1987 年 9 月，

標示出來的即有：《啓顏錄》、《諧史》、《樗齋雅謔》、《笑林評》、《續笑林》、《迂仙別記》等，另據學者考證後得知，尚有《笑林》、《諧噱錄》、《群居解頤》、《艾子雜說》、《調謔編》、《軒渠錄》、《遯齋閑覽》、《善謔集》、《開顏錄》、《絕倒錄》、《漫笑錄》、《諧史》、《籍川笑林》、《拊掌錄》、《雅笑編》、《開卷一笑》、《雪濤諧史》、《艾子後語》等歷代或當代笑話書。〔註10〕

　　凡此，可以得知《古今笑》中所見文字或情節多非首見於該書，泰半於源自過去的典籍書冊，甚而可以大膽推測歷代笑話書對他的編纂工作有著極大助益，這些古今笑話書收集了歷代幽默諧謔的笑料，馮夢龍自此取材，進行篩選淘汰、整理輯錄的動作，對其而言，確是便捷之門，省卻諸多辛勤翻找的功夫；對整個笑話書的發展來說，歷代笑話書在馮夢龍有心的整理、去蕪存菁的編纂之下，將同一主題或情節相似者加以搜羅整編，針對情節與文字進行摘錄、改寫的工作，而成就此一系統井然之笑話巨制《古今笑》，集聚歷來笑話的精華，成爲名副其實的《古今笑》。

　　綜合以上所述可知，《笑府》和《古今笑》兩書所載的笑話絕非獨一無二的，亦即其不全然採用親身見聞的第一手資料，亦非親自遍翻搜尋經史子集而來，恐怕以第二手，甚至多手資料的轉寫抄錄居多。但不論是哪一種取材來源，我們都可以確定笑話發展的脈絡絕不是單一呆板的，甚而可能造成了笑話題材在不同的笑話書中重覆出現及迭有演繹發展的現象。

　　關於這一點，是必須在此特別加以說明的。在不同時代、不同笑話書中重覆出現的笑話，其最經典的情節主軸往往不會有太大的變化，但笑話編纂者可能會依個人書寫編纂的習慣對於材料進行抄錄及增刪改寫的動作。劉兆祐先生以爲，一般來說，早期的笑話書，可賴以改寫的資料較少，以自創的笑話爲主。後來由於圖書資料的豐富，是以晚期的笑話書多半是從歷代圖書中採錄改寫而來，〔註11〕是以出現了笑話在縱向時間上的因襲發展。

　　再者，笑話亦有橫向空間的傳抄增刪，大量出現笑話書的明清時代，這種現象更是甚囂塵上。陳如江、徐侗纂集《明清通俗笑話集》一書的前言中，曾以通俗笑話傳播方式的角度對對此一問題做出了說明，認爲「通俗笑話的著作

---

1 版 1 刷），及同註 1，《馮夢龍詼諧寓言研究》文。
〔註10〕見同註 1，《馮夢龍詼諧寓言研究》，頁 162。
〔註11〕劉兆祐撰：〈古代笑話知多少？〉（台北：《國文天地》第 5 卷第 10 期，1990 年 3 月），頁 21。

權具有共享的特點」，其在口頭傳播時便有著各種不同的版本，即使轉變成書面文字，編纂者依舊有其改編或再創的權利，再加上商業的勃興、出版的發達，文人爲因應商機投入笑話的搜集與編纂，也造成許多笑話的反覆入選。〔註12〕可見古人因爲沒有所謂智慧財產權的觀念，著作可以是眾人穿越時空共同完成的，著作權是眾人共享的，因此不論是民間笑話或經史諧談的整理，在馮夢龍手中均有著相當大的彈性，也因此增加了追溯笑話源頭的難度。

三、編纂原則

　　《笑府》和《古今笑》二書雖只是「不入流」的「小道」作品，並非名山大業之作，但馮夢龍對於二書的編輯卻仍有其用心之處，不但將取自經史典籍及網羅自民間的口傳笑話等龐雜的材料依內容性質及其主觀意識有系統、有條理地加以選用分類，對於任何一則笑話的選輯處理亦有一套原則方法，選擇的內容意識是詼諧逗趣的，但寫入每字每句時，他是頗爲謹嚴愼重的。因此，兩書儘管在體制、取材上有所差異，但其編纂卻可歸結出共同的特色，以下分就三點來論述《笑府》和《古今笑》二書的編纂原則：

（一）注解、考訂與補充

　　在《笑府》和《古今笑》各部類笑話中，附帶於笑話之後，對笑話加以注解、考訂、和補充的情形是極爲常見的，所謂的「注解」，包含所有爲方便讀者閱讀而做的字音、字義解釋及出處、典故說明，「考訂」則是馮夢龍對於所引的文字資料加以考查訂正，做出明確仔細的說明，而「補充」則是就其以爲不足之處再做出說明者，筆者所謂「補充」乃是限定於馮夢龍針對內容資料加深加廣的解釋，與笑話本身關係不大，同一笑話的並列與主題笑話的並置不在其中。以下舉例印證之：

> 明皇與諸王會食，寧王錯喉，噴上鬚，王驚慚不遑。上顧其悚悚，
> 欲安之。黃幡綽曰：「此非錯喉。」上曰：「何也？」對曰：「是噴帝。」
> 上大悅（嚏音帝。）（《古今笑・巧言部・黃幡綽》）

以上這一則屬於諧音雙關的笑話，當中「嚏」與「帝」二字同音，形成了一語雙關的笑話，化解了這場尷尬的場面。馮夢龍特地做了小注，標明該字的

〔註12〕陳如江、徐侗纂集：《明清通俗笑話集・前言》（上海：上海人民出版社，1996年4月，1版），頁6～8。

讀音，更便於讀者對這則笑話的體悟。

> 張九齡一日送芋蕭靈，書稱蹲鴟。蕭答云：「損芋拜嘉，惟蹲鴟未至。
> 然寒家多怪，亦不願見此惡鳥也。」九齡以書示客，滿座大笑。
>
> 附評：蹲鴟，芋也，參軍馮光震入集賢院校《文選》解為「著毛
> 蘿蔔」，識者笑之。又《顏氏家訓》云：「芋字似羊，有謝人惠羊，
> 而誤用蹲鴟者。」(《古今笑·無術部·蹲鴟》)

這則笑話，馮夢龍在附評中解釋了「蹲鴟」一詞所指者是「芋」這一植物，因為人的無知或誤用而造成了笑話，若缺乏與笑話發生年代相當的語文常識或能力，便不見得能夠領會此一笑點，是以馮夢龍的註解在此即發生了絕佳的輔助功用。

　　除了字音、字義的解釋，馮夢龍在笑話書中也會註明所引笑話的出處，出處的標示以《古今笑》一書居多，在上一節即曾提及，馮夢龍在《古今笑》中清楚標示所引的書目種類便有一百一十餘種，如《古今笑·專愚部》中標示其引自張夷令所輯《迂仙別記》中的二十四則，又《古今笑·癖嗜部》也標其引自王弇州《朝野異聞》六則笑話，然馮夢龍並未全面清楚標示笑話的出處，不知其取捨的標準或因由，這是較令人遺憾之處。《笑府》一書則因多取自鄉野豎夫，不知出處，故少有標示出處的，但若有線索可尋，馮夢龍也會在附註中提出說明：

> 鄉間坐櫈，多以現成樹丫义為腳者，一腳偶壞，主人命僕于林中覓
> 取。僕持斧出，至晚空回。主人問之，對曰：「丫义儘有，都是向上
> 生，更無向下的。」
>
> 附評：相傳此為太倉張阿留事。(《笑府·殊稟部·櫈腳》)

下列兩則笑話則是對於笑話中所表露的歷史資料再深入查證，利用附評文字說明其他典籍資料中的相關記載，可以說是對於笑話的補充說明：

> 蒼可繞（孔子時人）娶妻而美，以讓其兄。
>
> 附評：考《南蠻傳》烏滸人如是。(烏滸，在廣州南，交州北。見
> 《南州異物志》)(《古今笑·專愚部·蠢夫》)
>
> 湯既伐桀，讓於務光。光笑曰：「以九尺之夫，而讓天下於我，形吾
> 短也。」羞而沉於水，有咫尺之魚，負之而去。
>
> 按：《莊子》注云：「務光身長八寸，耳長八寸。」(《古今笑·委蛻
> 部·短》)

前者純粹提供主角人物蒼可繞的資料，而後者附評中對於務光身長的解說使這則笑話閱讀起來更形出色。

而對於笑話內容資料加以考查校訂者，更是不計其數，如《古今笑・儇弄部・皛飯毳飯》：

> 進士郭震、任介，皆西蜀豪逸之士。一日，郭致簡於任曰：「來日請餐皛飯。」任往，乃設白飯一盂，白蘿蔔、白鹽各一碟。蓋以三白為皛也。後數日，任亦召郭食毳飯。郭謂必有毛物相戲。及至，並不設食。郭曰：「何也？」任曰：「飯也毛，蘿蔔也毛，鹽也毛。只此便是毳飯。」郭大笑而別。（皛音孝，蜀音無曰毛。）
>
> 　　附評：此條見《魏語錄》，他書作蘇、黃相謔，殊誤。

此一笑話筆者亦曾見之，所見亦言為蘇黃二人相謔軼事，今日方知其誤。蘇東坡是笑話中的箭垛型人物，〔註 13〕一般人言說笑話主要著重在情節的部份，而馮夢龍另又考訂笑話中的錯誤，給予閱讀群眾另一知的權利。

又同部另一笑話，其考證與解釋說明更甚詳盡：

> 石中立字表臣，在中書時，盛度禁林當值，撰《張文節公神道碑》，進御罷，呈中書。石卒問曰：「是誰撰？」盛不覺對曰：「度撰。」滿堂大笑。
>
> 　　附評：五代廣成先生杜光庭多著神仙家書，悉出誣罔，如《感遇傳》之類，故人謂妄言為杜撰。或云杜默，非也。盛文肅公杜默之前矣。然俗有杜田、杜圓、杜酒等酒，恐是方言，未必有指。（《古今笑・儇弄部・石學士善謔》）

看笑話正文的部份，或可以「杜撰」、「度撰」而會心一笑，但進入附評的閱讀恐就嚴肅了，此則附評不見任何諧笑的文字，馮夢龍站在學者立場對於「杜撰」一語做出相關解釋與考訂。

另外若考訂過後的結果，連馮夢龍都無法辨其是非，便將所疑者並存並列，如《古今笑・機警部・江南妓》一則即是：

> 江南一妓有殊色，且通文。滁州胡尚書於許學士席上見之，問其名，曰：「齊下秀。」胡公戲曰：「臍下臭。」妓跽曰：「尚書可謂聞人。」胡怒曰：「此妓山野。」妓跽曰：「環滁皆山也。」為之哄席。（見《西堂紀聞》。《諧浪》作歐文忠公事，或誤。）

〔註13〕見同註 4，頁 154～155。

又《古今笑・不韵部・擬古人名字》一則，補充了不少與笑話相關性不大的資料：

> 東丹國長子奔唐，賜姓李，名華。頗習詩文，甚慕白居易，思配擬之，每通名刺，曰：「鄉貢進士黃居難，字樂地。」
>
> 附評：樂天初至京師，以所業謁顧著作，顧睹姓名，熟視曰：「長安米貴，居大不易。」及披卷，首篇曰：「咸陽原上草，一歲一枯榮。野火燒不盡，春風吹又生。」乃嗟賞曰：「道得個語，居亦何難！」夫李華本欲擬白，而白居自易，黃居自難，乃自作供狀耳。唐又有李姓者，作《姑熟十咏》，自比太白，遂號李赤，後為廁鬼所惑，死於廁。

若僅列唐所謂李赤事，則為同一笑話的並列，然前所引白居易事，甚顯詳盡，若捨之，此則笑話之存在亦可，但馮夢龍卻不辭繁贅詳加解說，足見其用心。

（二）並列笑話另說

笑話，特別是民間笑話，是民間文學的一種，段寶林先生說過，民間文學具有立體性特徵，其最基本的便是口頭性、流傳變異性與集體性。〔註14〕笑話在流傳的過程中，由群眾以口頭的方式集體像樹枝狀般地流傳出去，這當中必然會產生變異性，是以同一個笑話往往有一個、二個，甚至好幾個不同說法或結果，這也就是笑話的演繹發展。若然一完全以市場取向與成本考量的出版者或作家來說，對於一則笑話的不同說法，盡可刪而略之，亦無損笑話書內容，然馮夢龍與眾不同的，便在於其將同一笑話不同的說法逐一並列的態度，然而若馮夢龍以改寫或續寫的方式將笑話另說直接寫入正文，讀者在閱讀的過程中很難察知，但值得慶幸的是，馮夢龍有將同一笑話不同的衍生、演繹及改寫續寫文字寫入附評中的習慣，不但便於後代學者勘究，更重要的是為具有時空限制的民間笑話起了保存之功效。如：

> 偷兒入貧家，徧摸一無所有，乃唾地開門而去。貧漢于床上見之，喚曰：「賊！可為我關了門去。」偷兒曰：「你這箇人叫我賊也忒難。」
>
> 附評：一說：喚賊關門，賊笑曰：「我且問你，關他做什麼？」亦有味。舊說云：「賊可替我帶上了門。」賊曰：「是這等貪懶，所以做不得人家。」貧漢曰：「我做人家與你偷麼？」（《笑府・世諱

〔註14〕段寶林撰：《立體文學論・論民間文學的立體性特徵》（台北：文津出版社，1997 年 4 月，1 刷），頁 1。

部・遇偷》）

不但在附評中將同一笑話的其他演繹並列，還主觀簡短地評斷何者爲佳。諸如此類，並列同一笑話的不同演繹情狀的，以《笑府》一書居多，對於這類笑話的並列，馮夢龍多用「一說」、「一云」、「或云」、「舊云」等詞標寫之。

又：

> 一鄉人做巡捕官，值按院門。太守來見，跪報云：「太老官人進。」按君怒，責之十下。次日，太守來，報云：「太公祖進。」按君又責之。至第三日，太守又來，自念鄉語不可，通文又不可，乃報云：「前日來的，昨日來的，今日又來了。」
>
> 附評：……余述此笑話而易其末段云：「至第三日，太守又來。乃跪懇之曰：『你來一次，連累我一次，勸你今日莫進去罷。』」一時亦大笑。（《笑府・日用部・慣撞席又一》）

此則笑話中，鄉人不知自己爲何遭罰，爲免再受責罰，在第三天時只好避用先前用語，因而引人發笑。然在馮夢龍附評中，將結尾改爲鄉人跪懇對方的言行，更加可笑。雖非其所聽聞，但卻可算是由他親自進行民間笑話的改編，放在附評，亦可稱是並列笑話另說，其所改者不可不謂之生動。又：

> 一好飲者，夢得美酒，將熱而飲之，忽然夢醒，乃大悔曰：「恨不冷吃。」
>
> 附評：此人遺囑必寫云：「身後須赤埋土中，異日化而爲土，或取爲甕，冀以盛酒。」（《笑府・殊稟部・好飲》）

笑話本身並無該主角人物遺囑部分，馮夢龍想像而加諸於其下，是爲續寫笑話，是笑話情節更進一步的延續，亦列此並觀。然此段續寫的文字旨不在增加笑話的可笑性，嘲諷意味甚爲濃厚。

（三）並置主題笑話

上所舉例《笑府・世諱部・遇偷》一則，馮夢龍除並列該笑話其他不同的說法外，在其下有兩則標題爲「又」者，是題爲〈遇偷〉之笑話的另外兩則，同樣是遇偷，然情節有所不同，是筆者所謂主題笑話的並置：

> 偷兒入一貧家，其家止米一小甕，置臥床前。偷兒解裙布地，方取甕傾米，床上人竊窺之，潛抽其裙去，急呼有賊。賊應聲曰：「眞箇有賊，方纏一條裙在此，轉眼就不見了！」（《笑府・世諱部・遇偷又一》）

一貧士素好鋪張，偷兒夜襲之，空如也，罵而去。士摸床頭數錢追
贈之，囑曰：「君此來，雖極怠慢，然人前萬望包荒。」（《笑府・世
諱部・遇偷又一》）

笑話的分類，本身就是一種依憑內容主題的相近而並置的現象，是以在各部類
中，馮夢龍搜羅迂闊陳腐的故事而成〈迂腐部〉，匯集愚蠢糊塗的笑話而有〈專
愚部〉，然而馮夢龍的企圖心不只於此，在《笑府》和《古今笑》中，並列笑話
另說，相當程度保存了笑話在流傳過程中產生的種種變異歧說，有助於笑話情
節演繹變化的研究。而並置主題笑話的做法，在這兩本書當中更是屢見不鮮，
除了《笑府・世諱部・遇偷》之外，像《笑府・日用部・破網巾》、《笑府・刺
俗部・說大話》也是，多半是緊接在該笑話之下，以「又」為標題的方式呈現。
也有不同標題，但主題相似而連續並置一起的，如《笑府・殊稟部・呆婿》之
下，又有〈凍水〉、〈賣饅頭〉二則，都是寫呆女婿出糗的笑話；《笑府・刺俗部・
掇馬桶》之下，又有〈十弟兄〉、〈下操〉、〈虎勢〉等十則，同是男子懼內的可
笑笑話，《古今笑・閨誡部》中亦並置了不少標題不同，但同寫男子懼內的笑話。
展開《古今笑》的目錄，亦有許多條目底下標注著該笑話共計幾條的例子，像
《古今笑・迂腐部・諱父名》標題下註明「計八條」、《古今笑・越情部・不畏
鬼怪》，其下註明「計六條」⋯⋯等更是不計其數。

　　進行如此的資料搜集、分類、並置是一極其不易的功夫，而馮夢龍卻不厭
其煩地逐一整理收錄，可見其全面整理笑話和使之系統化的企圖心。在笑話的
書籍和研究中，有一以「主題笑話」、「同類型笑話」、「笑話型式」為方向的蒐
編與研究，如林蘭編集「巧舌婦故事」和「呆女婿故事」、婁子匡選編的「巧女
和獸娘的故事」、〔註 15〕鍾敬文〈呆女婿故事探討〉〔註 16〕一文等，馮夢龍早
在明代進行笑話書的編纂時就留意到主題笑話的存在進而並置並列，與後來學
者從事主題笑話的研究不謀而合，馮夢龍可謂有著極其前瞻的眼光。

第二節　　《笑府》、《古今笑》的內容風貌

　　以馮夢龍身處之時代為立足點，《笑府》、《古今笑》兩書是集古與今、口

〔註 15〕筆者未見林蘭和婁子匡所編書籍，資料見於婁子匡、朱介凡編著《五十年來
　　　　中國俗文學》（台北：正中書局，1987 年 10 月，台初版 5 印行），頁 104～106。
〔註 16〕鍾敬文〈呆女婿故事探討〉，收於婁子匡編校《呆子的笑話》（東方文化書局，
　　　　1974 年。國立北京大學民俗叢書 137，中國民俗學會）

傳與經籍笑話之大成，內容涵蓋甚廣，牽涉的人、事、物亦豐富，讓這文字底下呈現出多采多姿的笑話世界，以下分就幾個面向來談論馮夢龍這兩本笑話書中呈現的風貌：

一、鄙劣人性的揭露

筆者在此要談的是《笑府》、《古今笑》二書中所揭露的鄙劣人性，分就九個項目來論述，這樣的說明似乎將一則則可以以不同角度、方式去理解的笑話畫地自限，正如同前文曾提及的「分類」並不是一件簡單的事，擅自地將某一笑話歸類為某一種人性的揭露，無疑地是非常主觀而武斷的，畢竟各個笑話／笑話人物所揭露的未必是單一種鄙劣的人性，筆者個人的判斷又不足以成為分類的標準。是以在此筆者依循馮夢龍自己對於《笑府》、《古今笑》二書內容的分類，分別在這十三／三十六個部類中去尋找其已網羅了可觀數量，顯然堪為笑話書中鄙陋人性代表的幾種類型：

（一）迂腐昏愚

人之處世，往往受限於一己的狹見智慧，致使思想行為趨於迂闊陳腐、甚至昏庸愚昧，先秦諸子中的鄭人、宋人的記錄即是，甚而時經千百年，仍在馮夢龍的《古今笑》中受到著錄與歡迎，主要見於《笑府》〈腐流部〉、《古今笑》的〈迂腐部〉、〈專愚部〉等。例：

> 王及善才行庸鄙，為內史，時謂「鳩集鳳池」。俄遷右相，無他施設，惟不許令史輩將驢入台，終日驅逐，時號「驅驢宰相」。（《古今笑·迂腐部·驅驢宰相》）

> 蘇州徐檢庵侍郎，老而無子，晚年二妾懷孕，小言爭竟，已墜其一矣。其一臨蓐欲產，徐預使日者推一吉時，以其尚早，勸令忍勿生。逾時母子俱斃。（《古今笑·專愚部·蠢父蠢子》）

王及善身為一人之下，萬人之上的堂堂宰相，對於政治社會毫無建樹，竟只做得終日驅逐驢子的工作；徐侍郎為了吉時得子，竟要妻子忍而勿生，以致落得母子俱死的下場，這兩人一迂腐多烘，一昏愚無常識。難怪馮夢龍認為迂腐昏愚之人往往自以為聰明，但天下事卻遭其耽誤最多，是以笑話書中彰顯迂腐昏愚之人性的笑話繁多，而此一主題亦是歷來笑話中為數最多、演繹最豐的。

（二）奇行怪癖

一樣米養百樣人，在不同的時代裡同樣都有著一些特立獨行的人，性格怪異者往往表現出奇怪的言行舉動，看在旁人眼裡便成了不可思議，足資談笑的話題，《笑府》的〈殊稟部〉、《古今笑》的〈怪誕部〉、〈癡絕部〉、〈癖嗜部〉中有不少這類笑話，以下幾則極其傳神可窺其一二，令人捧腹：

> 有父子俱性剛，不肯讓人者。一日，父留客飯，遣子入城市肉。子取肉回，將出城門，值一人對面而來，各不相讓，遂挺立良久。父尋至，見之，謂之曰：「汝姑持肉回，陪客飯，待我與他對立在此。」（《笑府‧殊稟部‧性剛》）

> 吳中嶽乙喜聞腳臭，嘗值宴集，忽不見，或曰：「彼非逃酒者，殆必有故。」令人偵之，則道傍有行客，方企息，理腳纏，穢氣蒸蒸，是人低回，留之不去。（《古今笑‧癖嗜部‧好腳臭》）

第一則中的父子二人個性之剛硬固執，恐怕是常人所無法理解的吧，小小讓路的問題竟也得堅持到這等程度；第二則中喜聞腳臭的癖好實在令人不敢恭維，他人避之為恐不及，這老兄竟是「留之不去」，讓人瞠目結舌。馮夢龍對於這類的奇行怪癖卻有正反兩面的看法，他認為「天授既殊，情緣亦異，盈縮愛憎，自然之歧也」（《古今笑‧癖嗜部》小序）、「癡不可乎？得斯趣者，人天大受用處也。」（《古今笑‧痴絕部》小序）肯定人各有不同愛惡癡癖，適度而暢懷享趣則可，但對於過度標新立異，爭逐奇怪者，特別是在上為官之人則切不以為然，「究竟怪非美事」（《古今笑‧怪誕部》小序）。可見馮夢龍對於人性奇行怪癖的基本底限。

（三）貪婪奢侈

馮夢龍《古今笑‧貪穢部》小序即云：「人生於財，死於財，榮辱於財。無錢對菊，彭澤令亦當敗興。倘孔氏絕糧而死，還稱大聖人否？無怪乎世俗之營營矣。」人生在世汲汲營營者，莫過於財，無錢無財則遑論其他，但人心欲望卻絕無饜足之時，如下列這則笑話：

> 鄭仁凱性貪穢，嘗為密州刺史，家奴告以鞋敝，即呼吏新鞋者，令之上樹摘果，俾奴竊其鞋而去。吏訴之，仁凱曰：「刺史不是守鞋人。」（《古今笑‧貪穢部‧瀆命》）

堂堂一位刺史，鞋子壞了竟與家奴合力誆騙小吏的新鞋，這便是馮夢龍所要

嘲諷的貪婪人性，無所不貪，甚至不擇手段。奢侈安逸的生活人人皆羨，《笑府·古豔部》亦有世人貪得錢財以求富貴的醜態。人心之貪財，所為為何，貪財所為者，無非生活享受之奢，《古今笑·汰侈部》小序以石崇、北魏河間王、章武王等人之相競汰侈為例，云：「人之侈心，豈有收底哉！自非茂德，鮮克令終」對於此類行徑，馮夢龍往往提出了警戒，如：

> 王黼宅與一寺為鄰。有一僧，每日在黼宅溝中取流出雪色飯顆，漉出、洗淨、曬乾。不知幾年，積成一囷。靖康城破，黼宅骨肉絕食，此僧即用所囷之米，復用水浸蒸熟，送入黼宅，老幼賴之無饑。
>
> 　附評：若無溝中飯，早作溝中瘠。此又是奢侈人得便宜處。（《古今笑·汰侈部·王黼》）

王黼宅內食用奢侈，戰亂時卻淪落到必須食用當初浪費丟擲於溝中的米飯方得以苟存，馮夢龍的附評冷語調侃了此類人性，並可見其警示意味。

（四）貧儉吝嗇

馮夢龍不以「貧窮而儉約」為鄙惡，但卻對託言於儉、實則吝嗇者不以為然，認為儉吝過份，實與貧乞兒沒有什麼兩樣，在他所輯錄的此類笑話中，主角人物或富有而極吝，或宴客吝而不周，往往極其誇張，令人瞠目結舌、啞然失笑。《笑府》書中此類笑話與其他世俗可笑之形貌並列於〈刺俗部〉，且約佔半數之多，到了《古今笑》遂已擴成〈貧儉部〉一類，足見古今以來，此一可笑之繁多。

> 一人溺水，其子呼人急救，父于水中探頭曰：「是三分銀子便救，若要多莫來！」（《笑府·刺俗部·溺水》）
>
> 庫狄伏連位大將軍，甚鄙吝。婦嘗病劇，私以百錢取藥。伏連後覺，終身恨之。（《古今笑·貪儉部·婦取百錢》）

當性命與銀兩二者相互抵觸之時，吝嗇之人竟是如此毫不猶豫地選擇銀兩，在世人看來，實在不可思議。

此外，在《笑府·世諱部》小序裡提到：「貧莫如丐，而丐中有孝子；賤莫如妓，而妓中有義娼。壽於稗史，芬於口頰，貧賤固不足諱也。不足諱，又何笑焉？笑貧賤中之可笑者，亦以笑世之笑貧賤者。」馮夢龍非是嫌貧愛富之人，但這世上卻有一些人，確實貧窮而不願承認，甚至百般遮掩、故作姿態，抑或自我催眠，因而也成了馮夢龍取笑的對象。

> 一貧士素好鋪張，偷兒夜襲之，空如也，罵而去。士摸床頭數錢追
> 贈之，囑曰：「君此來，雖極怠慢，然人前萬望包荒。」(《笑府·世
> 諱部·遇偷又一》)

明明是窮困匱乏，卻仍死要面子，家中遭竊非但不報官，甚而以家中僅有賄
賂偷兒，要其在他人面前多加包涵。豈不可笑至極。

(五) 阿諛厚顏

馮夢龍《古今笑·顏甲部》小序說到：「天下極無恥之人，其初亦皆有恥
者也。冒而不革，習與成昵。」因厚顏成了習慣，遂不知羞恥，對一己言行
毫不見慚，因而見笑。如：

> 中郎李慶遠初事皇太子，後因恃寵請託，遂屏之。然猶以見親給
> 人。一日對客腹痛作楚，曰：「適太子賜瓜，多食致病。」須臾霍
> 亂，吐出粗糲飯，及黃臭韭虀，客大嘲笑。(《古今笑·顏甲部·
> 李慶遠》)

文中李慶遠大言不慚，自以為仍為君王所重，但自負吹牛的行徑卻被他人看
得一清二楚。尤有甚者，厚顏無恥之餘，自貶身價，逢迎巴結，如：

> 王元美云：余舊聞正德中一大臣投刺劉瑾，云『門下小廝』。嘉靖中，
> 一儀部郎謁翊國公，云『渺渺小學生』。今復有自稱『將進僕』、『神
> 交小子』、『未面門生』、『沐恩小的』，皆可嘔噦。(《古今笑·容悅部·
> 《觚不觚錄》謙稱》)

這一群人幾乎是寡廉鮮恥，將自尊踐踏於地了，馮夢龍在《古今笑·容悅部》
小序裡頭提到了：「南荒有獸，名曰狒㹱，見人衣冠鮮采，輒跪拜而隨之；雖
驅擊，不痛不去。身有奇臭，惟膝骨脆美，謂之媚骨，士人以為珍饌。余謂
凡善諂者皆有媚骨者也。」此一比喻將阿諛諂媚者的嘴臉表露無遺，其往往
為達目的，不惜竭其逢迎奉承之力，或有災禍臨身，亦是不見棺材不掉淚，
是以在書中馮夢龍多有撻伐。

(六) 嫉妒與懼內

好妒之性格，人多有之，男子為官者因一己之私而忌賢嫉能，甚而再三
迫害者歷代皆有，正所謂「文士相妒，自古而然」(《古今笑·雜志部·白公
裂詩》)。此為人性鄙陋之一面。

> 白令公居守東洛，夜宴半酣，公索句，時元、白首唱，次至楊汝士，

> 楊援筆書曰：「昔日蘭亭無艷質，此時金谷有高人。」白知不能加，
> 遽裂之曰：「笙歌鼎沸，勿作冷淡生活。」（《古今笑・雜志部・白公
> 裂詩》）

這樣的嫉妒心理人皆有之。男子以外，女子亦弗讓。《古今笑・閨誡部》小序
云：「女德之凶，無大於淫妒。然妒以爲淫地也。譬如出仕者，中無貪欲，則
必不忌賢而嫉能矣。」在馮夢龍的認知裡，女德中最大的罪惡便是妒嫉，在
他所載錄之女子好妒事宜，則多屬男女感情上的爭風吃醋，如：

> 太宗賜任尚書瑰二豔姬。妻妒，爛其髮禿盡。帝聞之，怒。僞爲酖，
> 敕柳：「飲之，立死。如不妒，即不須飲。」柳氏拜敕曰：「妾與瑰
> 俱出微賤，更相輔翼，遂至榮官。今多內嬖，誠不如死。」竟飲盡，
> 無他。帝謂瑰曰：「人不畏死，不可以死恐。朕尚不能禁，卿其奈何？」
> 二女令別宅安置。（《古今笑・閨誡部・任瑰二姬》）

任瑰之妻善妒，甚至死也不怕，連皇帝都拿她沒輒，如此，演變到最後竟是
婦人善妒強悍的行徑轉爲一種強硬無所畏懼的形象，甚至於造成丈夫軟弱懼
內的強烈對比：

> 一武官懼內，或教之曰：「尊嫂特未見兄威容耳。」乃盔甲仗劍而入。
> 妻見之，喝曰：「汝妝此模樣做甚？」不覺下跪曰：「請問奶奶，今
> 日可要下操？」

武官身份照理應是英勇威猛的，但懼內的武官即使身著盔甲，見了妻子還是
嚇得下跪，兩相對照，更顯滑稽，在旁人看來不禁莞爾，是以將嫉妒與懼內
笑話並列，此類笑話在《笑府・刺俗部》、《古今笑・閨誡部》中不勝枚舉。

（七）譎騙欺瞞

　　馮夢龍於《古今笑・譎知部》小序中提到他對於「智」的看法：「人心之
知，猶日月之光，糞壤也而光及焉，曲穴也而光入焉。知不廢譎，而有善有
不善，亦宜耳。小人以之機械，君子以之神明，總是心靈，惟人所設，不得
謂知偏屬君子，而譎偏歸小人也。」由此可見馮夢龍認爲所謂的智慧包含欺
瞞巧騙的譎智在內，君子小人心靈思索不同，見用之法亦異，此間自有所謂
善及不善者，馮夢龍兼而錄之，筆者所指針對鄙劣人性之揭露，乃專指不善
之譎騙欺瞞。

> 西鄰母有好李，苦窺園者，設阱牆下，置糞穢其中。點豎子呼類竊
> 李，登垣，陷阱間，穢及其衣領，猶仰首於其曹：「來來！此有佳李！」

其一人復墜，方發口，點豎子遽掩其兩唇，呼「來來」不已。俄一
人又墜，二子相與詬病，點豎子曰：「假令三子者，有一人不墜阱中，
其笑我終無已時。」(《古今笑·譎知部·點豎子》)

自己不小心墮入了陷阱，為避免日後遭到友伴的取笑，竟不惜詐騙，再令朋
友接連掉入陷阱，這是人性當中惡意的譎騙巧詐。

（八）驕矜自大

凡人甚易自認才高而目空一切、自矜自大，因為驕傲自負，所以時有戲
辱詆毀他人或炫才賣弄的情形：

杜審言將死，語宋之問、武平一曰：「吾在，久壓公等，今且死，固
大慰。但恨不見替人。」登封中，蘇味道為天官侍郎，審言預選試，
判訖，謂人曰：「味道必死矣。」人問其故，曰：「見吾判，自當羞
死。」(《古今笑·矜嫚部·杜審言》)

杜審言的恃才傲物不可不謂之甚矣，如此對人說話，著實容易得罪他人。馮
夢龍在《古今笑·矜嫚部》小序寫到：「達士曠觀，才流雅負，雖占高源，亦
違中路。彼不撿兮，揚衡學步，自視若升，視人若墮。狎侮詆，日益驕固。
臣虐其君，子弄其父。」這一類的人因為驕傲自負到了目中無人的地步，甚
而貴己賤彼，演變至最後，亦往往招致災禍，是以在這類笑話小序中，馮夢
龍大聲疾呼「君子謙謙，慎防階禍」。

（九）暴虐殘忍

馮夢龍在《古今笑·鷙忍部》小序中述及兩個暴虐殘忍的例子，其一人
好見殺豬，日見屠者殺豬數百，而引以為笑，另一人則付錢但求棍棒打狗以
為樂，凡此，其言：「自非性與人殊，奚其然？」馮夢龍認為，「貪」與「酷」
皆是人性，貪婪是人之本性，尚能接受，至於「暴虐殘忍」亦天性使然，但
卻大異於一般凡眾。〈鷙忍部〉中所舉者多為暴君酷吏的例子：

石太尉崇，每邀宴集，令美人行酒。客飲不盡，使黃門斬美人。王
丞相與大將軍常共訪崇。丞相素不能飲，輒自勉強，至於沉醉；至
大將軍，故不飲，以觀其色。已斬三人，丞相勸敦使盡。敦曰：「彼
自殺人，於我何與？」(《古今笑·鷙忍部·殺婢妾》)

石崇與王常將軍兩人的殘酷暴虐恐怕不是常人所能想像了吧！如此的文字放
在《古今笑》中，恐怕示警的意味過於取笑了吧！

二、傳統權威的瓦解

（一）政治權威人士

在封建時代裡，國君是一國之首，理當英明睿智；士人寒窗苦讀，得志居官，理當兼善天下，然而在現實生活中，這些代表著領導階層的知識份子卻往往昏庸愚昧，貪婪暴虐。百姓面對極權高壓統治無正面抵禦，與之衝突對抗的能力，然反彈不滿的心聲卻無法心甘情願噤聲閉口，因此這些位高權重、舊傳統時代裡的權威代表在笑話裡成為了眾矢之的，透過「笑話」這一口傳媒介揭露其醜陋、令人唾棄的一面，進而讓廣大的群眾在此得到了精神的勝利。

因此笑話中首先瓦解的便是這一群在現實生活中當權掌政的君王、官吏，前文曾經提及笑話中對於鄙劣人性的揭露，君王、官吏也是人，也有人性醜陋的一面，所以不可避免的，他們也會成為當中的主角，然而，當迂腐昏愚、貪婪汰侈的笑話中，他們竟成了最常出場的主角時，在現實生活中其所代表的威權強勢全然冰消瓦解，原本顯著階級意識瞬間消弭，他們手中捏掌的生殺大權，到了笑話中全然無用，變得一無是處，昏愚拙笨，偶然出現暴虐殘忍者，便是難以為笑，而帶有沉重警惕的了。

一般而言，以君王、官吏為嘲笑諷刺標的的笑話主要著重在其昏庸、愚昧及貪婪的部份。以下試舉數例見之。

> 晉惠帝在華林園聞蛤蟆聲，問左右曰：「此鳴者為官乎？為私乎？」侍中賈胤對曰：「在官地為官，在私地為私。」時天下荒饉，百姓多餓死。帝聞之曰：「何不食肉糜？」（《古今笑・專愚部・昏主》）
>
> 周定州刺史孫彥高被突厥圍城，不敢詣廳，文符須徵發者於小窗接入，鎖州宅門。及報賊登壘，乃身入櫃中，令奴曰：「牢掌鑰匙，賊來慎勿與。」（《古今笑・專愚部・呆刺史》）
>
> 一官性貪，見皂隸鬢插一錢，欲取無計，乃詐為夢語曰：「一箇錢也是好的。」既醒，召隸至近，問曰：「適我夢中有何言？」隸以實對。官乃取其鬢邊之錢叩齒曰：「應夢大吉。」（《笑府・古豔部・應夢》）
>
> 齊王問南陽王綽：「在州何事最樂？」對曰：「多聚蠍於皿器，置蛆其中，觀之極樂。」帝即命索蠍一鬥置浴斛，使人裸臥斛中，呼號宛轉。帝與綽喜噱不已，因讓綽曰：「如此樂事，何不馳驛奏聞？」

（《古今笑・鷙忍部・以人命戲》）〔註17〕

（二）知識道德權威人士

　　儒士文人即使無法晉身政治權威的行列，在民間亦是凡眾眼中飽讀詩書、見識廣博的知識權威，或為人師，得以傳道、授業、解惑，便是知識傳遞的象徵，是知書達理的形象，更是啟蒙智慧的關鍵。至於行醫濟世本是醫者本份，慈悲為懷更當是醫者本心，醫術則屬醫者專業素養，他人難以或易。僧尼道士這些具有宗教信仰的方外之士，講的是四大皆空，無欲無求，在世俗觀念中是崇高神聖，不可褻瀆輕慢的，另外卜者、相士因其職業之故，也往往為人們所信任依賴。凡此幾類人士雖不具備政治實權，但在過去傳統的價值觀念裡因其所具備的學問知識、道德修養，成為一種文化權威的代表，為平凡百姓尊崇敬仰，具有高人一等的社會地位，然而在笑話中，這一類的人物竟都以著不堪、令人失望的面目出現，這些笑話動搖了這一類人物在社會機制裡所扮演的權威角色的穩固性：

> 一蒙師設教，有問「大學之道」如何講者。師佯醉曰：「汝等偏揀醉時來問我。」歸與妻言之，妻曰：「『大學』，是書名，『之道』是書中的道理。」師領之。明日謂門人曰：「汝輩無知，昨日我醉，便來問我，今日偏不問，何也？汝昨所問何義？」對以「大學之道」，師如妻言釋之。弟子又問「在明明德」如何，師遽捧額曰：「且住，我還中酒在此。」（《笑府・腐流部・講書》）

> 有以財入泮者，拜謁孔廟。孔子下席答之。士曰：「今日是夫子弟子，禮應坐受。」孔子曰：「你是我孔方兄的弟子，不敢受拜」（《笑府・腐流部・謁孔廟》）

> 小兒患身熱，服藥而死。其父詣醫家咎之，醫不信，自往驗視，撫兒屍，謂其父曰：「你太欺心，身子幸已涼矣。」（《笑府・方術部・身熱》）

> 一縉紳遊寺，問和尚吃葷否，曰：「不甚吃，但逢飲酒時略用些。」曰：「然則汝又飲酒乎？」曰：「不甚飲，但逢舍岳妻舅來略陪些。」問者怒曰：「汝又有妻，全不像僧家，明日當對縣官說，追你度牒。」僧曰：「不敢欺，前年賊情事發，已追過了。」（《笑府・廣萃部・追

〔註17〕此則共錄有〈以人為戲〉四條，此僅列其一。

度牒》）

身爲老師，一句「大學之道，在明明德」無法解釋，不但佯醉開脫，甚至得向自己的妻子一介女流討教，如此何以爲人師尊，啓迪童蒙？一般人亦罷了，沒想到堂堂至聖先師孔子在笑話裡竟也樂得向「孔方兄」低頭，所謂師道已蕩然無存。醫生大夫片面醫治身熱的毛病，罔顧人命；身爲佛家子弟卻大言不慚的坦承自己飲酒、有家室，凡此與世俗認知的醫師、和尚形象大相逕庭。笑話是反映人生的，現實生活裡上演的情節便是笑話表現的最佳題材，如此欠缺眞才實學的儒生秀才、思想迂闊多烘的假道學，以及爲師不尊、誤人子弟者，都尋常可見；世間庸醫更是無數，甚至視人命如草芥，幾可說是與昏官暴君無異；至於僧非僧、道非道，「與庖人、工人、中人、媒人——手忙腳亂、舌費唇勞者何異？」（《笑府·廣萃部》小序）於是乎笑話中將這些眞實畫面全都一一搬演，笑話書裡的世界，這些代表知識道德的權威人士也逐一被打擊瓦解了。

三、制度風氣的反映

時代的風俗習氣與政經制度，是群眾生活的一部份，也經常成爲聊天說笑的話題，是以在足資談笑的材料記錄中往往不經意記錄了當時的風俗習氣，這也讓後人在閱讀和研究時提供了最眞實而彌足珍貴的資料。

（一）時代制度

1、科舉弊病

科舉取士濫觴於隋代，唐宋以後逐步發展，遂成爲國家取才用士的重要管道。到了明代，爲求功名，投入科舉考試的儒生文人比肩接踵，爲數極爲可觀，卻因八股制義的考試模式，使得無數考生的思想受到羈縻侷限，終身盲目投入，日益僵化的制度，衍生的弊病層出不窮，成爲當時的奇怪現象，甚而影響了社會習俗風氣，爲人所詬病。

舉例而言，明朝參加科舉考試的人數大增，錄取人數卻有限，年年考試年年落榜者數見不鮮，年紀老大者仍蹭蹬於學門之內者亦所在多有：

> 童子有老而未冠者。考官問之，以孤寒無網巾對。官曰：「只你一嘴鬍髻，勾結網矣。」對曰：「新冠不好帶得白網巾。」（《笑府·腐流部·未冠》）

笑話中尤有甚者，至死不忘，投胎再來，《古今笑·雜志部·戴探花》一則即是。又有科舉試題怪異，抑或讀書未精，以致無法作答或胡亂應答的笑談：

> 宋制科題有「堯舜禹湯所舉如何」，乃漢時宮中謁者，趙堯舉春，李
> 舜舉夏，倪湯舉秋，貢禹舉冬，各職天子所服也。又「湯周福祚」，
> 乃張湯、杜周也。當時士子以唐虞三代爲對，遂無一人合者。
>
> 　附評：近時文宗出題有「孔子不知孟子之事」，合場茫然不知，乃
> 　《論語》陳司敗章圈外注也。蘇紫溪先生視學浙中，有知人之鑒，
> 　而出題險僻，如：「一至一，二至二，三句三聖人，四句四孔子」
> 　場中多有擱筆而出者。（《古今笑·謬誤部·射策誤》）〔註18〕

再者，儘管科場禁制極爲嚴格，但考試作弊，挾帶小抄的狀況，歷來皆有，更有公然作弊、卻強詞狡辯者，足見當時作弊風氣之猖狂：

> 宋承平時，科舉之制大弊。假手者用薄紙書所爲文揉成團，名曰紙
> 球，公然貨賣。
>
> 　附評：今懷挾蠅頭本，其遺制也。萬歷辛卯，南場搜出某監生懷
> 　挾，乃用油紙卷緊，束以細線，藏糞門中。搜者牽線頭出之，某
> 　推前一生所棄擲。前一生辨云：「即我所擲，豈其不上不下，剛中
> 　糞門？彼亦何爲高聳其臀，以待擲耶？」監試者俱大笑。（《古今
> 　笑·雜志部·科舉弊》）

科舉考試雖不論貧富貴賤皆可應考，但當中卻有因人而異的審評差異，「補唇先生」即是其中的犧牲品，看似公平，弊病叢生。

> 方干唇缺，有司以爲不可與科名，連應十餘舉，遂隱居鑒湖。後數
> 十年，遇醫補唇，年已老矣，人號曰：「補唇先生」。……（《古今笑·
> 酬嘲部·補唇先生》）

知堂老人在其《明清笑話四種引言》中論及笑話對塾師、庸醫等知識份子的鞭撻時，也將之歸結爲科舉取士所造成的結果：「這個根源是和以前的科舉制度分不開的。自從明朝規定以八股取士，『萬般皆下品，惟有讀書高』，大家都向著這條路奔去，讀通了的及第上進，可以做官，真實本領也只會做文詩

〔註18〕此則尚錄有〈射策誤〉一條：科場中進士程文多可笑者。治平中，國學試策：
　「聞體貌大臣」。進士對策曰：「若文相公、富相公皆大臣之有體者，若馮當
　世、沈文通皆大臣之有貌者，意謂文富豐碩，馮沈美少也。」劉原甫遂目沈、
　馮爲有貌大臣。

罷了。讀不通的結果別的事都不會做,只好去教書或行醫,騙飯來吃,以極無用的來擔任這兩項重大任數,爲害眞眞不小。」〔註19〕

由此看來,經由笑話所表現出來的科舉弊病,不只有「科舉」這個制度本身的問題,其所衍生的社會風氣、造成的社會問題亦相當廣泛。

2、其他制度

科舉制度是馮氏二書中最常提及並加以嘲諷的內容主題,至於其他制度的記錄,刻意書記而嘲謔該制度者不多,或有爲了欲嘲謔之主題意識的陳述而附帶說明者,此列舉一二言之。

如關於「捐納」的笑話,從其附評可知亦有嘲諷此制度之意:

> 一監生姓王,加納知縣。初視學,青衿呈書,得〈牽牛章〉。講誦之際,忽問:「那王見之是何人?」答曰:「此王誦之之兄也。」又問:「那王曰然是何人?」答曰:「此王叟之弟也。」曰:「好好!且喜我王氏一門都在書上。」
>
> 　附評:或曰:「知縣可加納乎?」余曰:「有詩爲證。詩云:『加納爲官一樣強,不聞臭氣只聞香,若還閣老容交易,破了家私也不妨。』」《笑府‧古豔部‧王監生》

又如《古今笑‧口碑部‧金鼓詩》一則旨在諷官盜相差無幾,但卻提及了至正年間迎官解賊所使用的金鼓音節慣例:

> 至正間,風紀之司,贓污狼藉。是時金鼓音節,迎送廉訪使,例用二聲鼓一聲鑼;起解強盜,則用一聲鼓一聲鑼。有輕薄子爲詩嘲曰:「解賊一金并一鼓,迎官兩鼓一聲鑼。金鼓看來都一樣,官人與賊不爭多。」(《古今笑‧口碑部‧金鼓詩》)

(二)風氣與習俗

笑話雖非特地以註記某時某地的風氣與習俗爲尙,然因不少笑話是時人相傳、時下搜集而來的,加上馮夢龍自身的附註評點也會對相關現象做出說明,尤其某一些特殊風氣是一時一地的特殊現象,經過笑話來表現更可顯生動,是以表露出特殊風氣的也爲笑話主題之一。

有迷信風水極誇者,馮夢龍指出了當時迷信風水的怪現象,也表明了自

〔註19〕周作人著、鍾叔河編《知堂書話‧第三輯‧明清笑話四種引言》(北京:海南出版社,1997年7月,1版),頁843。

己的態度：

> 有酷信風水者，動輒問陰陽家。一日，偶坐牆下，忽牆倒被壓，亟
> 呼救命。家人輩曰：「且忍著，待我去問陰陽先生，今日可動土否？」
> 　附評：徽俗多溺風水，甚者盜埋易骨，無所不至。又：有覓得一
> 善地者，云極富貴，但須尅過七人乃發，其人欣然定穴。問其親
> 丁幾何，自數不過六人耳。尤可笑。袁了凡先生訪地，至光福，
> 問一村農曰：「頗聞此處有佳穴否？」曰：「小人生長于斯三十餘
> 年矣，但見帶紗帽者來尋地，不見帶紗帽者來上墳。」先生嘿然
> 而去。此村農近有道者。要之風水不可過信，亦不可不信。……
> （《笑府‧方術部‧風水》）

有禁忌避諱過甚之風氣者，忌文書上所有凶敗喪亡之字者，如宋文帝、謝在
杭、華濟之等；諱特殊字名號而更改事物稱謂者，如稱「梟」為「吐十三」、
「鵲」為「喜奈何」、「蜆」為「扁螺」、「燈」為「火」者；也有因諱父名而
不拜官為吏、不聽樂遊山、不踐石不用石器者。[註20] 凡此種種多令人可笑。
《古今笑‧迂腐部‧忌諱》中列舉了歷來過份忌諱的可笑行止，今舉其一，
更列馮夢龍附評所提及的吳中俗諱，以見當時風氣：

> 宋文帝好忌諱，文書上有凶敗喪亡等字，悉避之。改「騧」馬字為
> 「馬邊瓜」，以「騧」字似「禍」故也。移床修壁，使文士撰祝，設
> 太牢祭土神。江謐言及白門，上變色曰：「白汝家門！」後梁蕭詧惡
> 人髮白。漢汝南陳白敬，終身不言死。
> 　附評：民間俗諱，各處有之，而吳中為甚。如舟行諱住諱翻，以
> 箸為快兒，幡布為抹布。諱離散，以梨為圓果，傘為豎笠。諱狼
> 籍，以郎捶為興哥。諱惱躁，以謝灶為謝歡喜。此皆俚俗可笑處。
> 　今士大夫亦有犯俗稱快兒者。（《古今笑‧迂腐部‧忌諱》）

又有好取道號、別稱之風氣者，風氣之甚，無論男女老少皆有別號，所取以
命名者，遍及松蘭泉石，無所不至，《古今笑‧不韻部‧別號》一則即相關記
錄，《笑府‧廣萃部‧婢生子》亦有之。有好為札青（即今日刺青），以成風
潮者，《古今笑‧怪誕部‧《酉陽雜俎》載札青事》中有大量記載。另外，下
則笑話則說明了類似今日互助會形式的跟會風氣，甚至是倒會的情形：

> 銀會之弊，今日極矣。有人拉友作會，友固拒之，不得，乃曰：「汝

〔註20〕以上所列例子俱見於《古今笑‧迂腐部‧忌諱》條。

　　若要我與會，除是跪我。」其人即下跪，乃許之。傍觀者誚曰：「些須會銀，左右要還他的，如此自屈，吾甚不取。」答曰：「我不折本也，他日討會錢時，拜我的日子正多哩。」（《笑府·刺俗部·銀會》）

亦有提及各地風俗的，如論及以「節哀酒」慰勞服喪孝子的吳地風俗：

　　吳俗送火葬者，親友移酒勞孝子，謂之：「節哀」。一人出父殯，領節哀酒，盡醉而歸，視其母笑哈哈不止。母怒曰：「癡烏龜，死了爺有甚快活，看了我只管笑？」答曰：「我看你身上還有一醉。」（《笑府·刺俗部·節哀酒》）

《笑府·腐流部·沒坐性又一》附評中也提及「吳俗：貧家多火葬，故各門有燒人壇，掌火者即仵作輩也。」可見當時過往者常以火葬的習俗。亦有提及其他各地風俗的，如《古今笑·謬誤部·鬼誤》寫及楚地信鬼，有病必禱的習俗；《古今笑·不韵部·俗禮》記及北方民家俗禮，遇有吉凶事宜者以白席相禮者；《古今笑·貧儉部·子孫橝》則記江西人有為求儉約而為子孫橝事，另外《古今笑·非族部》中則大量敘寫了邊疆蠻夷異於中國的習俗風尚。

四、性議題的開放

　　周作人《苦茶庵笑話集·序》中將笑話簡單地分為「挖苦」與「猥褻」兩個大類別，笑話分類對錯的問題暫且不論，[註21] 但若單就其說看來，「猥褻」這類笑話（即葷笑話）在數量上就當占有一半之多，可見此類笑話之豐富。馮夢龍《笑府》一書多擷自民間口傳笑話，此類笑話便是隨處可取，如同周作人在該序中引英國格萊格《笑與喜劇的心理》書中所說的：「在野蠻民族及各國缺少教育的人民中間猥褻的笑話非常通行，，其第一理由是容易說。只消一二暗示字句，不意地說出，便會使得那些耕田的少年和擠牛奶的女郎

〔註21〕笑話的分類可以有很多種，各家說法也都不一。早在侯白《啓顏錄》時就分有「論難」、「辯捷」、「昏忘」、「嘲誚」四類，舊題唐陸龜蒙所撰《笑海叢珠》將所輯笑話分為「官宦」、「三教」、「醫卜」、「藝術」、「身體」、「飲食」等六類。至《笑府》，馮夢龍分為十三類，《古今笑》擴為三十六類。清遊戲主人《笑林廣記》又概分為十二類。近代周作人分之為「挖苦」、「猥褻」兩類；大陸學者薛寶琨《笑的藝術》中依笑話作者分為「民間笑話」、「文人笑話」和「優伶笑話」三類，見薛寶琨撰：《笑的藝術》（天津：百花文藝出版社，1984 年 12 月）。段寶林依笑話內容概分為「幽默笑話」、「嘲諷笑話」、「詼諧笑話」、「政治笑話」、「兒童笑話」、「名人笑話」、「爭鬥笑話」七類，見段寶林撰：《笑話——人間的喜劇藝術》（台北：淑馨出版社，1994 年 11 月，初版 2 刷）。

都格格的笑，……」〔註 22〕一般大眾樂於聽聞，也樂於創作這些笑話，所以《笑府》裡頭有不少關於性事和生理缺陷的笑話，甚而往往被認爲淫穢粗俗而遭到刪節，《古今笑》裡也收錄了些許此類笑話。筆者以爲這是笑話書的一部份，也證明了馮夢龍輯錄笑話時的認同與需要，「性」的呈現更是其書的主題之一，是以特別將之列出討論。

關於猥褻的葷笑話，可以分爲兩類來討論，一者是直接對於身體器官的嘲弄，另一則是男女對於情欲的渴求：

（一）身體器官

笑話中對於身體器官的嘲弄，主要在於外在形貌的缺陷，《笑府‧形體部》、《古今笑‧委蛻部》皆有大量此類笑話，如身體的高矮胖瘦、面貌五官的怪異變形、眼盲、近視、耳聾、啞巴、口吃、齇鼻、多鬚、駝背、懸疣、大腳、大臀……等，以人之生理缺陷爲笑，略舉一、二例見之：

> 兄弟三人皆近視，同拜一客，登其堂，上懸「遺清堂」匾。伯曰：「主人病怯耶？不然何爲寫『遺精室』也？」仲曰：「不然，主人好道，故寫『道清堂』耳。」二人爭論不已，以季弟少年目力，使辨之。季弟張目曰：「汝二人皆妄，上面哪得有匾？」（《笑府‧形體部‧近視》）

> 尚書令何尚之與太常顏延之少相好狎。二人并短小，何嘗謂顏爲猿，顏目何爲猴。同游太子西池，顏問路人曰：「吾二人誰似猿？」路人指何爲似。顏方矜喜，路人曰：「彼似猿，君乃眞猴。」二人俱大笑。
>
> （《古今笑‧委蛻部‧短小》）

此類笑話雖失厚道，但往往引人發笑，產生愉悅之感。若是對身體器官的嘲笑集中在具有性暗示的性器官及相關話題上時，此類笑話對一般群眾而言便更具吸引力，引起閱讀裡的「性的悅樂」了。

對於性器官的嘲弄，主要集中在男性的性器官，且嘲諷意識集中在於此物的尺寸大小與功能優劣，如下列二則笑話《笑府‧閨風部‧評陽物》等均論及：

> 問和尚曰：「汝輩出家已久，此物還硬否？」和尚曰：「一月只好硬三次耳。」曰：「若如此，大好。」和尚曰：「只有一件不好，一硬

〔註22〕 周作人《苦茶庵笑話集‧序》頁 X。《苦茶庵笑話選》（據 1933 年北新書局版影印），台北，里仁書局，1982 年 8 月。

就要硬十日。」(《笑府‧廣萃部‧硬》

有嬸姆二人私議此物。一謂骨肉,不然,何以能硬?一謂筋屬,不
然何以時硬時軟?二人爭論不已,小姑在房聞之,拍案曰:「不消疑
得,筋的是。」(《笑府‧閨風部‧評陽物》)

若此物尺寸功能俱佳,即使家貧也無妨,《笑府‧閨風部‧肚腸》一則可知。

有未嫁者,偶見父陽物,以問母。母難顯言,曰:「此肚腸也。」既
嫁而歸,母念婿家貧,與女愁之。女曰:「窮是窮,只是落得肚腸好。」
(《笑府‧閨風部‧肚腸》)

一旦此物尺寸不足或失去功能者,在笑話中便盡成嘲笑對象,男性自尊更是
因此消失殆盡,落為笑柄。《笑府‧閨風部‧當卵》一則即無情暴露出那個自
尊盡失的男子的錯愕:

一婦攬權甚,夫所求不如意,乃以帶繫其陽于後,而誑妻曰:「適因
某用甚急,與你索不肯,已將此物當銀一兩與之矣。」妻摸之,果
不見,乃急取銀二兩付夫,令速贖取。夫訝其多,妻曰:「鋪中如有
別人當絕下大些的,貼換一張也好。」(《笑府‧閨風部‧當卵》)

至於對於不舉早洩或年老衰退者的挖苦嘲笑,亦為數不少,如《笑府‧腐流‧
沒坐性》、《笑府‧腐流‧行房》、《笑府‧廣萃部‧老翁又一》、《笑府‧閨風‧
祈神》等皆是相關的笑話。

(二)情欲渴求

猥褻事物在公開場合裡頭是受到限制與禁止的,但在笑話的世界裡卻是
恣意勃生,百無禁忌的,因此,進入到笑話的世界裡可以看到男女老少不同
程度地對於情欲的渴求,即使是僧侶亦有之,尤其是女性,幾乎不見傳統教
條的束縛綑綁,直接或間接地表達出自我的欲望。〔註 23〕對於情欲的渴求,
可分見於以下幾個部份:

〔註23〕關於這一點也有學者提出見解。《明清通俗笑話集‧前言》中指出,由於封建
禮教對女性的束縛、壓抑深重,是以古代性愛笑話中,女性大多扮演真率、
坦蕩、磊落的角色,同時勇敢大膽地追求實現情欲,反叛性十足鮮明。見陳
如江、徐侗纂集:《明清通俗笑話集‧前言》,頁 15。而黃慶聲〈馮夢龍《笑
府》研究〉一文觀念卻不同,其文指出,笑話的寫作者是男性,對於笑話中
的女性違反傳統貞潔順從形象以追求情欲,往往渲染其需求過度和貪得無厭
的傾向,表現出厭憎的意味,證明了男性除擔心生理功能的正常與否外,亦
憂懼女性的性潛能。參見同註 6,頁 123。

　　《笑府》中有大量女子期盼婚姻，對於初夜的好奇恐懼以及初夜後欣悅的笑話，可見女子對於情欲的需求及表達不下男子，有時似更勝之：

> 一女未嫁者，私問其嫂曰：「此事頗樂否？」嫂曰：「有甚樂處，只
> 爲周公之禮，制定夫妻耳。」及女嫁後歸寧，一見嫂，即曰：「好個
> 謊說胚！」
>
> 　附評：舊話云：有出嫁者，哭問嫂：「此禮何人所制？」嫂曰：「周
> 公。」女將周公大罵。及滿月歸寧，問嫂周公何在，嫂云：「尋他
> 做甚？」女曰：「欲製一鞋謝之耳。」（《笑府·閨風部·問嫂》）
>
> 夫婦同臥，夫有欲心，妻曰：「不可，汝明早要某廟燒香，須自志誠。」
> 已而夫睡去，妻甚悔之。忽聞窗外雨聲，乃蹴夫醒曰：「你聽麼，造
> 化到了。」（《笑府·閨風部·燒香》）

也有論及寡婦情欲難抑的笑話，如《笑府·閨風部·咬牙》；亦有言及再婚婦女者，如《笑府·閨風部·再醮》；也有違逆倫常的情欲關係，如翁媳相通者，《笑府·閨風部·爬灰》、《笑府·閨風部·換床》、《笑府·閨風部·父子論理》等均是。「食色性也」，人們對於情欲的渴求本就不是生硬嚴苛的教條所能抑制，從表象的世界裡也許能看到傳統教條底下清晰分明的倫常關係，而到了笑話的世界裡所謂的「人倫五常」不再涇渭分明，全都失了序，亂了章法，唯一趨使著人的那股動力便是對於「情欲」的渴望與追求。

　　爲追求情欲，除了倫常的失序外，笑話中也顛覆了絕對必然的異性相吸、男女乾坤的觀念。一般男子藉由性行爲追求情欲，解決生理問題是正常的，而未婚男子則以自慰行爲做爲無妻而追求情欲、尋求解放的方式，《笑府·廣萃部·入觀》一則便言此。但也有提及龍陽戀者，主要以男同性戀的笑話爲主，有直接論及同性戀雙方性行爲者，如《笑府·世諱部·痛》、《笑府·世諱部·壽木》均是，亦有談到龍陽戀者進入傳統婚姻的情形者，如《笑府·世諱部·龍陽新婚》即是，值得注意的是，馮夢龍將此類笑話歸入「世諱部」，可見同性戀現象及其對情欲的追求在當時是不被接受，被隱瞞避諱的，抬面上的不可言說，卻在笑話書中堂而皇之的展露出來，以比例上來說，龍陽戀的笑話竟還不少，可想見當時這一不欲人知卻又人盡皆知的風氣。

五、機智及語文妙趣的展現

　　笑話之可笑可悅，不全然在於對人、事、物的醜化，有關於機智的言談

反應及藉由中國語言文字本身的特色所展現出來的妙趣，引發的則是一種積極正向的笑和樂趣。展現機智的笑語不但可以化解窘境，透過同一人不同事件的記錄更可表現出主角人物的處世性格；而透過語言文字各種巧妙安排或扭曲變異，這是幾乎人人可以爲之，在生活中俯拾即是的笑語，正如馮夢龍所說的：「謔浪，人所時有也。」只要帶著一種幽默詼諧的情緒，便能在日常的對話裡激盪出笑聲。這是笑話世界裡的大宗，在馮夢龍的笑話書裡當然也是一個重要的部份。在《古今笑》三十六部類中，〈苦海部〉、〈儇弄部〉、〈機警部〉、〈酬嘲部〉、〈塞語部〉、〈雅浪部〉、〈文戲部〉、〈巧言部〉、〈談資部〉、〈微詞部〉等皆是這一類的笑話。

機智與譎智不同，前曾提及譎騙欺瞞，所指者乃以其譎異的智慧進行惡意的欺瞞巧騙。此所指之機智，乃是個人面對事件時是急中生智、化險爲夷的臨場反應。《古今笑·機警部》裡多是此類笑話的展現，其他部類中亦有之，唯所重者未必在此。以急智解決窘境，甚至反敗爲勝者，如眾所皆知的晏子：

> 晏子至楚，王賜晏子酒。酒酣，吏縛一人前曰：「此齊人也，坐盜。」王視晏子曰：「齊人固多盜乎？」晏子避席對曰：「嬰聞之，橘生淮南則爲橘，生於淮北則爲枳。今民在齊不盜，入楚則盜，意者楚之水土耶？」王笑曰：「聖人非所與嬉也，寡人反取病焉。」（《古今笑·機警部·晏子》）

以敏捷才智搏君一笑，令人拍案的如：

> 解縉嘗游内苑。上登橋，問縉：「當作何語？」對曰：「此謂一步高一步。」及下橋，又問之。對曰：「此謂後邊又高似前邊。」上大悅。一日，上謂縉曰：「卿知宮中夜來有喜乎？可作一詩。」縉方吟曰：「君王昨夜降金龍，」上遽曰：「是女兒。」即應曰：「化作嫦娥下九重，」上曰：「已死矣。」又應曰：「料是世間留不住，」上曰：「已投之水矣。」又應曰：「翻身跳入水晶宮。」上本詭言以困之，既得詩，深嘆其敏。（《古今笑·機警部·解縉》）

至於透過語言文字的巧妙安排及扭曲變異而產生的笑話則不勝枚舉，其之所以致笑主要在於語言文字的運用技巧，關於此點留待後文探討，筆者在此僅將此類笑話略作舉隅說明。

以語言的諧音、多義性或文字的拆解而取人名、官名、長相以爲笑者，此類笑話爲數甚多，尤見於《古今笑·巧言部》。如：

> 隋何妥八歲，顧良戲曰：「汝何是荷葉之荷，抑河水之河？」妥曰：
> 「先生姓顧，是堅固之固，抑新故之故？」眾異之。(《古今笑·酬
> 嘲部·何顧》)

> 劉邠與王安石最為故舊，常拆安石名戲之曰：「失女便成宕，無宀真
> 是妒，下交亂真如，上頭誤當寧。」王大慚。(宀音綿。)(《古今笑·
> 巧言部·給事尚書》)

有戲作詩詞、曲解經典作品為笑談者，《古今笑·苦海部》、《古今笑·雅浪部》
及《古今笑、文戲部》居多，其他部類亦有之。如：

> 采石江頭，李太白墓在焉，往來詩人題咏殆遍。有客書一絕云：「采
> 石江邊一抔土，李白詩名耀千古。來的去的寫兩行，魯班門前掉大
> 斧。」(《古今笑·苦海部·采石詩》)

> 熊眉愚與江篆蘿同官棘寺。一日江曰：「此中不乏佳樹，惜黃鸝甚少。」
> 熊曰：「黃鸝自古少也。」江問：「何以見之？」熊曰：「杜詩云：『兩
> 個黃鸝鳴翠柳』，那得多？」(《古今笑·雅浪部·黃鸝自古少》)

中國文字最令人著迷處，便在於藉由文字本身所衍發出來的各式各樣趣聯妙
對、行酒令、歇後語、謎語等，創作者以一己之夙惠捷智或純為遊戲取樂、
或藉以嘲弄嬉笑，閱聽者雖立之於旁、觀之於外亦得以感其智其趣，是以此
類笑談之廣受觀迎。《古今笑》中〈文戲部〉、〈巧言部〉、〈談資部〉就是這類
笑話的匯集，馮夢龍在〈談資部〉小序中也說：「古人酒有令，句有對，燈有
謎，字有離合，皆聰明之所寄也。工者不勝書，書其趣者，可以侈目，可以
解頤。」，可見此類笑話之產生與盛行的原因。聊舉一二例以侈目解頤：

> 蘇子瞻倡酒令，以兩卦名證一故事。一人云：「孟嘗門下三千客，《大
> 有》《同人》。」一人云：「光武兵渡滹沱河，《既濟》《未濟》。」一
> 人云：「劉寬婢羹污朝衣，《家人》《小過》。」蘇云：「牛僧孺父子犯
> 罪，先斬《小畜》，後斬《大畜》。」蓋為荊公子云。(《古今笑·談
> 資部·卦名令》)

> 吳中黃秀才，相掀唇，人呼小黃竅嘴。讀書寺中，一日寺僧進麵，
> 因熱，傷手忒也，黃作歇後語謔之曰：「光頭滑，光頭浪，光頭練，
> 光頭勒。」謂「麵盪揳忒」也。僧即應聲戲曰：「七大八，七青八，
> 七孔八，七張八。」蓋隱「小黃竅嘴」四字。黃亦絕倒。(《古今笑·

巧言部‧俗語歇後》）

亦有透過兩人語言鬥智取笑者。段寶林先生在分類笑話時，提出了「鬥爭笑話」一類，其言：「在有些笑話中，除了被暴露的反面喜劇人物外，還有一個正面喜劇人物，是反面人物的對立面，是同反面人物進行鬥爭的。這類笑話有兩個喜劇人物，是雙相笑話，又叫鬥爭笑話。」〔註24〕筆者提引此說來說明《古今笑》中〈酬嘲部〉和〈塞語部〉裡的笑話，非逐一判別笑話中喜劇人物的正反對錯種種，唯此類笑話中確有所謂「鬥爭」的意味，或因「談鋒之中人，如風觸牆，鮮不反矣」，遭到嘲笑而進行反擊，或因對方言論有邏輯上的失誤，以其人之道還治其人，使「天下之事，從言生，還可以從言止」。

> 有木匠頗知通文，自稱儒匠。嘗督工於道院，一道士戲曰：「匠稱儒匠，君子儒？小人儒？」匠遽應曰：「人號道人，餓鬼道？畜生道？」（《古今巧對》）（《古今笑‧酬嘲部‧儒匠》）

> 一人盛談輪迴報應，慎無輕殺：凡一牛一豕，即作牛豕以償，至螻蟻亦罔不然。時許文穆曰：「莫如殺人。」眾問其故。曰：「那一世責償，猶得化人也。」（《古今笑‧塞語部‧轉迴報應》）。

六、奇聞異事的著錄

奇聞異事的著錄在《古今笑》中成了一個很特殊的主題，在人們的閱讀期待中，不只要求「趣」的滿足，「好奇心」的滿足也是極為重要的心理取向，在各類笑話迸裂出讀者的笑聲後，奇聞異事的著錄為這本笑話書增加不同面向的深度和廣度，奇特怪異的事物大開眾人的眼界，也令讀者展露出不同於笑話的笑聲。

這類主題在《笑府》並未出現，主要見於《古今笑》中〈靈跡部〉、〈荒唐部〉、〈妖異部〉、〈非族部〉這幾個部類。其所收錄的內容眾多繁雜，但亦可分做兩類來概述其要。

其一，記錄以「人」之不同於正常人的「奇能異術」、「特異功能」，此類奇聞異事主要集中於《古今笑‧靈跡部》。如具有改變事物質量或成長速度之能力者：

〔註24〕同註21，《笑話——人間的喜劇藝術‧前言》，頁98。

> 《獪園》：江長老者，桃源江副使盈科之族也。受良常山上眞秘法，
> 號「散聖長老」。能取生雞卵二十枚，置臼中杵之，雞卵紛然躍起，
> 復之臼中。如是者數四，無一損壞。（《古今笑・靈跡部・散聖長老》）

《古今笑・靈跡部・種瓜》亦是。也有因身具奇能異術，而能使自身形體變化伸縮，或與凡俗不同者：

> 申屠有涯放曠雲泉，常攜一瓶，時躍身入瓶中。時人號爲「瓶隱」。
> （《古今笑・靈跡部・瓶隱》）

《古今笑・荒唐部・章惇爲貓》一則亦是。又有因言語得罪而似爲奇能異術所懲者，受懲者往往必須在知錯悔悟後，才能解除遭懲的罪過，如：

> 僧孤月擅異術，行橋上，會女歸乘肩輿至，罵僧不避。頃之，舁夫
> 下橋復上，往返數度，猶不能去。旁人曰：「必汝犯月大師耳，可拜
> 祈之。」僧曰：「吾有何能，爾自行耳。」言訖，舁夫足輕如故。（《古
> 今笑・靈跡部・孤月》）

《古今笑・靈跡部・軒轅集》、《古今笑・靈跡部・陳七子》等皆有類似情節。有以奇能異術解圍救困者，甚而緝兇行罰者，如：

> 于子仁，湖廣武岡州人，洪武乙丑進士，知登州府。部有訴其家人
> 傷於虎者，子仁命卒挂牒入山捕虎，卒泣不肯行，子仁笞之。更命
> 他兩卒，入山，焚其牒，火方息而隨至，弭耳帖尾，隨行入城，觀
> 者如堵。虎至庭下，伏不動。子仁屬聲叱責，杖之百而舍之。虎復
> 循故道而去。（《古今笑・靈跡部・杖虎》）

亦有藉神異的道術魔術來表演營生者，如：

> 將作大匠楊務其有巧思，常於沁州市內刻木作僧，手執一碗，自能
> 行乞。碗中投錢，關鍵忽發，自然作聲云「布施」。市人竟觀，欲其
> 作聲，施者日盈數千。（《古今笑・靈跡部・木僧》）

而身患奇疾怪病者，或眞實發生，或傳聞得知，但由於病況的奇特，也往往讓閱聽人甚覺不可思議。這種人雖不可稱是具有「奇能異術」，亦列之並觀：

> 秘書丞張鍔嗜酒，得奇疾，中身而分，左常苦寒，右常苦熱，雖盛
> 暑隆冬，著襪褲紗綿相半。（《古今笑・妖異部・張鍔》）

再者，則爲雖屬傳聞，人未必親眼得見，卻言之鑿鑿，寧可相信的「已然『非人』的有機存在」，姑且以神靈怪異名之。馮夢龍以輕鬆的態度採輯此類笑話，以爲「言固有習聞而不覺其害於理者，可笑也。既可笑又欲不害理，難矣。」

可見此類事物本就荒唐不合情理，與其嚴肅看待如柳宗元，不如游戲笑樂如坡仙。有以凡俗信仰的仙佛爲主角者，現實信仰中的仙佛神聖不可侵犯，落入笑話書來卻如同凡眾一般出糗窘迫，具有人情味了。

> 唐代州西，有大槐樹，震雷擊之，中裂數丈，雷公爲樹所挾，狂吼彌日。眾披靡，不敢近。狄仁傑爲都督，逼而問之，乃云：「樹有乖龍，所由令我逐之，落勢不堪，爲樹所夾，若相救者，當厚報德。」仁傑乃命踞匠破樹，方得出。（《古今笑·荒唐部·雷公》）

《古今笑·荒唐部·土地相鬧》亦是。有物類變異，即自然萬物超脫其原有物性，非物非人，不知其自其由，多稱之爲「妖」、「怪」者。如：

> 《廣博物志》：海中有銀山，其樹名女樹。天明時皆生嬰兒，日出能行，至食時皆成少年，日中盛壯年，日晚老年，日沒死。日出復然。
> （《古今笑·荒唐部·樹生兒》）

唐天寶間，當涂民劉成、李暉以巨舫載魚，有大魚呼「阿彌陀佛」，俄而萬魚俱呼，其聲動地。

> 附評：敬宗朝，宮中聞雞卵內念南無觀世音。（《古今笑·妖異部·魚念佛雞卵唸佛》）

有些物類並非變異，而實怪異，開人眼界者，《古今笑·非族部》中有一部份這類的記載：

> 太倉董氏嘗捕得一鱉，人首，出水作嘆息聲，懼而殺之。按《酉陽雜俎》名曰：「在此」。鱉身人首，鳴則若云：「在此」，故以名之。（《古今笑·非族部·在此》）

此外亦多「鬼」的記錄，人死而爲鬼，而鬼的行徑雖與人相類，但多單純過於人，如下列一則：

> 劉池苟家有鬼，常夜來竊食。劉患之，乃煮野葛汁二升瀉粥上，覆以盂。其夜鬼來，發盂啖粥，須臾在屋上吐，遂絕。（《古今笑·妖異部·藥鬼》）

總結以上所言，凡《笑府》、《古今笑》兩書的主題共有「鄙劣人性的揭露」、「傳統權威的瓦解」、「制度風氣的反映」、「性議題的開放」、「機智及語文妙趣的展現」、「奇聞異事的著錄」六者，此六者在《笑府》和《古今笑》二書中各有偏重，以其取材不同及體制大小有關，雖未必周全完備，但大體不出於此，藉由這六個項目的探討和舉隅，可窺知《笑府》、《古今笑》二書面貌。

第三節 《笑府》、《古今笑》的喜劇結構

段寶林先生在他《笑話——人間的喜劇藝術》一書中提到「喜劇美」：

……一切喜劇性的作品和生活中可笑的事情都有一個共同的東西，這就是喜劇美。可見喜劇美的概念比喜劇要大，它包括生活中的喜劇美和藝術中的喜劇美。各種喜劇美的共同特點就是引人發笑。〔註25〕

並指出：「笑話就是喜劇性的故事，它的內容就是美與醜的矛盾衝突，也就是醜的被揭露和被戰勝，實際上所表現的就是喜劇美。」〔註26〕由此看來，「笑話」既以「一個引人發笑的故事」存在，呈現出「美與醜的矛盾衝突」，其便具有引人發笑的喜劇美之特質。因此在一個笑話成形、引人發笑的同時，喜劇美已然展現，而喜劇美藉由笑話的形式結構及語言文字的兩相佐翼而得以呈現，是以笑話的形式結構及語言文字，不論是渾然天成、與生俱來的，或是創作者刻意經營、精心策畫的，其在某種程度也必然具備了一定的喜劇氛圍或喜劇條件。在此節筆者針對笑話的整體架構來進行討論，從敘事結構談起，次及情節架構的探討，最後進入最核心的喜劇結構及本質，既以《笑府》和《古今笑》二書為本，自是針對已記錄於此二書中的書面笑話而論的。

一、「對話」與「故事」的敘述模式

在陳清俊《中國古代笑話研究》一文中，指出古代笑話的體製，是以對白為主的軼事體筆記小說，著重在以對話呈現的笑話記錄，將一些記載可笑人事的簡略故事、殘叢小語及以詼諧筆調行文做詩的作品摒除在其所謂的「笑話」之外。蓋陳清俊先生之說，筆者以為乃以較為明確而狹義的方式來界定「笑話」，然筆者並不以此說界義「笑話」，在此則以最為包容廣義的視界來看待笑話。

在第一章「笑話體裁的界義」一節中，筆者曾列出了笑話「引人發笑」、「敘事體裁、具有故事性」、「形式短小、情節簡單」等的特質，也討論了笑話文學歸屬的問題，過去笑話被歸於「軼事小說」，侯忠義先生又以內容的差異在其下別立出「笑話類」和諸如《世說》之屬的「瑣言類」。所謂「軼事小說」，就侯忠義《中國文言小說史稿》所言，乃專載漢魏以來記錄文人名士間品評人物、清談語言或時事記述的文字，以其多記人間言行、傳聞故事，而

〔註25〕同註21，《笑話——人間的喜劇藝術》，頁1。
〔註26〕同註21，《笑話——人間的喜劇藝術》，頁3。

與志怪有別，亦即魯迅爲與「志怪」相對而別立出的「志人」小說，因此類
小說既有記言，又有記事，範圍較爲廣泛，故稱之爲「軼事小說」。〔註27〕

　　由上述的這段話可知，「笑話」既爲軼事小說之類，不只「記可笑之話語」，
亦包含了「記可笑之事」，是以筆者所謂「笑話」便含括了記言和記事二類的
文字記錄，唯求者須能符合「引人發笑」、「敘事體裁、具有故事性」、「形式
短小、情節簡單」等的特質，在馮夢龍《笑府》和《古今笑》二書中便滿是
這些可笑言行故事的記錄。

　　由於馮夢龍《笑府》、《古今笑》二書不但包含了記言和記事，其取材的
方向亦來自於民間口傳笑話和歷代史傳典籍兩個不同的系統，是以笑話的呈
現便顯然地分爲兩種不同的敘事結構，其一是以「對話」形式記錄人們的可
笑，另一則像是說故事般地呈現其可笑的面貌，然又因笑話形式的短小，是
以不論是「對話」形式或「故事」敘述，都以短而精簡的方式進行及結束。
此外，這兩種不同的敘事結構不是在每個笑話中截然二分的，絕大多數的笑
話會以「故事」敘述的方式略對即將進行的人物「對話」做出背景的介紹，
以襯托出對話的可笑，而以「故事敘述」爲主的笑話，偶見言語記錄的出現，
讓整個故事更爲生動眞實。筆者此所謂「對話」、「故事」則以每一笑話敘述
方式的偏重而論。

　　笑話的呈現常以「對話」形式的敘述模式來記錄，亦即陳清俊先生所說
的「以對白爲主的軼事體筆記小說」，這一對話形式的敘事結構是最佳模式，
不論笑料爲何，利用一來一往的對話模式，得將笑料逐一鋪陳凸顯，甚而在
緊要關頭，由一句不凡的話語爲整則笑話起了畫龍點睛的效果。段寶林先生
曾就笑話中的正反面喜劇人物進行研究，其以只有一個反面喜劇人物的笑話
爲「單相笑話」，此一人物往往是被諷刺的對象，又將之稱爲「嘲諷笑話」，
而「雙相笑話」又稱「鬥爭笑話」，是笑話中除了一個反面喜劇人物之外，還
有一個向反面人物進行鬥爭的正面喜劇人物。〔註28〕不論是「單相笑話」，或
「雙相笑話」，必藉由旁人無心的提問引導，而反面喜劇人物自身「醜而自炫
爲美」〔註29〕的言語，或藉另一個人物智慧應對的映襯，才能讓讀者意識到

〔註27〕侯忠義撰：《中國文言小說史稿》（北京：北京大學出版社，1994 年 3 月，1
　　　　版），頁 97～98。
〔註28〕同註 21，《笑話——人間的喜劇藝術》，頁 98、181、183。
〔註29〕「醜而自炫爲美」是車爾尼雪夫的喜劇理論觀點，可參見本節下文。

其中的可笑，是以此類笑話的進行，必以「對話」。如：

> 兩人相詬于途，甲曰：「你欺心」，乙曰：「你欺心」；甲曰：「你沒天理」，乙曰：「你沒天理」。一道學聞之，謂門人曰：「小子聽之，此講學也。」門人曰：「相罵，何謂講學？」曰：「說心、說理、非講學而何？」曰：「既講學，何爲相罵？」曰：「你看如今道學輩哪箇是和睦的？」（《笑府‧腐流部‧道學相罵》）

這則笑話全以「對話」組成，前面甲、乙二人的爭辯，以對話形式爲後面那位道學先生所做的話來做鋪陳，並非笑話重點所在，而後頭道學先生自以爲聰明地解釋，看似以旁觀者清的角度說出當時道學相爭的現象，然其亦爲迂腐可笑的道學之輩，以毫無內容可言的「說心」、「說理」便是講學，可視爲「醜而自炫爲美」的言論，藉由其與門人的一問一答來展現出其思考和言論的可笑之處。

段寶林先生「雙相笑話」中所謂「正面喜劇人物」，性格機智幽默，揭露反面喜劇人物醜惡的一面，往往成爲箭垛型的笑話人物，在馮夢龍二本笑話書中，由於載錄的人、事、物極爲廣泛分散，此類人物並不多見，特質亦不明顯，如：

> 兩程夫子赴一士夫宴，有妓侑觴。伊川拂衣起，明道盡歡而罷。次日，伊川過明道齋中，慍猶未解。明道曰：「昨日座中有妓，吾心中卻無妓；今日齋中無妓，汝心中卻有妓。」伊川自謂不及。（《古今笑‧迂腐部‧心中有妓》）

在這段敘述中，記錄話語的地方唯有程明道所言的部份，但從前後文中可見伊川亦有言，故列於以對話形式敘事之笑話。明道之言爲全文重點，以其超凡的思維與伊川形成對比，揭露了伊川遜於明道，而明道優於伊川處。然而這樣的文字敘述雖見對話雙方的優劣，卻未必讓讀者感受到其中人物機智幽默，最多對於伊川言行投以會心之一笑。

但就《古今笑》〈儌弄部〉、〈機警部〉、〈酬嘲部〉、〈塞語部〉、〈雅浪部〉等篇幅來看，不少笑話中一問一答的對談，以雙方詼諧幽默的性格出發，未必以揭露醜惡矛盾爲旨，鬥智取樂反倒佔了絕大多數，屬於無傷大雅的生活樂趣。如：

> 張鳳翼刻《文選纂注》。一士夫詰之曰：「既云《文選》，何故有詩？」張曰：「昭明太子著作，於僕何與？」曰：「昭明太子安在？」張曰：

「已死。」曰:「既死,不必究他。」張曰:「便不死,亦難究。」
曰:「何故?」張答曰:「他讀得書多。」(《古今笑‧雅浪部‧文選》)

也有毋須對話往反,僅一人口說,便能將笑料展露無遺,附此並陳:

一翁曰:「我家有三媳婦,俱極孝順。大媳婦怕我口淡,見我進門,
就增(憎)鹽(嫌)了;次媳婦怕我寂寞,時常打竹筒鼓與我聽;
第三媳婦更孝,聞說夜飯少喫口,活到九十九,故蚤飯就不與我喫。」
(《笑府‧刺俗部‧孝順媳婦》)

由一翁自白反說,來傳達媳婦不孝的自我調侃,全文唯一人口說,並無其他
與對話者。

以「故事」敘述作為笑話展現方式者,在馮夢龍笑話書中亦有不少。前文
曾提及馮夢龍編纂時的思考,其取用的標準在於「史傳所載」、「稗官所述」、「客
座所聞」、足使「談諧方暢,謔笑紛沓」者,又在於「影語之巧者,謔語之善者,
及澹語之可味者」,此一取捨的標準,簡言之,在於「有趣」,是以敘事結構上,
並未狹義地認為必得「以話為笑」,也常習慣地以故事方式來敘述,重在情節,
而非對話,這類笑話亦即余德泉先生所謂的「故事性笑話」。〔註30〕由於取材自
歷代典籍,交代背景與環境便藉以講述故事的方式來說明,而部份民間笑話,
在馮夢龍耳聞搜羅後轉述為書面陳述時,也常以「故事」敘述的方式進行,「對
話」只是其中的一小部份,甚至付之闕如。

凌景陽與京師豪族孫氏成姻,嫌年齒,自匿五歲,既交禮,乃知妻
匿十歲。王素作諫官,景陽方館職,坐娶富民女論罷。上知景陽匿
年以欺女氏,素因奏孫氏所匿,上大笑。(《古今笑‧謔知部‧匿年》)

以上這則笑話,以故事敘述的方式交待整個事件的來龍去脈,由背景說明、
兩方的交相欺瞞、到事情真相的逐步揭露,引人發笑的關鍵在於故事中人物
的行為,是以全文雖無一話語,但閱讀笑話的同時,亦能為之開懷。

二、「鋪墊+揭底」的情節架構

余德泉在《笑話裡外觀》一書中指出:

笑話的結構,指笑料的組織方式。

笑料的基本組織,通常包括兩大部分。第一部分是安排笑料,謂之

〔註30〕余德泉撰:《笑話裡外觀》(成都:四川人民出版社,1988年2月,1版),頁
24～26。

鋪墊。第二部分是亮出笑料，謂之揭底。

鋪墊實際上就是創造笑出現的環境，揭底實際上就是在笑的環境已經具備時，讓笑及時產生或爆發出來。鋪墊與揭底必須有機地結合。〔註31〕

由這幾段文字可以發現，一則笑話的進行，不論依對話形式或故事敘述，其在情節上必有著「鋪墊」與「揭底」兩個結構與步驟。「鋪墊」在醞釀營造一個可笑的環境，「揭底」則是在笑話最後關頭讓人「一語生笑」，若無適度的「鋪墊」，又或者鋪墊過了頭，提早讓讀者預測到情節的走向，洩了底，所揭的底在閱聽者的「意料之中」，便無法「一語生笑」、成就一個好的笑話，是以在鋪墊的過程中，越是造成閱聽者思索的盲點，嚴加保護「笑料」，揭底的效果越是「出乎意料」、讓人頃刻頓悟，便越是個令人捧腹的笑話。湯哲聲先生則是用謎語的形式來做思考：

幽默也用誇張等手法，但這些手法的直接目的不是為了使讀者笑，而是為了使幽默本身形成一個謎，將「謎底」藏在「謎面」背後，同時也是為了製造出若隱若現的線索，讓讀者通過這些線索去咀嚼、揣摩、聯想和玩味，從而「頓悟」之中發出會心的笑。〔註32〕

這說法與余德泉先生是相近的，余德泉先生並指出「揭底」最重要的那「一語」，必須具備三個條件：

一、與鋪墊中笑產生的方向完全吻合，使人感到既「出乎意料之外」，又「合於情理之中」；〔註33〕二、要言不繁，並且畫龍點睛；三、使人產生「頓悟」之感。〔註34〕

如此一說，揭底是有訣竅的，必得恰到好處方可造成絕佳的「笑果」，以下舉例說明之：

〔註31〕同註30，頁13、16。

〔註32〕湯哲聲撰：《中國現代滑稽文學史略‧緒論》（台北：文津出版社，1992年，初版），頁3～4。

〔註33〕這「合於情理之中」的說法，與柳慶林《幽默的奧秘》所提及的滑稽幽默的三個要素中的要素三「生活規律與『合乎思維文法』的邏輯」有異曲同工之妙。見柳慶林撰《幽默的奧秘》（濟南：山東文藝出版社，1990年10月，1版），頁40～46。

〔註34〕同註30，頁18。

一卒，管解罪僧赴戍。僧故黠，中道，醉之以酒，取刀髡其首，脫
己索反紲而逸。次早，卒寤，求僧不得，自摩其首，居然髡也。而
索又在項，乃大詫曰：「僧故在此，我在那裡去了？」（《笑府·殊稟
部·解僧卒》）

這是敘述一卒兵管解罪僧赴戍，卻反被該僧髡髮紲索，趁隙逃逸的笑話，全
文敘述至此，全在鋪墊，不見有何地方可笑的，但最末了卒兵一句「僧故在
此，我在哪裡去了？」突兀可笑的「揭底」，一語道破，將此一卒兵宿醉未醒、
虛實不分的愚蠢模樣顯露無遺，沒有多餘的冗複陳述。

　　然而「鋪墊」和「揭底」的結構在笑話中並非一成不變的，有時揭底的
「一語」未必眞是一句話的，或爲一首詩，也能是一段話，只要符合揭底的
三個條件，性質與作用相同，就可視之爲揭底，又有情節複雜者，笑話中不
斷揭底，復爲鋪墊，迴旋反覆，更添「笑果」，如：

一人性甚急，常謂妻曰：「世上若更有性急過我者，我必懊死。」一
日，入麵店曰：「快取麵來。」麵主人持麵至，傾之桌上曰：「你胡
亂喫罷，我要緊淨碗。」其人怒歸，對妻述之，曰：「我必死矣。」
妻聞之，便往嫁人。既嫁，踰一宿，後夫欲出之。婦曰：「我何罪？」
後夫曰：「我怪你不養兒子。」（《笑府·殊稟部·性急》）

這則笑話情節的推演正如其題「性急」般的急進，每個人物的出現都是一個
鋪墊，而每個人物的行爲又是一個揭底，揭底同時也是鋪墊，情節接二連三
向外衍生，越益誇張，笑果更爲彰顯。

　　而若有以爲文字爲遊戲者，則有通篇爲揭底，而無鋪墊的，這在《古今
笑》〈苦海部〉、〈文戲部〉、〈口碑部〉、〈酬嘲部〉、〈塞語部〉、〈雅浪部〉、〈巧
言部〉、〈微詞部〉等篇幅中可以找到，如：

陳亞《嘲竊古人詩句》詩云：「昔賢自是堪加罪，非敢言君愛竊詞。
叵奈古人無意智，預先偷子一聯詩。」（《古今笑·苦海部·嘲竊
句》）

這一則笑話，是一首對於竊用古人詩句者進行諷刺的詩句戲作，沒有人物背
景上的鋪墊，詩的本身即爲揭底的部份，若眞要詳究個鋪墊出來，應說是閱
聽者自身在腦海中對於竊用他人詩句者既存的印象，以其已有之印象，對於
《嘲竊古人詩句》一詩已有期待，往下閱讀，見此一調侃遊戲之詩，底之既
揭，遂是生笑。

三、引發笑聲的表現手法

　　笑話之所以能引起眾人的笑聲，除了所揭的底在寫作的技巧達到余德泉先生所說三項條件，達到一語生笑的效果之外，在「鋪墊」到「揭底」的這個過程中，究竟還出了什麼樣的差錯，讓所謂的「底」得以在整則笑話中發揮出其驚人的引爆笑聲作用？答案正是笑話中出現了不合理的推理或錯誤，以及不同於正常的邏輯與思維，人們在閱聽的過程會不自覺地意識到，因而發笑，這就是笑話致笑的方式，亦即其表現手法。以下就幾個笑話中常見幾個喜劇結構加以論述：〔註35〕

（一）誇大典型情節

　　姚一葦先生在《詩學箋註》中曾說：

> 所謂笑的普遍性，亦即醜的普遍性，此種的醜不是某一人所特有的，而是人類的永久而普遍的「型」。〔註36〕

王利器先生在《歷代笑話集》前言中指出：

> 士大夫階級的文人，有時也直接從事笑話創作，……他們絕大多數是描寫真人真事，他們揭露和譴責某些社會生活和個人生活中具有普遍意義的不良現象和不良傾向，……他們還把觀察和感受所得的真人真事中的人物更概括更集中起來，塑造成為更具有普遍意義的典型人物典型性格。……就其深刻程度和概括意義來說，它都是反映一定社會現象並暴露一定社會本質的現實主義的諷刺文學作品。〔註37〕

又說：

> 歷代笑話作品，重點都是放在描寫諷刺典型的反面特徵上，借助誇張和突出刻畫的手法，把反面人物加以蠢化；這種蠢化，主要在于作者通過複雜而微妙的現實生活進行廣泛而深入的概括，選擇和抓住它們最足以體現本質的特徵，通過高度集中的處理，把最富於特

〔註35〕以下各條目主要參考自段寶林《笑話——人間的喜劇藝術》，同註21、余德泉《笑話裡外觀》，同註30、李慕如《談幽默的說說寫寫》（高雄：復文圖書出版社，2001年5月，1版）、譚達人《幽默與言語幽默》（北京：生活・讀書・新知三聯書店，1997年8月，1版）。

〔註36〕亞里士多德著，姚一葦譯註：《詩學箋註》（台北，台灣中華書局，1993年），頁64。

〔註37〕參見王利器、王貞王民〈《歷代笑話集》前言〉，收於王利器、王貞珉選編：《中國笑話大觀》（北京：北京出版社，1996年6月，2刷），頁2～3。

徵性的東西或誇張了的細節突出了來，從而維妙維肖地勾勒出這些

反面人物愚昧無知的嘴臉。〔註38〕

笑話反映人性、嘲諷社會，必從眞實的社會、確切的人性中去尋找蛛絲馬跡，從中又淬鍊出典型的人物和性格，再藉由誇張的情節來凸顯，典型化加上誇張，成了笑話世界裡最經典的致笑手法。由於人物性格是典型化了的，所以情節人物也可以不必是眞實的，譚達人先生說得很實在：

所謂的「情節」，勿寧說是一種無頭無尾的「情景」；因爲它很少有

眞正的依生活與邏輯事理經由發生、發展、終局幾個階段的那種「情

節」。其間的人物（主要是其中的重心人物），給人的也很少是我們

生活中所能見到（或以往在文學作品裡所見到）的形象；寧可認爲

那是一種印象——曾經在某處見到過的一種印象。〔註39〕

這正是笑話內容裡最經典的特質，笑話創作者在現實生活中的眞實人物裡去提煉出人的共同性格，誇大其中典型的情節，以特寫的鏡頭來集中處理其主要特徵，讀者閱讀到的笑話主角可不知名姓、不知面貌，但卻讓人感受到其眞實地存在於生活之中，無論是虛僞、迂腐、愚昧、貪吝、欺騙、懶惰，各種各樣的，都在簡明典型的情節中完全地類型化了，也就是王利器先生所說的「概括」。既然人物性格往往以一種被典型化了的方式被覺知，在笑話書寫（更明確的說，該是創作）的過程中，笑話創作者便先以其本身對於某類人、事、物的「概念」、「印象」爲出發點，再藉助一個『具象』加以『解說』。笑話在內容上簡短精要的要求勢必使得創作者必須採用誇張、放大，甚至變形的手段，來造成人物與情節的非生活化、非（形式）邏輯化，以完成這種用極少文字進行解說的『超短距』創作歷程。〔註40〕由此看來，典型化是不足的，誇張放大更是必經的一條途徑。

以諷刺官吏的笑話來說，其被嘲弄的主題有貪財索賄、蠢笨昏庸以及奉承、喜諛、懼內等，當中「貪官」這一主題的呈現，便顯然具有高度的類型化，在笑話中不勝枚舉，隨處可見。如：

一官府生辰，吏曹聞其屬鼠，釀黃金鑄一鼠爲壽。官喜曰：「汝知奶

奶生辰亦在日下乎？奶奶是屬牛的。」（《笑府·古豔部·官府生日》）

〔註38〕同上註，頁 14。

〔註39〕同註 35，《幽默與言語幽默》，頁 63。

〔註40〕同上註。

> 一官貪甚，任滿歸家，見家屬中多一老叟，問何人，答曰：「某縣土
> 地也。」問何為來此，答曰：「地皮都被你刮將來了，教我如何不隨
> 來？」（《笑府·古豔部·土地》）

寫官吏的貪婪，是典型的性格的描繪，因貪得無厭而搜刮民脂民膏，是人性，
也是傳統貪官給人的印象，人盡皆知，然而這兩則笑話，卻明顯有著不同程
度的誇張，第一則笑話中的官吏，為貪更多黃金，直述了夫人也將生日的訊
息，讓人莞爾於他的貪婪，但第二則笑話中的貪官竟然貪得讓土地神不得不
跟著他，隨他離任，創作者可是用了十足誇張無稽的手法來強調他的貪婪，
讓人不禁失笑。笑話中已被類型化後的人物形象，具有一種普遍共通的人物
性格，甚至能夠超越時空的限制，越演越誇張傳神，不論任何地方，任何朝
代，其所呈現的人性與社會現象，只要還存在於眼前，便能引起讀者深切的
共鳴、熱烈的回響。

（二）重複再三

上述笑話裡經常藉由典型情節的誇大來製造笑料，這是最常見的喜劇結
構與手法，然「重複」這一結構亦不容小覷，因為鋪陳誇大的情節往往必須
藉助某一現象或言語的再三重複，漸次演繹，才能達到誇張的表現。是以笑
話中也時藉「重複」的手法來達到喜劇效果。聊舉一例作說明：

> 一縉紳游寺，問和尚喫葷否，曰：「不甚喫，但逢飲酒時略用些。」
> 曰：「然則汝又飲酒乎？」曰：「不甚飲，但逢舍岳妻舅來略陪些。」
> 問者怒曰：「汝又有妻，全不像僧家，明日當對縣官說，追你度牒。」
> 僧曰：「不敢欺，前年賊情事發，已追過了。」（《笑府·廣萃部·追
> 度牒》）

這則笑話中，前後共重複了兩個不同面向的對話，前是縉紳在飲食兩方面對
和尚的發問，兩次的回應才激起後來縉紳的發怒，這是第一個重複，若僅是
一個問題的對答，便顯不出這個和尚的不尊佛門戒條的誇張；而後來追度牒
一事的對答，是第二個重複，讓縉紳也讓讀者知道這和尚的行徑的誇張，不
是偶犯，而是實實在在的慣犯了。因前後兩層的重複，使得這個笑話的誇張
更具體，也讓人不得不搖頭苦笑了。

（三）有樣學樣，思想僵化

所謂「學樣」有二種，一種是不自覺的機械式反應，主角人物未對事物

的發生與外在環境的變化做出有機的思考與適切的反應，依舊將原先預設的言語動作像公式一般地表現出來，在一個已經改變的新事物環境中變得突兀、滑稽、不協調，因而造成笑聲。這一手法經常出現在呆女婿之類的笑話當中，筆者稱之爲「有樣學樣」。

> 有鬻饅頭者，婿甚不慧。翁偶欲出外，因囑婿曰：「饅頭定須四分一籠，若折本，不如自喫。」既而買者紛然，但不肯依價，婿一一啖之。岳父歸查算，婿云：「亦有人來，因價不合，某依尊命，悉自喫。」翁怒，以杖逐之。婿繞桌而走，翁見其愚態，不覺失笑。婿曰：「大人，你今方始悟耶？」（《笑府·殊稟部·賣饅頭》）

除了呆女婿的有樣學樣成爲眾人的笑柄之外，一些看似智力正常的人，雖不至於做出像呆女婿般的機械反應，但卻因爲對事物的認知過於片面僵化而顧此失彼，產生可笑言行，這樣的手法也經常爲創作者所運用，進而發展出諸多可笑的人物行徑。

> 德清有馬主簿，本富家子，愚不諳事。忽一晚三更時，扣大令門甚急。令以爲非火即盜，驚惶而出。簿云：「我思四月間田蠶兩值，百姓甚忙，何不出示，使百姓四月種田，十月養蠶，何如？」令曰：「十月間安得有葉？」簿無以對，徐云：「夜深矣，請睡罷。」自此後每夜出，其妻必詒以「倭子在外，不可出。」遇聖節，其妻曰：「可出行禮。」簿搖手曰：「且慢且慢，有倭子在外。」（《古今笑·專愚部·呆主簿》）

這位主簿，打算出示令百姓四月種田，十月養蠶的想法，便是思想僵化而不盡完善的思考，讓人哭笑不得，至於對於其妻所言，則又是「有樣學樣」的表現了。

而另一種是故意地模仿另一人的言行動作，正所謂「以其人之道，還治其人之身」，則見下一條目。

（四）以謬制謬

「以謬制謬」也是有樣學樣，然而不同於機械式直覺反應的是，前者的學樣是刻意爲之，藉以警示對方，使對方語塞出糗的，是機智的反應；而後者卻是因爲不知變通而爲之，鬧出笑話、出糗的是自己。

> 隋一士慧而吃，楊素喜與之譚。……又值臘月，素問：「家人被蛇傷，若爲醫治？」士曰：「取、取五、五月五日南牆下雪、雪塗之，即愈。」

素曰：「五月何得有雪？」士曰：「若、若五月無雪，臘月何處有蛇？」
素復大笑。（《古今笑・機警部・隋士》）

從笑話內容看來，楊素又笑隋士的口吃，又不懷好意地加以刁難，存心等著
看他笑話，但就隋士的回答來看，楊素以臘月被蛇傷的謬論議題詰問，卻被
他以五月盛夏之雪醫之的謬答給揭出了底，這便是以謬制謬，楊素並未佔到
這位口吃士人的便宜。

（五）將錯就錯

將錯就錯，即是段寶林先生所說的「歸謬法」，〔註41〕也就是對於已經出
現的錯誤意見不加以否定，反而順著去說，然後讓這個錯誤竭盡所能地加大，
直到當事人無話可說，意識到自己的可笑。《古今笑・塞語部・彭祖面長》一則
便是，東方朔按照著漢武帝所說「鼻下人中長一寸，年百歲」的邏輯去推演，
如此一來便造就了八百歲彭祖「人中長八寸，面長一丈餘」的可笑結論。相書
中「鼻下人中長一寸，年百歲」的命題便在君臣二人的笑聲中草率結束。又：

《樗齋雅謔》云：近一友有母喪，偶食紅米飯。一腐儒以爲非居喪
者所宜。詰其故，謂：「紅，喜色也。」友曰：「然則食白米飯者皆
有喪耶？」（《古今笑・塞語部・紅米飯》）

這一則笑話，腐儒之友順著其說——食紅色米飯非居喪者所宜——往下推
理，產生了食白米飯者皆有喪的結論，那麼普羅大眾人人皆居喪了，如此謬
論，相信連那位自以爲是的腐儒都無法回應了吧！

（六）自相矛盾

自相矛盾指的是對於同一事物既加以肯定又加以否定，《韓非子》中楚人
賣矛與盾的故事大家耳熟能詳，這便是十足「自相矛盾」的笑話鼻祖。

一人被妻打，無奈，鑽在床下。妻呼曰：「快快出來。」答曰：「男
子大丈夫，說不出來，定不出來！」（《笑府・刺俗部・避打》）

說了是「大丈夫」，看似有其堅持的原則，然又極其懼內畏妻，以至身在床下，
「說不出來，定不出來！」是大丈夫的堅持？抑是全然懼畏的恐懼？讀者一
眼可知，這一男子豈不矛盾甚矣。

（七）類比反駁

利用類比來對對方的話進行反駁，有點類似「以謬制謬」，也像是「將錯

〔註41〕同註21，《笑話——人間的喜劇藝術》，頁189。

就錯」的方式，但類比要求「類題」的表述形式與「原題」的表述形式盡可能接近，不只是在思想上的類比移用，還要是言語形式上的類比仿用。

> 徐孺子，南昌人，十一歲，與太原郭林宗游，同稚還家。林宗庭中有一樹，欲伐去之，云：「爲宅之法，正如方口，口中有木，『困』字不祥。」徐曰：「爲宅之法，正如方口，口中有人，『囚』字何殊？」郭無以難。（《古今笑·塞語部·爲宅》）

這則笑話中，徐孺子同時以思想和言語形式上的類比回應郭林宗，宅中有木爲「困」字，困字不祥，而宅中有人爲「囚」字，更甚「困」字，如此予以反駁，比起其他方式的反擊更勝一籌，笑於是乎生。

（八）巧換概念

巧換概念，指的是看似有理，卻又似是而非的辯說，這樣的辯說有時讓旁觀者也一時無法理解邏輯的對錯而啞口無言，無法決斷，即使睿智如孔子亦如是：

> 孔子東游，見二兒爭辯日遠近。一曰：「日出之時，大如車輪，日中之時，有如盤，豈非日出之處去人近，近見大而遠見小乎？」一曰：「日出之時，蒼蒼涼涼，日中之時，熱如探湯，豈非日出之處去人遠，遠者涼而近者熱乎？」孔子不能決。（《古今笑·塞語部·《列子》辯日》）

兩個人爭日遠近的說法，彷彿皆合理可行，但兩人均是片面的以形式邏輯來認識問題，無法做出眞確的立駁，結論的不同與旁人的無法決斷造成了一場辯論趣味可笑的結局。又：

> 有自負棋名者，與人角，連負三局。他日，人問之曰：「前與某人較棋幾局？」曰：「三局。」又問：「勝負如何？」曰：「第一局，我不曾贏；第二局，他不曾輸；第三局，我要和，他不肯罷了。」（《笑府·閨語部·諱輸棋》）

這一笑話裡，三棋局的勝負在當事人的說明中乍看似有不同，然實則一也——三局皆輸，但諱言輸棋的當事人巧妙地以言語將輸棋的概念轉移，欲模糊掉輸棋的眞相。這類笑話經常利用概念巧換的言論來混淆眾人視聽，當閱聽者意識到眞相的同時，也造成了笑聲。

（九）時空虛實交混

在正常的對話中，我們清楚的知道自己身處何方，面對何事何物，然而笑話中的人物經常分不清楚時間、空間的界限，無法釐清現實與夢境，因而鬧出了旁人聽起來愚蠢至極的笑話。

> 有出外生理者，妻囑回時須買牙梳，夫問其狀，妻指新月示之。夫貨畢將歸，忽憶妻語，因看月輪正滿，遂買一鏡回。妻照之，罵曰：「牙梳不買，如何反娶一妾？」母聞之，往勸忽見鏡，照云：「我兒有心費錢，如何娶個婆子？」遂至訐訟。官差往拘之，見鏡，慌云：「如何就有捉違限的？」及審，置鏡於案，官照見，大怒云：「夫妻不和事，何必央鄉宦來講？」（《笑府‧謬誤部‧看鏡》）

> 一好飲者，夢得美酒，將熱而飲之，忽然夢醒，乃大悔曰：「恨不冷吃。」（《笑府‧殊稟部‧好飲》）

以上兩則笑話，前一笑話中所有人全都分不清楚鏡子裡外的兩個不同世界是真是假，加上同一情節在不同人身上的重覆發生，致使笑話如滾雪球般逐步的誇大，令人發笑；而第二則笑話則是夢境與現實的交混，這人好飲到即便夢醒，竟仍無法回到現實，亦令人莞爾。

（十）無巧不成笑

很多笑聲的出現跟「巧合」有很大的關聯，在笑話的創作中，創作者也常常刻意地經營「巧合」的情境，讓一些八竿子打不著的事物全在同一時刻裡撞在一起，也就鬧出了笑話，「巧合」可說是笑話裡一個極為重要的喜劇構造，在譚達人《幽默與言語幽默》中提到「多情景的巧合」，其指出「凡相似的異類情景憑借特定因素相交錯，造成一定『混亂』，引起雙關感受的，大都滑稽可笑。」〔註42〕

> 《諧史》：河南一士大夫，延師教子。其子不慧，出對曰：「門前綠水流將去，」子對曰：「屋裡青山跳出來。」士夫甚怒。一日士夫偕館賓，詣一道觀拜客。道士有號彭青山者，腳跛，聞士夫至，跳出相迎。館賓謂士夫曰：「昨令公子所謂『屋裡青山跳出來』，信有之矣。」士夫乃大笑。（《古今笑‧專愚部‧拙對》）

「屋裡青山跳出來」本是一極為拙劣的對句，屋裡不可能有青山，即便有，也難跳出，卻偏偏碰到一個名為「青山」，跛腳跳出的道士，巧合地讓「屋裡

〔註42〕同註35，《幽默與言語幽默》，頁120。

青山跳出來」一句得到映證，也換來笑聲。這即是一絕妙的「巧合」。

四、「醜」的揭露與凸顯

從上述的幾點可以了解到笑話在書寫過程中所採用敘述模式、情節架構以及引發笑聲最重要的表現手法。縱觀所有笑話，在表層的敘述模式、情節架構的鋪敘之下，表現手法是一種推波助瀾的技巧，為的正是最底層一種「醜」的揭露與凸顯，我們不可否認的，笑話中確有段寶林先生所說的像阿凡提一樣的喜劇人物，以一種美的、聰明的、崇高的、健康的、理智的形象出現，也就是以一種對美的讚頌和認同來呈現喜劇美，不再只有對醜的揭露和否定，〔註 43〕然而就馮夢龍《笑府》和《古今笑》二書來說，機靈睿智的正面喜劇人物幾乎不為讀者所見，而對於「醜」的揭露和凸顯卻佔了十足的份量。

亞里士多德（前 384～前 322）以藝術摹仿的觀點來論述喜劇，其以為不論悲劇、喜劇都是透過摹仿所致，只是摹仿所用的媒介、所取的對象及所采的方式不同。〔註 44〕其在《詩學》第二章就指出喜劇和悲劇中摹仿的對象：「喜劇較今日之一般人為惡，悲劇則較一般人為善。」〔註 45〕第五章裡又針對所謂的「惡」做出解釋：

> 關於喜劇，如前所述，係模擬惡於常人之人生。此間所謂『惡』，並非指任何一種罪過，有其特殊之意義，是為『可笑』。『可笑』為醜之一種，可以解釋為一種過失或殘陋，但對他人不產生痛苦或傷害。例如面具之能引起發笑，係由於某種醜或扭曲而不招致痛感者。〔註 46〕

這一段話說的雖是喜劇，但也正好可以做為笑話的寫照，透過一種不對他人產生痛苦的醜陋或過失，能夠引人發笑。姚一葦又進一步說明了所謂的「醜」：

> 生理上的醜，如不成比例，不對稱或古怪的；亦可以是心靈的，或性格的，如心智上之缺陷，愚笨或不平衡之類；推而廣之：則一切不調和、不完全、不相稱的均屬於「醜」之類。〔註 47〕

生理上的、心靈性格上的不對稱、不平衡，造成所謂的「不協調」，而「不協調」的覺知，則是因為在正常的情況之下，人們對於所有事物都會具有一種

〔註 43〕同註 21，《笑話——人間的喜劇藝術》，頁 186～187。
〔註 44〕同註 36，頁 31。
〔註 45〕同註 36，頁 42。
〔註 46〕同註 36，頁 62。
〔註 47〕同註 36，頁 64。

普遍性常理的認知，當人們發覺到現實的客觀事物與他們所認知的普遍性常理形成對立或矛盾、不協調對稱時，便會產生笑意或爆出笑聲，而這些「對立」、「矛盾」、「不協調」便是所謂的「醜」。要產生笑聲，不只要「醜」，還要「醜得極致」，譚達人提到：

> 「美」似乎無極端可言，人們不會對美有某種滿足因而設立一個極限界線的。所以最為常見的是「醜」的極致。由言語所表達的極致醜之所以於引發笑聲，是因為這作品像一面放大鏡，將社會醜的特徵百倍千倍地廓大，顯現一種出奇的醜態；本來具有豐富優越感的人（每一個人）此時除了略感驚奇意外，便毫不吝惜地表現出優越感，放肆地嘲笑起這極致醜來。〔註48〕

「醜的極致」就是接近荒誕境界的東西，因為將現實社會中的「醜」以極致誇張的手法擴大呈現，讓每個讀者感到優越而大笑，譚達人先生以為，要達到醜的極致，可以透過言語表達的幽默來造就。涉及言語表達，是下節要談的笑話的語言技巧，此暫且不論，但可以確定的是，「笑」定然與「醜」，甚至是「醜的程度」有相當大的關係，另外，也有學者對「醜」的表現進行論述：

> 余德泉先生以為笑不僅是一種醜，而且應該說是「醜惡的東西裝模作樣，力圖裝成美的東西」從而變得荒唐可笑，〔註49〕劉叔成《美學基本原理》則把笑分成肯定性的笑和否定性的笑，其言：「肯定性的笑是由肯定型滑稽對象引起的，實際上是一種對人的本質力量的直接自我觀照」，「否定型的滑稽對象同樣也能引人發笑，這是因為它的醜的內容偏偏以美的外觀作為掩飾，真和假、善與惡的對立顯得特別鮮明觸目，從而引起人們的強烈的理智批判態度。」〔註50〕這和英國小說家菲爾丁（1707～1754）、德國哲學家黑格爾（1770～1831）及俄國哲學大師車爾尼雪夫斯基（1828～1889）的說法接近。菲爾丁先強調一種「假裝」的醜：

> 生活中的不幸和災難、天生的缺陷，只有假裝的，才可作嘲笑的對象。誰若是看見醜陋、屠弱或窮苦的人而認為他們本身就可笑，這種人一定是存心極壞的人。〔註51〕

〔註48〕 同註35，《幽默與言語幽默》，頁115。
〔註49〕 同註30，頁153。
〔註50〕 見劉叔成、夏之放、樓昔勇等合著《基本美學原理》第五章第三節。引自呂榮華著：《中國古典喜劇藝術初探》（台北：學海出版社，1993年11月，初版），頁6。
〔註51〕 轉引自同註21，《笑話——人間的喜劇藝術》，頁146。

> 真正可笑的事物的唯一源泉（在我看來）是造作。雖然可笑的事物
> 只有一個來源，但是我們若考慮到這一源泉分成了無數支流，那麼
> 當我們看到天下的笑料如此豐富，我們也不會感到驚奇了。〔註52〕

生活中的不幸、災難和天生的缺陷是不好笑的，但若是「假裝的」不幸、災
難或缺陷，便成了嘲笑的對象，可見「笑」不僅是一種醜，而且是一種假裝、
造作的醜，他認為「造作」的來源有兩種，一種是因虛榮產生炫耀，一是虛
偽把罪惡用美德掩飾起來，而作家或旁觀者將這種醜的造作加以揭發，便顯
露出事物的可笑。

「造作」之說，與德國哲學家黑格爾（1770～1831）的說法亦有重疊相
同之處。黑格爾以辯證的矛盾分析法來觀察喜劇，他認為當主體性（主觀）
與實體性（客觀）發生矛盾衝突，受到客觀的懲罰，在衝突中主體以假象掩
蓋的空虛本質自我暴露出來而引起大笑。他說：

> 任何一個本質與現象的對比，任何一個目的因為與手段對比，如果
> 顯出衝突或不相稱，因而導致這種現象的自否定，或是使對立在實
> 現之中落了空，這樣的情況就可以成為可笑的。〔註53〕

> 比較富於喜劇性的情況是這樣：儘管主體以非常認真的樣子，採取
> 周密的準備，去實現一種本身渺小空虛的目的，在意圖失敗時，正
> 因它本身渺小無足輕重，而實際上他也並不感到遭受到什麼損失，
> 他認識到這一點，也就高高興興地不把失敗放在眼裡，覺得自己超
> 然於這種失敗上。〔註54〕

當事件產生矛盾衝突時，主體試圖以假象掩蓋，此即一種造作，但此一造作
又在掩蓋的過程中顯露無遺，作為喜劇人物的主體卻完全超然其外，渾然不
知，因而致笑。

余德泉、劉叔成以及菲爾丁、黑格爾等人的說法，簡言之就是「醜而自
炫為美」，俄國哲學大師車爾尼雪夫斯基說：

> 醜乃是滑稽的根源和本質。……只有當醜力求自炫為美的時候，那

〔註52〕此語出自菲爾丁小說《約瑟夫・安德路斯》序言，轉引自同註21，《笑話——
　　　　人間的喜劇藝術》，頁165。

〔註53〕（德）黑格爾著，朱孟實譯：《美學》第三卷下第三章（台北：里仁書局，1983
　　　　年3月版），頁299。

〔註54〕同上註，頁300。

個時候醜才變成了滑稽。〔註55〕

法國柏格森在「笑」的議題上雖與車爾尼雪夫斯基略有出入，〔註56〕但對於「醜而自炫爲美」的滑稽現象，他有一段話表達得極爲貼切：

> 一個滑稽人物的滑稽程度一般地正好和他忘掉自己的程度相等。滑稽是無意識的。他彷彿是反戴了齊吉斯的金環，結果大家看得見他，而他卻看不見自己。〔註57〕

如此看來，更無庸置疑的是「笑話」這一文體藉由「對話」及「故事」的敘述模式，以「鋪敘」加「揭底」的情節架構，輔以各項關鍵的表現手法，進行的正是人性與現實社會極致醜的揭露，讓表現著醜的主角，在不認爲羞愧（或不知羞愧）的情形下自炫求美，形成一種極致的醜，造成旁人優越的笑聲，使「醜」赤裸裸地袒露在眾人面前。就「《笑府》、《古今笑》的內容風貌」一節的探討結果來看，除了「奇聞異事的著錄」這一部份距離「笑話」性質較大之外，前四項「鄙陋人性的揭露」、「傳統權威的瓦解」、「制度風氣的反應」及「性議題的開放」等，儘管揭露反應的風貌各有千秋，但仔細觀察，這些笑話中總是有一個可笑愚昧的形象，總是有一個成爲笑柄還搞不清狀況的主角，這都是「醜」的表現，即使是「機智及語文妙趣的展現」一類，笑的關鍵不在於諷刺謔笑，但也時常透過機智和言語表現來凸顯笑話人物的醜。馮夢龍《笑府》、《古今笑》二書中，這樣的「醜」，不可不謂之多矣。

第四節　《笑府》、《古今笑》的語辭技巧

語言，包括了詞語和句子，各有聲音有意義，行諸文字更有字形的異同，輔以語法、標點、修辭的協助，方得以成爲人們溝通的最佳管道，在笑話中也包含了各種不同於平時語用方式的語辭技巧，因而造成笑聲。以一般文章中最常見的修辭技巧來說，如「誇飾法」，是以誇張的文字來形容事物的狀態，「情節的誇張」是笑話表現手法之一，然要表達誇張的情節，則必借助文字的誇飾，如《笑府・古艷部・土地》一則，土地神所言「地皮都被你刮將來了」一句便是一情節的誇張和文字的誇飾；譬喻法的運用雖不及寓言之多，

〔註55〕同註21，《笑話——人間的喜劇藝術》，頁173。

〔註56〕西方笑的理論的探討，詳見第四章第二節。

〔註57〕（法）昂利・柏格林著，徐繼曾譯：《笑——論滑稽的意義》（台北：商鼎文化出版社，1992年9月），頁10。

但善用譬喻也能常使笑話更顯生動、傳神，如《古今笑·雅浪部·安給事生辰》以鼠之避貓事來比喻安磐避其同僚賀壽之事，閱聽笑話者一旦體會，便能發出會心之微笑；又如《古今笑·迂腐部·諱己名》以「火」來表示「燈」，偏偏「放燈」卻與「放火」之義相差甚遠，運用了「借代」來釀生了笑話；轉化手法讓原只具物理的東西充滿人情，藉之以言說世俗人事，更顯現出其中的哲理寓意，《笑府·世諱部·爭坐位》一則即是；又有映襯、層遞、引用、對偶、倒反……等法的運用，在任何一則笑話中都起了不小的作用，然這本是語言運用、文章寫作的正常技法，與其他文章無異，那麼究竟在笑話裡頭使用了何種與眾不同的語詞技巧，才能具備如此巨大的笑的力量呢？

　　其實，不論是口說對話上，或書以文字，語言均有其特定運用的規律和語言環境，這些規律和語言環境以一種穩固而合律的狀態為人們使用著，人們習慣這長久累積下來的正常而正確的語言進行模式，並藉以表情達意，一旦有人對於語言的存在不安分守己，加以別出心裁的技巧或特意違背的手法，這語言就會產生不凡的效果，引人發笑便是其中之一。在此，筆者以《笑府》和《古今笑》中的「笑話」為底本，來探索笑話書寫中常見的幾個語言技巧，附帶一提的是，每則笑話的語言技巧未必僅限於一項，筆者所舉以其著者為先。

一、文字拆析聯想

　　這是專對漢字字形來說的，也是專屬於中國文字才有的遊戲與技巧。漢字不同於其他的拼音文字，其最大的特色在於「表形」，因文字本身的造型、拆合，甚至趣味聯想可以產生不少笑料，余德泉先生稱之為「析字法」。〔註58〕

　　就文字本身造型而鬧出笑話來的，最經典的莫過於這則〈川字〉：

> 一蒙師止識一「川」字，見弟子呈書，欲尋「川」字教之，連揭數葉，無有也；忽見「三」字，乃指而罵曰：「我著尋你不見，你倒睡在這裡。」（《笑府·腐流部·川字》）

「川」與「三」字筆畫相似，唯方向立臥有別，創作者以此為題材，將這蒙師氣急敗壞地責罵起「三」字的醜態寫出，使其自曝其短，時下蒙師的迂腐無識得以凸顯，因而貽笑大方。

> 狄仁傑戲同官郎盧獻曰：「足下配馬乃作驢。」獻曰：「中劈明，乃

成二犬。」杰曰：「狄字犬傍火也。」獻曰：「犬邊有火，是煮熱狗。」
（《笑府・酬嘲部・盧、狄》）

兩人互以對方姓氏為笑，取笑的正是文字的拆合，以「馬」加「盧」為「驢」
笑盧獻騎馬，以「犬」加「火」笑「狄」為煮熱狗，這類笑話非漢字無以為
之，正是我國文字最與眾不同的特色，利用文字偏旁或加或減，或拆或合，
產生新字，藉以貶損取笑他人，《古今笑》中即有許多以文字拆合為遊戲者，
如行酒令、歇後語、字謎、趣對等，〈文戲部〉、〈巧言部〉、〈談資部〉中尤多，
聊舉一例見之。

沈石田、文衡山、陳白陽、王雅宜游飲虎丘千人石上。時中秋，月
色大佳。石田行令云：「取上一字，下拆兩字，字義相協。」倡云：
「山上有明光，不知是日光月光。」文云：「堂上掛珠簾，不知是王
家的還是朱家的。」陳云：「有客到館驛，不知是舍人官人。」王云：
「半夜生孩兒，不知是子時亥時。」各賞大觥。（《古今笑・談資部・
沈石田令》）

至於趣味聯想的部份，想像的空間便更大更豐富了，《笑府・古豔部》有
一笑話是這樣寫的：

一暴富人，日夜憂賊。一日偕友游江心寺，壁間題《江心賦》，錯認
賦字為賊，驚欲走匿。友問故。答云：「江心賊在此！」友曰：「賦
也，非賊也。」曰：「賦便賦了，終是有些賊形。」（《笑府・古豔部・
江心賦》）

這名富人，誤看「賦」字為「賊」字，即使經友人的解釋釐清，他仍懼之如
懼「賊」，不但是就字形上的聯想，其手法亦誇張至極。又有一笑話，字形特
徵的想像，讓人進入了「性」的黃色空間：

一僧讀「齋」字，尼認是「齊」字，因而相爭。一人斷之曰：「上頭
是一樣的，但下頭略有些差。」（《笑府・廣萃部・齋字》）

字形笑話的創造者及閱讀者除了對於文字需要一定的熟稔程度之外，也必須富
有相當的想像力，此則笑話以「齋」與「齊」字的些微差異來暗指男女性器之
別，做為表達溝通的客觀文字竟也能有這般象徵，其趣味聯想不可不謂甚矣。

二、同音異解

相較於字形笑話的別樹一格，漢字的字音笑話相對地少於以拼音為主的

英語世界，但若推究起此類笑話，原因卻大同小異，簡單的來說，都是「諧音」出的差錯，說話者所表達的意思因爲同音（或形似音）聯想的緣故，使得聽話者產生不同的理解，造成語言的出錯、語音的誤聽、或雙關現象等，因而鬧出笑話來。

　　最先要提的這則笑話，兩個分別由不同文字所組成的詞語，照理有其不同的意義，但卻在一個巧合的語境中兩者音通義同，離開這個語境便又各自爲政去，沒想到這樣的兩組詞語卻在一個不學無術的蒙師身上好像「出了錯」：

> 有訓蒙者，首教《大學》，至「於戲！前師不忘」句，竟如字讀之。主人曰：「誤矣，宜讀作『嗚呼』。」師從之。至冬間讀《論語》註「儺雖古禮而近於戲」，乃讀作「嗚呼」。主人曰：「又誤矣，此乃『於戲』也。」師大怒，訴其友曰：「這東家甚難理會，只『於戲』二字，年頭直與我拗到年尾！」（《笑府・腐流部・讀別字》）

「於戲」一字在《大學》該句中同於「嗚呼」二字，到了《論語》注裡，卻又不如此讀如此解，這位爲人師表者胸無點墨，每每出錯，令人發笑。

　　再者，則是字音笑話的最大宗，也就是因爲詞語或句子的諧音造成了誤聽，引起了誤會所產生的笑話：

> 一官人有書義未解，問吏曰：「此間有高才否？」吏誤以爲裁衣人姓高也，應曰：「有。」即喚進。官問曰：「貧而無諂如何？」答曰：「裙而無襉，使不得。」又問：「富而無驕如何？」答曰：「袴而無腰，也使不得。」官怒，喝曰：「嘻！」答曰：「若是皺，小人有熨斗在此。」（《笑府・謬誤部・才人》）

語言雖是人們藉以傳情達意的工具，卻也往往因爲語言而造成諸多的誤會或玩笑來，重點就是因爲一句話從說話者口中說出，經過了不同教育背景、不同語用能力的聽話者耳聽領會後，常常會造成不同程度的落差，這正是這類笑話形成的主因。上述這則笑話，「高才」被聽成「高裁」；「貧而無諂」、「富而無驕」被聽成了「裙而無襉」、「褲而無腰」；「嘻」變成了「皺」，而做出令人哭笑不得的回答來，分明雞同鴨講，當事者不知，旁觀者聽來便是可笑至極了。這般錯誤日常生活中常見，尚且說得過去，但若如下則笑話般產生如此嚴重之謬誤，則是讓人哭笑不得了：

> 沮州有杜拾遺廟，後訛爲杜十姨，塑婦人像，邑人以爲五撮鬚相公無婦，移以配之。五撮鬚蓋伍子胥也。又江陵村事子胥誤呼五髭鬚，

乃塑五丈夫皆多鬚者。每禱祭輒云：一髭鬚、二髭鬚、三髭鬚，至
五髭鬚。（《古今笑‧謬誤部‧祠廟》）

比起上述笑話的語音出錯、諧音誤解來說，諧音雙關看來倒是智慧了不
少。所謂「雙關」，在笑話中，就是指一個詞語同時關顧兩個不同事物、使言
在此而意在彼以產生笑料的情形。〔註59〕一般來說，雙關分為諧音雙關和語
義雙關兩種，筆者於此僅提諧音雙關，語義雙關則留待下文再做討論。

都賓侶鍾與通政強珍同席。強執壺勸曰：「要你飲四鍾。」侶應聲曰：
「你莫要強斟。」（《古今笑‧巧言部‧侶鍾強珍》）

這是一則經典的以姓名為戲的笑話，「侶鍾」、「四鍾」同音，「強珍」與「強
斟」同音，藉著對方姓名的諧音，一要對方喝酒，一藉以婉拒，詞語的雙關
加上巧合的語境，使得這一來一往的對話恰到好處，更令讀者開懷，讚賞雙
方的機智。如此的幽默經常出現在日常生活當中，前曾提及的《古今笑‧儇
弄部‧石學士善謔》中以「度撰」同「杜撰」的諧音來取笑，也是例子之一，
而下列這則笑話，王汾、劉攽、王覿三人的姓名也都成了取笑的關鍵，不但
利用字音取笑，還結合了字形笑話：

王彥和汾與劉貢父攽同趨朝。王戲劉曰：「內朝日日須呼汝。」蓋常
朝知班吏多云班班，謂之喚班。（攽音班，故戲之。）劉應聲曰：「寒
食年年必上公。」（汾，墳音近）劉又嘗戲王覿云：「公何故見賣？」
王答曰：「賣公直甚分文？」（《古今笑‧巧言部‧王汾‧劉攽‧王覿》）

除了緣自於「諧音」所造成的笑話之外，和語音相關的笑話還有另一種類
別，譚達人先生稱之為「語音停斷」，〔註60〕亦即將一句話故意停斷兩次，不一
口氣說完，造成聽話者一開始對於情景內容便產生錯誤的心理期待，當話語後
半部緊接而來，出乎意料，造成驚奇，便轉為笑聲。故意造成這類笑話的，是
特意引起誤解，欲加捉弄或表現幽默的人士，如下所列第二則，而無意為之卻
渾然天成的，則最適合由口吃或性緩的特殊人物來上演，如第一則：

華原令崔思海口吃，每與表弟杜延業遞相戲弄。杜嘗語崔云：「弟能
遣兄作雞鳴，但有所問，兄須即報。」旁人訝之，與杜私賭。杜將
穀一把問崔云：「此是何物？」崔云：「穀穀穀……」傍人大笑，因
輸延業。（《古今笑‧委蛻部‧口吃》其一）

〔註59〕同註30，頁397。
〔註60〕譚達人撰：《幽默與言語幽默》，頁206～208，同註37。

　　壽春道士，以小像乞解學士題詠，解作大書「賊、賊、賊，」道士
愕然。續云：「有影無形拿不得。只因偷卻呂仙丹，而今反作蓬萊客。」
（《古今笑・文戲部・貫酸齋・解大紳》其一）

三、意義違律

　　語言是死的，其運用規律和語言環境是固定的，然而使用語言的人卻是
靈活的，更有不少人是幽默的、不安份的，其理解語言的方式是多元的，因
此在日常的言語溝通中經常出現了違反正常言語意義及規律的意外，這就是
「意義違律」。〔註61〕

（一）望文生義，謬以千里

　　語言是帶有陷阱的，有些詞語的實際意義與其組成成分的字面意義是有
差距的，所謂「望文生義」指的就是在語言運用的過程中，詞語或語句以其
組成成分的字面意義遭到有意無意地歪曲轉變，亦即遭到「曲解」、「別解」，
因而產生了與實際意義認知上南轅北轍的說法，因而致笑，余德泉先生稱之
爲「曲解法」。〔註62〕

　　　魏博節度使韓簡，性粗質，每對文士不曉其說，心常恥之，乃召一
　　　士人講《論語》。至《爲政篇》。明日，喜謂同官曰：「近方知古人稟
　　　質瘦弱，年至三十，方能行立。」（《古今笑・無術部・三十而立》）

「三十而立」一語，乃是孔子述言其在三十歲時已能獨立自主，然而韓簡卻
犯了望文生義這樣的錯，以爲年至三十，方能行立，與原意相差遠矣！

　　同樣也是從《論語》裡鬧出的笑話：

　　　石動莆嘗詣國學，問博士曰：「孔門達者七十二人，幾人冠？幾人未
　　　冠？」博士曰：「經傳無文。」動莆曰：「先生讀書，豈合不解？」
　　　冠者三十人，未冠者四十二人。」博士曰：「據何文解之？」動莆曰：
　　　「『冠者五六人』，五六得三十也；『童子六七人』，六七四十二也。」
　　　皆大笑。（《古今笑・巧言部・《四書》語》其一）

「冠者五六人，童子六七人」當然不是爲了解釋孔門七十二弟子而來，但卻
被石動莆曲解巧用，五六三十、六七四十二，兩者相加正好七十二之數，讓

〔註61〕「意義違律」四字取自譚達人《幽默與言語幽默》，其下項目的分類亦時參考
　　　　其說。見該書，同註35，頁147～162。
〔註62〕同註30，頁464～473。

人不得不佩服他的巧智與幽默。石動筩的特意曲解是一種生活幽默的表現，也有藉由曲解也得以達到某種嘲諷的目的：

> 張虔釗鎮滄州日，因旱，民飢，發廩賑之。方上聞，帝甚嘉獎。他日秋成，倍斗徵斂，朝野鄙之。在蜀，問一禪僧云：「如何是舍利？」對曰：「剩置傲居，即得『舍利』。」張但慚笑。（《古今笑·貪穢部·舍利》）

張虔釗所問「舍利」乃指佛骨佛牙之類，禪僧卻故意曲解，對以「房舍之利」，來微言諷刺，明顯是爲了其倍斗徵斂之事而來。

語言中有不少這種現象，任一詞語文句本身所表達的意思與其組成成份的字面意義不見得相同，甚至是天壤之別，有時更可依各種不同情境有不同解法，當創作者掌握這一原則進行，特意讓不同的字面意思在不同的語境下巧合或矛盾地出現，便會營造出一個成功的笑話，達到致笑的效果。

（二）曲意專化，鑽詞語漏洞

筆者一再提及語言的使用是有其規律和語言環境，而語言的本身亦有其內涵與外延，「曲意專化」〔註63〕所指者不但是「望文生義」，更是將關鍵語句的意義做了最狹隘的解釋，而忽略了該句在說話者欲表達的完整意思中所起的實際作用，詞語文句運用中被認定爲理所當然而毋須加以解釋的規律和默契，遭到聽話者的有意無意的棄置，巧妙地鑽取了其中的漏洞空隙。

> 一人極好靜，而所居介于銅鐵匠之間，朝夕聒耳，甚苦之。常曰：「此兩家若有遷居之日，我願作東款謝。」一日，二匠忽並至曰：「我等且遷矣，足下素許作東，特來叩領。」問其期，曰：「只在明日。」其人大喜，遂盛款之。酒後問曰：「汝二家遷于何處？」二匠曰：「我遷在他屋裡，他遷在我屋裡。」（《笑府·殊稟部·好靜》）

好靜者所提「遷居」，不僅指於「搬家」這一基本內涵，更指「搬離該處，可以讓他得到居家的寧靜」的外延意義，然銅匠、鐵匠二人卻將其外延的意義棄置，只著眼於「搬家」，至於如何搬，便是他倆鑽研詞語漏洞後的計謀了。因爲曲解專化語詞意義，令人感覺到其中的可笑性，因而產生笑話。

（三）詞語的多義並存

詞語的多義並存，首先要談的是「語義雙關」。語義雙關是雙關法的一種，

〔註63〕此語參考自同註35，《幽默與言語幽默》，頁157。

（一）強行拼湊

將兩種不相關的事物強行拼湊在一起，造成新的或突兀的語句，因而產生笑聲，譚達人先生稱之爲「強行搭配」，余德泉先生則稱爲「拼湊法」。〔註66〕

> 吳人韋政，腹柯然。好談詩書，語常不繼。或嘲之曰：「此非出《芝麻通鑒》上乎？」蓋吳人好以芝麻點茶，市中賣者以零殘《通鑒》裏包。一人頻買芝麻，積至數葉，而以零殘語掉舌，人問始末，輒窮，曰：「我家《芝麻通鑒》上止此耳。」（《古今笑・無術部・芝麻通鑒》）

「掉舌」，〔註67〕意爲講古，「芝麻」與「通鑒」兩者毫不相關，卻因以零殘《通鑒》紙包裹芝麻，而被強行拼湊，似成一書名，在「人問始末，輒窮」之後，造成了眾人的笑聲。

（二）巧妙嵌入

巧妙嵌入，是將一些特殊的書刊名、藥物名、詩文篇名和人物姓名嵌入所要表達的話語中，形成一種趣味的文句構造。這樣的方式「無往而不趣」，時常出現在行酒令之類的文字遊戲中，即使時至今日，也有不少婚對壽聯以這樣的方式來營生趣味。

> 劉貢父觴客，蘇子瞻有事欲起，劉以三果一藥調之曰：「幸早裡，且從容。」蘇答曰：「奈這事，須當歸。」（《古今笑・巧言部・三果一藥》）

劉貢父所言表面意思是時間還早，不要著急，這六字中卻包含了三味水果和一味中藥：即杏、棗、李和蓯蓉。而蘇軾及時反應出來的答句中也含有三果一藥：奈（蘋果之一種）、蔗、柿和當歸。這樣貼切地將果名藥名嵌入對應，形成一饒富趣味的對話，非高手實不可及。特殊名詞被巧合的鑲入日常的話語中，表現出說話者的機智幽默，也是此類笑話耐人尋味、受人喜愛的主要因素。

（三）詩詞遊戲

前文在提及《笑府》及《古今笑》的主題分析時，曾列出了「機智及語文妙趣的展現」一項，其中「語文妙趣」指的正是透過語言文字的巧製妙作，

〔註66〕同註35，《幽默與言語幽默》，頁167及同註30，頁428。

〔註67〕上海古籍出版社及江蘇古籍出版社所出之《馮夢龍全集39・古今譚概》皆做「掉舌」，余德泉《笑話裡外觀》記爲「掉古」，意爲講古，筆者取此爲說。

產生不同於凡言的趣味，因而引人入勝。

　　戲作詩詞的方式有很多種，上述的「巧妙嵌入」各類名詞以作爲行酒令、謎語或歇後語的不勝枚舉，這便是其中之一。此外，再列舉幾種略作說明：

1、襲改舊詩詞

　　余德泉先生稱之爲「襲改法」，〔註68〕可分爲「改」和「套」兩種，「改」是僅更動詩文原句中的個別詞語；「套」是保留原作的格式，對於原句文字進行較大的變動，兩者僅是程度的不同。

> 蘇詩：「無事此靜坐，一日似兩日。若活七十年，便是百四十。」近有任達者更之曰：「無事此游戲，一日似三日。若活七十年，便是二百一。」（《古今笑・文戲部・改蘇詩》）

這樣的造樣造句，人人皆得爲之，按自己想表現出的新意略作改造，便能成爲笑料，也能從中得到趣味，馮夢龍在編寫這則附評的同時，也一時技癢造作了一首呢！〔註69〕

2、變動詩詞形式

　　一般來說，以詩詞爲遊戲者，多是隨意吟作，主要是藉著詩的形式將生活中的見聞簡單有趣的表現出來，或者用以嘲弄，余德泉先生稱之爲「詩誚法」，〔註70〕所謂「詩誚」乃是著重在以詩爲誚的表現方式，筆者於此不著眼於其「誚」的部份，而是討論以「詩」爲表達形式的笑話。

　　古代詩詞有其特定的形式，以唐詩來說，就必須僅守絕句、律詩的格律體製，然而在過去日常的詩詞遊戲裡卻不受到正統作詩寫詞的規定限制，以不同於正統的形式來創作詩詞，反而更顯出趣味，也讓旁人更讚賞其文采。

　　這類詩詞通常四句一首，每句字數相等者居多，唯多已不計平仄押韻等嚴謹格律：

> 無錫郁光大連年生女，俱召瞿永齡飲。瞿作詩嘲云：「去歲相招云弄瓦，今年弄瓦又相招。寄詩上覆郁光大，令正原來是瓦窯。」（《古今笑・文戲部・弄瓦詩》）

這便是一嘲笑友人連年生女的詩作。也有四句而字數不同者：

〔註68〕同註30，頁334。

〔註69〕馮夢龍的改作，用意明顯大異其「趣」，自言「子猶嘗反其詩云：『多事此勞擾，一日如一刻。便活九十九，湊不上一日。』」

〔註70〕同註30，頁380。

> 正德間，有無賴子好作十七字詩，觸目成咏。時天旱，府守祈雨未
> 誠，神無感應。其人作詩嘲之曰：「太守出禱雨，萬民皆喜悅；昨夜
> 推窗看，見月！」守知，令人捕至，曰：「汝善作十七字詩耶？試再
> 吟之，佳則釋爾。」即以別號西坡命題，其人應聲曰：「古人號東坡，
> 今人號西坡；若將兩人較，差多！」守大怒，責之十八。其人又吟
> 曰：「作詩十七字，被責一十八；若上萬言書，打殺！」守亦哂而逐
> 之。《古今笑‧文戲部‧十七字詩》

好作十七字詩的無賴子確實夠堅持，即使因作詩遭責打，仍不忘以十七字詩
諷說，最後府守又好氣又好笑，只得放他離開。十七字詩以五、五、五、二
的形式出現，與一般不同，卻在這則笑話中發揮了極大的趣味效果。此外，
變動詩詞形式的方式還有「縮腳詩」、「縮字詩」等。

　　亦有雖四句一首，卻是眾人接力逐一完成的，人心各有考量，不同的人
針對同一主題事物進行詩詞的創作，終成一章，其中趣味多於嘲誚：

> 莫廷韓袁太沖家，見桌上有帖，寫「琵琶四斛」，相與大笑。適屠赤
> 水至，而笑容未了。即問其故，屠亦笑曰：「枇杷不是此琵琶，」袁
> 曰：「只爲當年識字差。」莫曰：「若使琵琶能結果，滿城簫管盡開
> 花。」屠賞極，遂廣爲延譽。（《古今笑‧無術部‧琵琶果》）

也有非四句成首之詩詞者，較爲常見的以二句居多，如一來一往的對答或行
酒令等，若以修辭法言之，則屬於對偶之屬。如：

> 陳少卿亞，維揚人，善詩，滑稽尤甚。嘗與蔡君謨會於僧舍。君謨
> 題詩屏間曰：「陳亞有心終是惡。」亞即索筆對曰：「蔡襄無口便成
> 襄。」（《古今笑‧巧言部‧陳亞‧蔡襄》）

這是一則以雙方姓名爲嘲的字形笑話，兩人一來一往，正好成了詩句，也成
了對偶。

3、闕字於前，隱義於後

　　除了襲改舊詩詞，及變動詩詞形式之外，戲作詩詞裡最堪稱遊戲者，莫
過於謎語、歇後語之類的詩詞創作了，這一類的文字不僅在形式字面上以詩
詞的形式出現，供人吟賞，本身更傳達出若隱若現的線索，成爲一個「謎」，
讓聽者通過這些線索去咀嚼、揣摩、聯想和玩味，動腦尋找出背後眞正的「謎
底」，進而發出一種頓悟會心的笑。

　　余德泉先生以表面文字有所闕漏者爲「缺如法」，〔註71〕而謎語的制射爲「謎語法」，〔註72〕這兩者在馮夢龍的書中皆有例可循，而尤以《古今笑》爲多，舉一二例言之：

> 有時少灣者，延師頗不盡禮，致其師爭竟而散。或用吳語賦歇後詩
> 嘲之曰：「少灣主人吉日良（時），束修且是爺多娘（少）。身材好像
> 夜叉小（鬼），心地猶如短劍長（槍）。三杯晚酌金生麗（水），兩碗
> 晨餐周發商（湯）。年終算帳索筵席（《百家姓》有「索咸席賴」句），
> 劈拍之聲一頓相（打）。」（《古今笑・文戲部・歇後詩》）

（　）中字爲原詩所省略的字，若無這些字，該詩似不知所云，必須加上這些闕漏的字才能解讀此詩，這是文人創作時特意留下的線索，供人自行的搜索玩味。而「謎語詩」則是直接了當地要人動動腦、發揮想像力了：

> 「十謁朱門九不開，滿頭風雪卻回來。歸家懶睹妻兒面，撥盡寒爐
> 一夜灰。」一藥名：常山、砒霜、狼毒、焰硝。一病名：喉閉、傷
> 寒、暴頭、火丹。（《古今笑・談資部・燈謎》）

「　」中文句是謎語謎面的部份，用的是詩詞的形式，可分射藥名或病名。馮夢龍對此類文字的摘錄，每每將謎底書之於後，使後人不至昏鈍而扼腕。

〔註71〕同註30，頁389。
〔註72〕同註30，頁557。

第四章　笑話的閱讀

第一節　笑話的讀者及其閱讀軌跡

　　探究笑話的閱讀，要先從「讀者」下手，首先必須釐清的問題是「讀者是誰」、「讀者的閱讀期待為何」；想析論讀者的閱讀活動，則得先清楚所謂讀者在閱讀過程中留下了什麼樣的閱讀軌跡，可做為探討的線索，是以此節就「讀者」及其曾訴諸於文字的「閱讀軌跡」做出說明。

一、晚明讀者及其閱讀期待

　　就馮夢龍《笑府》和《古今笑》兩本著作來說，接受笑話，並進行閱讀審美活動的人是誰？無庸置疑的，當然是這兩部作品的閱讀者，誰又是這兩本笑話書的讀者呢？馮夢龍是笑話書的編纂者，他是理所當然的第一讀者；而他的著作古今流傳，歷久不衰，即使時至今日，仍有不少源自於彼而以著不同面貌推陳出新的老笑話，閱讀其笑話書的讀者不可謂之不多了，關於這個部份，筆者在此以馮夢龍所處的晚明時代之閱讀群眾為對象，排除其他近現代喜好古典笑話的閱讀者。

　　晚明笑話最重要也最大宗的讀者，是晚明時期支持喜好通俗小說的市井大眾了。文學作品本是讀書人的專利品，即使唐代的變文、宋人的話本曾受到大眾的喜好，但卻未得以大量印行，待明朝以後，工商業的發達、市民階層的興起，印刷術的發達，使得「通俗文學」這類的書籍以凡俗群眾得以理解的平易白話，以生動有趣、引人入勝的豐富情節，以商品的形式出現於整

個文化市場中，在通俗文學大行其道之後，成爲普通百姓的精神食糧，馮夢龍的《笑府》、《古今笑》就是這一類型的書籍商品，而這一群通俗文學商品的消費者當中，自然也包含了笑話書的閱讀群眾。

既此，確定了笑話書的讀者是包含馮夢龍在內的晚明讀者，在進行閱讀活動之前，這一群人對於笑話書有何期待呢？筆者在此要談的是晚明讀者的「閱讀期待」：

德國接受美學創始人漢斯·羅伯特·姚斯（Hans Robert Jauss）就文學接受曾提出「期待視野」的觀點，其所謂「期待視野」有著多層意義：

> 其一，對於任何一部從未目睹的新作品，讀者對之進行的文學體驗必須先行具備一種知識框架或理解結構。沒有這一結構，就不可能接受新東西，不存在「零」度的純中立的清明無染的「白板」狀態，有了前理解即先在視野，才可能對「新」做出理解，並建立新的理解視野。其二，所謂新作品，從來不可能在資訊眞空中以絕對的新的態展示自身，它總是處在作品與接受者的歷史之鏈中。……其三，期待視野不是固定不變的，它處在不斷建立和改變的過程中，……一部新的本文喚起了讀者的期待視野，也喚起了由先前的本文所形成的準則。這一期待視野和準則在同新本文的交流中不斷變化、修正、改變乃至再生產，在新的結合點上產生新的期待視野與新的評判準則。〔註1〕

由上述可知，期待視野是一不斷變化的閱讀審美經驗，以閱讀接受者所具備的先在視野爲出發點，透過閱讀與接受新作品的過程，建立理解視野，新舊審美經驗的交流重新變化修正，再產生新的期待視野。換言之，「期待視野」的論點，是以一個完整的閱讀活動爲思考對象的，筆者取其論點中的前半歷程結合晚明閱讀群眾的閱讀喜好而爲所謂的「閱讀期待」，亦即晚明通俗文學愛好者，其在選擇購買／閱讀書籍商品之前，對於其即將消費欣賞的文學作品所投注的心理期待。

以愛好通俗文學不亞於市民大眾的文人來說，過去文人閱讀多半帶有強烈的實用主義和功利主義，很少爲了取樂、爲了娛情悅性，晚明時代，一般文人士大夫雖仍不放棄讀書的實用目的與功利取向，但對於讀書取樂的意識

〔註1〕　金元浦撰：《接受反應文論》（濟南：山東教育出版社，1998年10月，1版），
　　　　頁122。

卻大有增強，李贄《焚書‧卷六‧讀書樂並引》一詩即寫道：

> 讀書伊何？會我者多。一與心會，自笑自歌。歌詠不已，繼以呼呵。
> 慟哭呼呵，涕泗滂沱。歌匪無因，書中有人，我觀其人，實獲我心。……
> 束書不觀，吾何以歡，怡性養神，正在此間。〔註2〕

閱讀活動中，讀者進行審美活動，與書中的人物進行交流，一旦心領神會，便隨之歡笑歌詠，情感產生共鳴，甚至隨之慟哭呼呵，將平日積鬱的喜怒哀樂藉由閱讀活動全然傾洩而出，產生一種滿足的快感。這雖然是李贄對於讀書樂的直接心靈感受，卻也可視爲當時文人的閱讀審美記錄，夏咸淳說，「明人關於讀書樂趣的論述，包含著深刻的美學思想。他們認爲審美快感的本質是情感上精神上的愉悅和提高，而不是刺激官能所獲得那種低級快樂；審美快感的機制，在於審美主體與審美對象的神交心會。」〔註3〕這雖是士人的審美層次，卻不見得是專屬士人的閱讀期待，那一群爲數眾多的通俗文學愛好者，儘管有著刺激感官所能獲得的低級快樂，但透過閱讀求樂，取得精神的愉悅，亦是其閱讀的基本期待／要求。

　　市民階層隨著經濟興盛而發展起來，不論是各類商販、手工業者或其他的城市居民，其知識水平隨著見聞的廣博漸有提升，對文化娛樂的要求及購買能力也隨著所得的增加而提高；然就其生活經歷而論，「他們在沉重的封建桎梏下或沉浮或跋涉，在艱難的人生歷程中求生存求發展，自有他們酸甜苦辣的百般體驗，喜怒哀樂的萬種感受」，因此「必然要產生以文化生活自賞自娛的需要，以便從中表現或發現自身，肯定或思索人生。」〔註4〕晚明通俗文學之所以大發利市，正是根源於此。一般市民大眾雖具備有了足以閱讀書籍的能力，但以其學識能力與閱讀目的，能接受且願意接受的斷非嚴肅之四書五經、說道講理之語，其閱讀期待之首要正在於透過文化娛樂商品去得到消遣、得到知識、得到內在欲望的某種宣洩、使得心靈精神得到調劑，這也是他們之所以甘心花費金錢選購通俗文學作品的潛在動機。因此，他們不閱讀正統無趣的經史子集，將眼光放在足以引發愉悅與興趣的各類奇書、閒書、

〔註2〕　〔明〕李贄撰：《焚書‧卷六‧讀書樂並引》（北京：社會科學文獻出版社，2000年5月，1版），頁213～214。

〔註3〕　夏咸淳撰：《晚明士風與文學》（北京：中國社會科學出版社，1997年7月，1版），頁86。

〔註4〕　王一工撰：《清平山堂話本‧前言》，見〔明〕洪楩編，王一工標校：《清平山堂話本》（臺北：建宏出版社，1995年3月，初版），頁1～2。

雜書，笑話書也包含其中。

其次，人性趨易避難，一般人的閱讀習慣，主要以行文輕鬆易讀，內容新奇趣味者最易引人注目，遠勝過那些艱澀難懂的大塊文章。袁宏道《東西漢通俗演義序》中即曾提到自己對《水滸傳》的喜好：

> 人言《水滸傳》奇，果奇，予每撿「十三經」或「二十一史」，一展卷即忽忽欲睡去，未有若《水滸》之明白曉暢，語語家常，使我捧玩不能釋手者也。〔註5〕

即使是像袁宏道這樣鑽研學問已深的文人士子面對正經嚴肅之經典撰著，亦不免「一展卷即忽忽欲睡去」，而閱讀曲折有趣、驚喜不斷的通俗文學作品，便「捧玩不能釋手」，更何況是一般的市民大眾。

石成金《笑得好・自序》文中以教化觀點出發，也提到了人們不願聽聞正經八百的訓誡，不如藉由笑話為之所得的效益來得大：

> 正言聞之欲睡，笑話聽之恐後，今人之恒情。夫既以正言訓之而不聽，曷若以笑話怵之之為得乎。〔註6〕

就此，我們可以瞭解到通俗文學的作者即使有著著書教化的嚴肅居心，為符合讀者對於通俗文學作品在趣味性上的閱讀期待，使其有購書讀書的動力，亦必得寓教於樂中，方能收其成效。李漁曾在《古今笑史序》中曾提到此書前後異名的問題：

> 同一書也，始名《譚概》，而問者寥寥，易名《古今笑》，而雅俗並嗜，購之唯恨不早：是人情畏譚而喜笑也明矣。〔註7〕

他認為書名為《譚概》時，此書的銷售量不好，以《古今笑》行世，則世人購之唯恐不及，筆者在前文中曾以高洪鈞〈馮夢龍的俗文學著作及其編年〉一文中的探討否定了《古今笑》一書初名《譚概》的說法，然其「人情畏譚而喜笑也」一論點確實不假，由此便可證明當時笑話書的閱讀群眾在購書閱讀的同時，是帶著強烈的娛樂期待的，若是題於封面的書名讓這一群消費者感受到了嚴肅內容的可能性，便缺乏購買欲望了。

〔註5〕 〔明〕袁宏道撰、錢伯城箋校：《袁宏道集箋校・附錄一・東西漢通俗演義序》（上海：上海古籍出版社，1981 年版），頁 1635～1636。

〔註6〕 尹奎友、靳永評注：《中國古代笑林四書》（濟南：山東友誼出版社，2001 年9 月，1 版），頁 321。

〔註7〕 李曉、愛萍主編：《明清笑話十種》（西安：三秦出版社，1998 年 9 月，1 版），頁 54。

　　由此可見，晚明笑話的閱讀群眾基於讀書取樂的動機，對於所閱讀的書籍商品有著從中得以獲得消遣、知識及精神愉悅的閱讀期待。笑話書之所以暢行於世，實因其內容（甚至是書名）正符合了市民群眾的閱讀期待與需求。《山中一夕話》三臺山人序中提到了該書的暢銷情形：

> 此書行世，行看傳誦海宇，膾炙塵寰，笑柄橫生，談鋒日熾。……
> 昔人觀山中一局棋，歸來已經隔世；若得山中一夕話，又不知幾更甲子矣。〔註8〕

由此言類推，笑話帶來了「笑柄橫生」、「談鋒日熾」的閱讀成效，因而在晚明書籍消費市場中達到了「傳誦海宇」、「膾炙塵寰」如此受人歡迎的程度。

二、以評點方式呈現的閱讀軌跡

　　評點是文學批評的一種方式，簡單來說，「評」指的是評語，就其形式來說，有眉批、夾評、旁注、總論等語言文字的評論，「點」即是「圈點」，以圈、點、抹、畫等符號來作爲文學作品本文的提示或標記，「點」儘管未有直接語言批判，亦時能增加讀者尋味的空間，所謂「評點」是結合標示符號以及文字評論的文學批評。孫琴安《中國評點文學史》一書中認爲中國的評點文學最初起自於詩文的選本，由於唐以後詩文選本增多，加上訓詁注解的發達、歷史評議風氣的盛行及讀書隨筆圈點丹黃漸成習慣等因素，使得以「評」「點」加諸詩文之風氣遂起，南宋以後，詩文批評形式增多，並擴及了散文、詞及小說。〔註9〕宋末元初的劉辰翁以文學論工拙，全心貫注於評點，其對《世說新語》一書的評點最受重視，堪稱是進行小說評點的第一人，也開啓了明清兩代大量小說評點先風。

　　明初講學風氣不盛，既有的科舉文學讀本延用南宋呂祖謙《古文關鍵》、謝枋得《文章軌範》等即已足夠，毋須重加更訂評點，加以政治氣氛與文壇中諸如「台閣體」之類歌功頌德文風的盛行，使得評點風氣冷清，至多僅在詩文範疇上做努力，如徐獻忠《唐詩品》、顧璘《批點唐音》等。弘治、正德年間，以李夢陽、何景明爲首的前七子爲藉由評點宣揚文學主張也曾投身評點工作，評點風氣有死灰復燃之勢。明中葉以後，整體社會環境的變化與矛

〔註8〕　同註7，頁739。
〔註9〕　孫琴安撰：《中國評點文學史》（上海：上海社會科學院出版社，1996年6月，1版），第二、三章。

盾，各思想、文學流派的激盪論辯，再加上以故事、人物為主的敘事性通俗文學成為主流，不但讓當時的詩文理論批評更勝以往，對於小說戲曲的批評也漸受到關注，評點之風再起，到了嘉靖、萬曆以後更是達到高峰，成為中國評點文學的全盛時期。

其中足堪表率者為李贄，在其反對復古摹擬、強調絕假存真，追求童心真情的思考之下，他的評點著作呈現了論點大膽潑辣、敢言真情真話及見解獨到新穎、不落俗套的特色，受到了廣大群眾的喜愛。李贄評點過不少文學作品，如《史記》、《漢書》、《四書》等，但最大成就仍在於小說評點，這當中以其對《水滸傳》的評點最為重要，他對於《水滸傳》的情節、結構及人物描寫上都做了細部的評點，尤其對於書中人物的優劣，常直覺表達愛憎，對作者刻畫人物的功夫更極其讚嘆，甚至將《水滸傳》與《史記》、杜詩等歷代文學名著相提並論：

> 太史公曰：「《說難》、《孤憤》，賢聖發憤之所作也。」由此觀之，古之賢聖，不憤則不作矣。不憤而作，譬如不寒而顫，不病而呻吟也，雖作何觀乎？《水滸傳》者，發憤之所作也。〔註10〕

> （李贄）嘗云：「宇宙內有五大部文章：漢有司馬子長《史記》，唐有杜子美集，宋有蘇子瞻集，元有施耐庵《水滸傳》，明有李獻吉集。」〔註11〕

藉由評點可以對文學進行批評和評議，表達自己的文學觀念，在過去，評點從詩發展到文，接著便長期在這當中盤旋回繞，少有大格局的開拓，直到李贄，不但將眼光放在儒家經典、歷史名著，更進行了小說戲曲的評點，並建立了一種嬉笑怒罵皆為評點的特殊風格，使得「評點」拓展至各個不同的文學領域，在他的文學思想與評點影響之下，使得晚明一大批文人學者跨身評點世界，〔註12〕也讓「評點」進入了所有文學領域，〔註13〕中國的評點文學

〔註10〕 同註2，《焚書·卷三·忠義水滸傳序》，頁101。

〔註11〕 〔明〕周暉撰：《金陵瑣事·卷之一·五大部文章》（臺北：新興書局，1978年1月版，《筆記小說大觀》第16編第3冊），頁56。

〔註12〕 據孫琴安《中國評點文學史》指出，「據不完全統計，當時有一定影響和名氣的文學評點家，至少在百人以上。」我們所熟知的湯顯祖、馮夢龍、袁宏道、郝敬、陳繼儒、陳仁錫、鍾惺、譚元春等人即在行列之中。見同註9，頁108。

〔註13〕 詩、詞、曲、賦、駢文、散文、小說、戲劇，乃至於民歌、笑話，都有人作過評點，幾乎任何一種文學體裁都曾加諸以「評點」的方式來欣賞、閱讀、評價及出版，歷代經典的著作與作家作品，如《詩經》、《楚辭》、先秦諸子、

進入一個空前未有的繁盛局面。李贄之後，評點成了當時文學批評熱衷的一種形式及風氣，特別是小說評點的熱烈澎湃，更為評點開創了另一全新的局面。由於小說評點不如傳統詩文評點的嚴肅，受到市民喜愛，因此當時凡推出通俗小說，多結合評點以出版來增加銷售量，甚至出現了自己創作文學作品，同時也評點作品的現象。

在這股風潮之下，馮夢龍不但編纂通俗文學，也經常對所編纂的書籍進行評點，《笑府》、《古今笑》二書即有之。然而，他與以往的評點最大的不同在於他著眼於表達自己對作品內容的感受思考，甚少針對文學作品的藝術特色或章法結構去批判，因此，他在《笑府》、《古今笑》中評點文字的呈現，除卻解釋補充的說明之外，多可見到他閱讀完笑話之後的具體線索。

最大宗的通俗文學閱讀群眾是社會階層裡新興的市民大眾，他們具有消費及閱讀能力，能夠依其閱讀的習慣及喜好去選擇書籍消費品，甚而隨著書籍的內容情節、主角人物而喜怒哀樂；閱讀笑話書，甚至可以想見其毫不矯揉造作的各種笑聲。然而，市井群眾與文人畢竟不同，他們當下直捷的閱讀感受、甚至與同好相互討論的生活片段甚少有即時的文字記錄，即便有卻也往往隨手扔置散佚，難能長期保存，是以筆者無法獲得此方面直接的文獻資料，失卻市民階層這一廣大群眾的閱讀軌跡，是研究這一論題最大的難處與遺憾。即便曾有諸如韵社第五人、梅之熉、李漁等理應閱讀《古今笑》的文人讀者留下了序文，關於「笑話的閱讀」這部份的論述仍顯得片面而薄弱，所幸晚明時期評點風潮的興盛及市場的需求讓馮夢龍不吝筆墨，在讀者／編纂者的立場上又對兩部笑話書的內容投注了說明批判的心力，為自己再增添第三重身份──笑話書的評點者、為他個人的閱讀活動留下了珍貴的資料，使筆者得以進一步依循其閱讀軌跡探索其閱讀歷程，也讓《笑府》、《古今笑》在流傳的過程中，不純然地以笑話的形式存在，透過評點文字，他也引導讀者閱讀，進而達到他欲藉通俗文學以適俗導愚的教化理念，這個部份則留待後文再詳說。

第二節　以馮夢龍為首的讀者接受心理

題為韵社第五人所寫的〈題古今笑〉文中為馮夢龍解釋了《古今笑》一

《史記》、《漢書》、李杜詩、唐宋八大家、蘇辛詞以及後起的《水滸傳》、《三國演義》、《金瓶梅》、……等長篇小說，甚至不只一次地被人作過評點。

書的書名：

> 不分古今，笑同也；分部三十六，笑不同也。笑同而一笑足滿古今，
> 笑不同而古今不足滿一笑。倘天不摧、地不塌，方今方古，笑亦無
> 窮，即以子猶為千秋笑宗，胡不可？

古今笑料在馮夢龍的手中分類為三十六部，是因為其中人物言行各有不同的
可笑之處，而人之所以笑，則不分古今，其心理多數相同。從上節的探討，
可以得知《笑府》、《古今笑》二書的讀者是包含馮夢龍在內、熱愛通俗文學
的市民大眾，具備編纂者／評點者雙重身份的馮夢龍不僅是笑話書的第一讀
者，甚至被同儕好友推崇為「千秋笑宗」，還留下了具體可徵的閱讀軌跡──
笑話評點文字，是以筆者以為其堪為《笑府》、《古今笑》二書的模範讀者，
本節即以「以馮夢龍為首的讀者接受心理」作為標題，從一個以馮夢龍為代
表的單純讀者身份，談其笑話接受心理。

一、閱讀與笑聲

馮夢龍《笑府·序》言：「或笑人，或笑於人，笑人者亦復笑於人，笑於
人者亦復笑人，人之相笑寧有已時？」不論是笑人或笑於人，笑話閱讀的最
大特色即在於引發笑聲。要談論笑話閱讀的接受心理，首先要先釐清「閱讀
者的笑聲」在閱讀過程中所代表的意義及重要性：

許麗芳《傳統書寫之特質與認知──以明清小說撰者自序為考察中心》
中提到：

> 文本呈現與接受過程中，所謂文學接受並非文本本身之客觀反映，
> 亦非接受主體之主觀引申，往往是上述二者之某一折衷基點，其中
> 包含作者之創作意圖、文本之形式意義，亦具有接受主體之個人意
> 識與文化環境等。〔註14〕

譚達人《幽默與言語幽默》一書亦曾言：

> 幽默是審美主體（包括創作者和接受者）和審美客體（或表現為「笑
> 料」素材，或表現為幽默作品）互相感應互相滲透的結果，其中也含
> 著這層意思：「笑者」在幽默實現過程中起著不可忽視的作用。〔註15〕

〔註14〕 許麗芳撰：《傳統書寫之特質與認知──以明清小說撰者自序為考察中心》（高
雄：復文圖書出版社，1990 年 12 月，初版），頁 140。

〔註15〕 譚達人撰：《幽默與言語幽默》（北京：生活·讀書·新知三聯書店，1997 年

由上述兩段文字看來，任一審美客體／文本的價值並不在於其具體客觀之存在，也非任一審美主體／讀者的主觀思考，而是藉由欣賞接受審美客體，在審美主體的內心形成一主觀印象，結合主體以往的審美經驗基礎，進而產生主體自身的審美趣味。如同其他文學作品一樣，一部笑話書的真正價值，並不在於輯成付梓之後的存在，而是在於接受審美的閱讀歷程中；任何一個讀者，本身各具有主觀不同的思維模式、人各有異的個性氣質、學識涵養、政治傾向、生活習慣，甚至於程度有別的幽默能力，加上所處的外在社會環境、社會地位及階級立場的差異，以此為既定的閱讀背景，在閱讀幽默作品的同時，感受到了各種諸如優越、鄙夷、意外、意內、雙關、嘲弄、譏諷……等等的不同心理體驗，進而發出笑聲。換言之，倘若一則笑話在讀者閱讀審美的過程中無法引起讀者內在經驗的共鳴，進而發笑，亦即對這一讀者而言，「這根本不是一則笑話！」因此被用以確認笑話地位的讀者笑聲在閱讀過程中扮演著相當重要的角色──讀者笑了，表示他心中產生某些意會，他接受這則笑話；反之，則代表笑話未被讀者接受。

再者，閱讀笑話所引發的笑聲與其他笑聲有何不同？若去探究笑的原因，可以發現，不同的笑容具有不同的意涵，《幽默心理分析》一書探索了「笑」的動機，將笑歸納分類為病態笑、常態笑和潛意識的笑三種：〔註16〕

病態笑是肇因於病理性的、有害的物理、化學、生物學的因素所造成的一種非意識的假笑，笑者不具有主觀笑的意圖和需要，如智慧障礙者或精神分裂患者的傻笑、不具快樂感的笑等。而潛意識的笑，是一種莫名其妙、不合時宜的笑，甚而可能造成當下情境的不協調，這樣的笑聲難以去探究真正的心理因素，該書將之歸於「潛意識的笑」。

至於常態的笑則又分為主動性的笑和反應性的笑：主動性的笑是人們藉語言進行傳情達意社交活動的同時，用來表達對事物感受的輔助性表情語言，例如以微笑來表示我們對別人的善意即是。又，在某種境況之下，用以表達情緒、情感的笑，也屬於主動性的笑，如心情好時滿面春風的笑，心有不滿略帶酸味諷刺性的笑者都是。而反應性的笑，則是因為外界刺激所引起的不由自主的、情不自禁的笑，亦可再分為兩種，一是生理性的笑，指的是

8月，1版），頁134。

〔註16〕蕭颯、王文欽、徐智策著：《幽默心理分析》（臺北：智慧大學出版有限公司，1999年2月，初版），頁62～75。

經由搔觸、呵癢所引起的笑，另一是心理性的笑，〔註 17〕指的是視覺器官和聽覺器官受到外界具有滑稽因素的某種形象、現象、文字材料、音響或語言的刺激所引起的情不自禁的笑。

由此，可知透過笑話書閱讀所產生的笑，是由於具有滑稽成份的文字材料刺激了視覺器官，引起心靈上的共鳴因而發出的「心理性的笑」，也可說是「詼諧的笑」、「幽默的笑」。因此，論述閱讀笑話所引發的笑聲，必須捨棄非心理性的笑。以下筆者僅嘗試著理解這一曾為笑話閱讀留下具體文字的讀者——馮夢龍在爆發笑聲同時所產生的接受心理，儘管筆者無法完全設身處地一如馮夢龍閱讀的時空，甚至幽微的「心理」因素人各有異，但筆者盡力去從其留下的文字裡摸索，找尋一個最為普遍、人皆有之的笑話心理，即使這極可能是相當困難而徒勞無功的探究，——畢竟連馮夢龍自己都未必清楚他笑聲底層的真正答案。

二、笑聲背後的接受心理

談論馮夢龍的笑聲及心理，先就他所認知的笑的來源說起，其在《古今笑・儇弄部》小序中曾有論述：

> 傀儡場中，大家搬演將去，得開口處，便落便宜，謂之弄人可，謂
> 之自弄可，謂之造化弄我，我弄造化，俱無不可。

人生如同舞臺，每一個人都在當中扮演自己的角色，一旦開了口，便互為儇弄，相以為笑，亦正如其《笑府・序》中毫不矯飾所指言的「或笑人，或笑於人，笑人者亦復笑於人，笑於人者亦復笑人，人之相笑寧有已時！」「古今世界，一大笑府，我與若皆在其中，供人話柄。」我們本就生活在一個「笑府」之中，人人都可能取笑於人，或為笑料的根源。

（一）「資人諧戲」的遊戲心理

然一開口便供人話柄，成為笑料，這正是馮夢龍對於「笑——話」理解的真義，笑話之所以可笑在於當中的「話」，平日發為溝通敘述的生活語言，

〔註17〕 「心理性的笑」在該書中尚有另一種情況，指的是青少年、特別是少女的易於應激性的、敏感的笑。但這一類屬於青少年的笑，一來不具有歸類上的普遍性，二來其笑聲亦源自於外在的刺激，唯青少年對於此類刺激較為敏感，故文中不再多加贅述。此說與陳寶玉撰：《晚明詼諧寓言研究》（臺北：國立高雄師範大學國文教學研究所碩士論文，2002 年，頁 77）所持看法相同。

失了差錯而致笑，另外，對於笑話中專以「文字」、「語言」做爲遊戲元素而產生笑聲者，馮夢龍亦予以肯定，《古今笑·苦海部》小序云：

> 夫爲詞而足以資人之諧戲，此詞便是天地間一種少不得語，猶勝於塵腐蹈襲，如楊升庵所謂『雖布帛菽粟，陳陳相因，不可衣食』也。故余喜而采之。」

馮夢龍將語言文字視爲遊戲，以爲「詞語」是資人「諧戲」的東西，藉由言語進行調笑，認爲是天地之間不可缺乏的一種語言，這不僅是個人的偏好，他甚至以激賞鼓勵的角度，以爲「其能以文爲戲者，必才士也」、「視文如戲，則文之興益豪」，諸如此類的篇章，自然也成了馮夢龍閱讀時的最愛。中國文字兼具字形、字音、字義的特性讓藉語言文字來進行遊戲變成是一種最平常不過的事，第三章第四節提及《笑府》、《古今笑》的語辭技巧時，便是由形、音、義三個面向來說明的，其中第四小節所提的「詞語拼造與遊戲」正是將語言文字做爲遊戲的玩具來獲取愉悅。然若去擴大遊戲的定義，會發現不只是語言文字，其實笑話中作爲「醜」的人物及事件也可算是遊戲的玩具，供渴望像孩子般笑鬧的大人們取笑、玩樂，說穿了笑的心理因素與遊戲的心態接近，英國薩列、美國沙笛司都抱持這樣的主張。薩列認爲我們在發笑時和在遊戲時的心緒是根本相同的，其分析許多可笑的情境，以爲它們全都具有遊戲的成份在內。沙笛司則說：

> 可笑的事物都是屬於玩具之類。小孩子們在拿玩具遊戲時要跳著笑，這是常見的。成人也歡喜拿玩具來取笑、作樂。不過他們的玩具是經過化裝的，比較更爲複雜罷了。……玩具的性質隨國別、年齡、環境而變遷，不過變來變去，都脫不去玩具的本。我們藉遊戲取笑。游戲本能就是笑的原動力。〔註18〕

以一種遊戲心態來面對笑話的閱讀，不但是人的本性，對晚明時人來說，更是一種生活態度，他們有著娛世樂生的人生哲學，逗笑調侃、謔浪笑傲，本就是生活，對馮夢龍而言，閱讀笑話進而發笑的心理正如「資人謔戲」四字——藉之以遊戲。

（二）無真可認，鬆脫束縛的心理

笑話這一體裁的文字本就擅於顛覆現實、挑戰權威，讓現實裡嚴肅的束

〔註18〕 朱光潛撰：《文藝心理學》（台北：大夏出版社，1997 年 3 月，再版），頁 314。

縛在笑話裡鬆脫，馮夢龍閱讀時也深刻地體會到，如：

> 《諧浪》云，黃陂季生無學，好弄筆。求人文稿，曰文犒；見耒邦，曰來報；見唾咳，曰垂亥。每于尺牘中用呵呵，稱醫家曰國首，簡褻曰簡藝，租糧曰相量，寫人號下又加尊號失記，寫過己名又書名具別幅，此等不可勝數，傳爲笑談。一日母死，托邑人段祺作堂祭文，段代爲言曰：「某年某月某日，兒某舉亡母柩就封某山，某不敢索文犒於人，謹寫某中所有而言曰：嗚呼，躬秉來報，二十餘年。垂亥不聞，又經一年。人皆呵呵，我淚如泉。方母病劇，國首難尋。倉忙舉事，簡藝殊深。大荒之後，相量之足。諸親俱在，無人不哭。尊號失記，母心如燭。各有姓名，具有別幅。」
>
> 附評：必是一篇祭文，先堂方解，非戲筆也。（《古今笑・無術部・祭文・策問》）

笑話裡黃陂季生不學無術，錯讀不少文詞，遭段祺在爲寫母親祭文時加以取笑，馮夢龍的附評說得儘管公允，卻偏又是譏笑，甚而將嘲笑的對象擴及死者，這在現實生活裡若然發生，便顯得刻薄而不道德了，但發生在笑話裡卻沒有人會以譴責的眼光看待段祺的行徑，這當中的心理因素即正如法國學者彭約恩所言：「笑是自由的爆發，是自然擺脫文化的慶賀。」〔註19〕又如英國邦恩所說：「笑是嚴肅的反動。我們常覺得現實界事物的尊嚴、堂皇的樣子是一種緊張的約束；如果突然間脫去這種約束，立刻就覺得喜溢眉宇，好比小學生在放學的情形一樣。」〔註20〕美國杜威也認爲微笑象徵一種努力的結果，一笑是一聲負擔解除的嘆息。祭文本是一嚴肅物，在座聽聞者恐怕本持著肅穆哀淒的心情來傾聽，然段祺所言所論卻讓聽此祭文者不免失笑，就某種角度來說，這是一種心境由緊張而至弛緩的狀態。在書籍外的讀者笑聲的出現，當然也是基於相同的因素。

現實世界是如此的苦悶與嚴肅，由於文化的進步、生活的繁複，使得禮儀制度束縛壓抑了人們原始眞實的自然態度，爲了這許多「非出於自然流露的嚴肅」，必須認眞以對，必須耗費大量的心力來維持，因此就心理狀態來說，是生活中極大的苦事。當外在規範愈嚴肅、遭到箝束愈緊固，愈讓人在面對些小的失儀失序之時，逮到機會便嬉笑、戲謔，束縛緊張既得以得到一時的

〔註19〕同註18，頁313。
〔註20〕同註18，頁312。

擺脫，更以笑聲來享受這一剎那的自由與歡樂。馮夢龍說：「非謂認眞不如取
笑也，古今來原無眞可認也。無眞可認，吾但有笑而已矣。」在笑話中，認
眞不如取笑，爲的正是那種一時擺脫緊張束縛的心理狀態。

（三）透析他人的優越心理

　　英國哲學家霍布斯在柏拉圖對笑的論述基礎〔註21〕上對於笑的心理提出
了「突然榮耀感」的理論，得到日後許多學者的支持與追隨，甚而就其理論
再加以延伸補充。他說：

> 笑的情感顯然是由於發笑者突然想起自己的能幹。人有時笑旁人的
> 弱點，因爲相形之下，自己的能幹愈易顯出。人聽到『詼諧』也發
> 笑，這中間的『巧慧』就在使自己的心裡見出旁人的荒謬。這裡笑
> 的情感也是由於突然想起自己的優勝。……笑的情感祇是在見到旁
> 人的弱點或是自己過去的弱點時，突然念到自己某優點所引起的『突
> 然的榮耀』感覺（Sudden glory）。人們偶然想起自己過去的蠢事也
> 常發笑，祇要他們現在不覺到羞恥。人們都不歡喜受人嘲笑，因爲
> 受嘲笑就是受輕視。〔註22〕

霍布斯認爲人們之所以發笑，在於突然想起自己的能幹，或者在覺知別人的
愚蠢與意識到自我的優越後，產生突然榮耀感，進而迸出笑聲。他說：「人們
都不歡喜受人嘲笑，因爲受嘲笑就是受輕視」，由此也可見，嘲笑者是以一種
「輕視」的心理狀態去發笑的，積極的來說是「突然榮耀感」，消極的說法便
是「鄙夷」他人的輕視心態了。

　　馮夢龍從大千世界裡取材，從生活周遭取材，他的笑聲自然也就是社會
性的，有輕鬆看待的幽默悅笑、有嘲諷譏刺的惡意謔笑、也有袖手旁觀的無
情冷笑：

> 荊公夫人吳，性好潔，與公不合。公自江寧乞歸私第，有一官藤床，
> 吳假用未還，官吏來索，左右莫敢言，公直跣而登床，偃仰良久。
> 吳望見，即命送還。又嘗爲長女製衣贈甥，裂綺將成，忽有貓臥其

〔註21〕柏拉圖說：「我們笑朋友的愚蠢時，快感是和妬忌相聯的。我們已承認妬忌在
　　　　心理上是一種痛感，然則拿朋友的愚蠢作笑柄時，我們一方面有妬忌所伴的
　　　　痛感，一方面又有笑所伴的快感了。」（轉引自同註18，頁299。）由此看來，
　　　　可知其以爲「笑」是出自於一種妬忌和快感所致，簡單來說，也就是「幸災
　　　　樂禍」的心理因素。
〔註22〕轉引自同註18，頁300～301。

旁，夫人將衣置浴室下，任其腐敗，終不與人。

　　附評：荊公終日不梳洗，蟣蝨滿衣，當是月老錯配。（《古今笑‧怪誕部‧潔疾》）

一人性極吝，從不請客。一日，鄰人借其家設宴，有見者，問其僕曰：「汝家主今日請客乎？」僕曰：「要我家主請客，直待那一世來？」主人聞而罵曰：「誰要你許下日子！」

　　附評：或云：「那一世不知做牛做馬，且不要忙。」余笑曰：「如此慳吾，只今世便與兒子做馬牛了。」（《笑府‧刺俗部‧不請客》）

王文度（坦之）弟阿智（愷之），惡乃不翅，年長失婚，孫興公（綽）有女，亦僻錯，無嫁娶理，因詣文度求見阿智，既見，便陽言：「此定可。殊不如人所傳。那得至今，未有婚處？我有一女，乃不惡，欲令阿智娶之。」文度忻然以啓藍田（述），藍田驚異，既成婚，女之頑囂乃過於婿，方知興公之詐。

　　附評：阿智得婦，孫女得夫，大方便，大功德，何言詐乎？（《古今笑‧謫知部‧孫興公嫁女》）

然而不論是何種笑聲，都不難發現馮夢龍是以一旁觀者的角度去審視笑話中那個出糗的人物，所做的評語儘管力求平穩莊重，卻帶有譏嘲的意味，也不難看出其忍俊不住的笑顏，因爲清楚地看見他人的弱點及缺失，所以能取笑、甚而能斥罵，筆者以爲此正是霍布斯所指的「突然榮耀感」，就馮夢龍的附評來看，也許他的笑聲尚未及所謂「鄙夷他人」的程度，但不可否認的，他故意以一種逆反的心理去反說，說「月老錯配」，說「大方便」、「大功德」，看似爲主角人說開脫，但換個角度思考，正是透析了他人可笑，進而產生一種優越的心理所致，這與後文筆者要談的「暢銷作家的機智化身」也有相當關係，下文再述。

　　另外，馮夢龍在其笑話評點中，也有著如同李贄「嬉笑怒罵，皆成文章」的風格，以罵代笑來進行另一種「笑——話」的閱讀，面對人性的醜陋嘴臉，可笑之餘，罵得痛快也是閱讀樂趣的渲洩，也更見其優越的心理。如下列兩則笑話：

　　一人被妻打，無奈，鑽在床下。妻呼曰：「快快出來。」答曰：「男子大丈夫，說不出來，定不出來！」

　　附評：如今爲男子大丈夫者，大半皆此輩也。可嘆！可嘆！（《笑府‧刺俗部‧避打》）

孔琇之爲臨川太守，在任清約，罷郡還，獻乾薑二片。武帝嫌其少，知琇之清，乃嘆息。

　　附評：比醫家一劑尚少一片。太矯！太矯！（《古今笑・貧儉部・獻薑》）

亦可想見其笑中帶罵的優越心理。以上幾則笑話，是筆者觀察文本裡頭馮夢龍的笑話評點後揀擇出來的，筆者對馮夢龍笑話評點感受的閱讀，與馮夢龍閱讀評點笑話心理感受必然有著不小的落差及距離，然稍舉一二以略窺馮夢龍於《笑府》、《古今笑》中的眞情笑罵。

（四）不虐之謔的詼諧精神

　　儘管馮夢龍坦率眞誠，在閱讀評點的過程中時能直接表達出自己的好惡，毫不虛假放聲大笑，但卻懂得適可而止，恰到好處的。如集合了嘲笑他人形體缺殘的笑話部類《笑府・形體部》、《古今笑・委蛻部》，在小序中，馮夢龍便提到了：

　　墨憨子曰：唐伯虎自題小像云：「我問你是誰，你原來是我。我本不認你，你卻要認我。我少不得你，你卻少得我。你我百年後，有你沒有了我。」夫既百年同盡，則西施、嫫母均付之一笑可矣。（《笑府・形體部》小序）

　　子猶曰：項籍之瞳，不如左丘之眇；魯夫之口，不如咎繇之喑；鄭芮之長，不如晏嬰之短；夷光之艷，不如無鹽之陋；慶忌之足，不如婁公之跛。語曰：『豹留皮，人留名。』此言形神之異也。故窘極生巧，足或刺繡；憤極忘死，胸或發聲，是皆有神行焉。藉以爲笑可，執以爲可笑則不可。（《古今笑・委蛻部》小序）

以他人形體殘缺爲笑，是一種極不道德的惡笑，馮夢龍也閱讀和選輯了此類笑話，但卻表達了「藉以爲笑可，執以爲可笑則不可」的態度，這正與他在《古今笑・雅浪部》小序中所表示的態度相同：

　　謔浪，人所時有也。過則虐，虐則不堪，是故雅之爲貴。雅行不驚俗，雅言不駭耳，雅謔不傷心。何病乎唇弄？何虞乎口戒？何憚乎犁舌地獄？

「不虐之謔」是中國人詼諧傳統中一個重要的精神，〔註23〕馮夢龍儘管以一

〔註23〕《詩經・衛風・淇奧》云：「善戲謔兮，不爲虐兮。」這是詩中作者稱許衛武

種放鬆心情的態度，遊戲取樂的居心及鄙夷他人的優越心理來放聲大笑，但亦承續此一傳統，肯定生活中人之所時有的「謔浪」，但卻以「雅」爲「謔」的準則，「雅」——雖用以標的該部類的笑話內容，指的是用字遣詞的文雅高尚，但亦可解釋爲一種是適可而止的分寸，反對過於暴虐無禮、易流於不堪的鄙陋玩笑，失了分寸，便成了不謔之虐，非但無以爲笑，甚而可能傷及他人，因此笑必是達到了「雅」的「謔」，才能放開心胸笑談，才能毋庸忌諱口出惡言須割舌下地獄的宗教戒訓。如此說解，可視爲其對於「笑」的內在精神底限。這一精神底限因人而有所不同，但包含馮夢龍、晚明讀者在內，甚至是今日的絕大多數人都明瞭過虐之謔所帶來的絕對是無法暢笑的傷害。

三、其他文人對笑／笑話的認知

上文既以單一的讀者代表馮夢龍的評點爲線索，論述了其在閱讀笑話、引發笑聲時可能的心理狀態，筆者以爲仍有再就其他文人對笑／笑話的認知來加強關於讀者接受心理這個部份的論述，其中又以同時代的笑話書編纂者及作序者的文字爲優先。

明代中葉以後，諸如李贄、江盈科、趙南星、馮夢龍等人，多爲飽讀詩書的文人，但卻能破除傳統文學觀的桎梏，將著書的觸角伸入通俗文學領域，甚而投身於極其微枝末節的笑話書編輯，再觀察其笑話書內容，亦可發覺不論是創作或搜羅改寫的作品均具有相當的可看性，這一群文人的用心使得晚明笑話書數量激增，這股風潮甚至還延續到了清朝，致使明清二朝的笑話書總數幾乎佔了中國歷代笑話的一半以上。在這爲數眾多的笑話書中，每一位編纂者的編著動機不同，對於笑及笑話的認知也略有差異，關於這方面的線索多可見之於書前的序文；笑話羅列編排的脈絡大體採取分類的方式，也多不出馮夢龍《笑府》、《古今笑》的分類模式；至於像馮夢龍在《笑府》及《古今笑》中所進行的總評和分則附註評點則非人人皆此了，就筆者目前所知，在笑話正文之餘尚有評語者，如鄧志謨《灑灑篇》、趙南星《笑贊》、楊茂謙《笑林評》、及較爲後出清朝石成金《笑得好》幾部。

因爲思潮的解放、諧謔風氣的興盛，使得文人不吝於去談論「笑」，甚至

公喜歡說笑而不流於暴虐。以傳統儒家中庸之道及溫柔敦厚的詩教觀出發，演繹出恰如其分而不至暴虐無禮的詼諧審美，這「不虐之謔」遂成爲中國人詼諧傳統中的重要精神。

多數文人本身就具備幽默詼諧的性格，對於「笑」的精神本質之領悟較過往來得進步通達，對笑話編寫也有清楚認知，這一群人對「笑」的重新省視，促進了詼諧文藝的興盛，當然也影響了笑話的閱讀，是以在此，筆者將就所集資料中可見的其他笑話編纂者相關書前序文與笑話評點略加說明，以更俱全於此節之討論。

　　對於「笑」的精神本質之領悟是晚明文人重視笑話這一體裁的首要心理趨動，江盈科在《雪濤閣集‧笑林引》中表示：

> 人生大塊中，百年耳。纔謝乳哺，入家塾，即受蒙師約束；長而為民，則官法束之；為士，則學政束之；為官，則朝儀束之。終其身處乎利害毀譽之途，無由解脫。莊子所謂一月之間開口而笑者，不能數日。噫，亦苦矣！〔註24〕

人的一生拘束煩苦甚多，是故人生不可無笑。題為冰華居士（潘之恒）為江盈科《雪濤諧史》所撰之《諧史引》中對此也有所呼應：

> 善乎，李君實先生之言：「孔父大聖，不廢荒簡；武公抑畏，猶資善謔。」仁義素張，何妨一弛？鬱陶不開，非以滌性。唯達者坐空萬象，恣玩太虛，深不隱機，淺不觸的。猶夫竹林森峙，外直中通，清風忽來，枝葉披亞。有無窮之笑焉，豈復有禁哉？余故於雪濤氏有取焉耳。〔註25〕

類似的見解，閱讀過《古今笑》的韵社第五人也提到：「倘天不摧，地不塌，方今方古，笑亦無窮。」而《山中一夕話》三臺山人序也提到人性之好詼諧取笑：

> 竊私人生世間，與之莊嚴危論，則聽者寥寥，與之戲浪詼諧，則歡聲滿座，是笑誠話之聖，而話實笑之君也。〔註26〕

從這段話也可看出三臺山人對於「笑——話」的清楚意識，認為笑的對象是在於「話」，得以為「笑」的「話」才是受歡迎的，這與馮夢龍的觀念接近。不但對「笑——話」有其特別認知，對於笑話的功能作用，多半的文人也都有著成熟的見解，除了馮夢龍所說的「笑以療腐」之外，趙南星《笑贊》題詞裡說到：

〔註24〕　《笑林引》，收於〔明〕江盈科撰：《江盈科集》（長沙：嶽麓書社，1997年4月，1版），頁438。
〔註25〕　冰華居士撰《諧史引》，收於同註24，附錄二，頁1089。
〔註26〕　同註7，頁739。

> 書傳之所記，目前之所見，不乏可笑者。世所傳笑談乃其影子耳。
> 時或憶及，為之解頤，此孤居無悶之一助也。然亦可以談名理，可
> 以通世故，染翰舒文者能知其解，其為機鋒之助，良非淺鮮。〔註27〕

趙南星以為所謂的「笑談」，來自於書傳中所記及眼前所見聞者，他認為笑談
除了在獨居無聊時可資解悶消愁之外，還可以從中得到「談名理」、「通世故」
的功效，進而在撰寫文章時引以為用，助其機鋒，增加文章的說服力。郭子
章《諧語》也說：「有批龍鱗于笑談，息蝸爭于頃刻，而悟主解紛者，太史公
所謂談言微中是也。」〔註28〕以詼諧風趣的笑談來使人們解除心防，進而接
受其中的哲理教訓，亦是對於笑話教育功能的認知。

笑話的教育功能是文人在重視書寫的教化傳統之下多半得見的，但江盈
科的說法就顯得過於衛道：

> 余讀之大都真而雅者十三，膚而俚者十七，間或悖教拂經，不可以
> 訓，然其旨歸皆足為哄堂胡盧之助。使經濟之儒，禮法之士覽之，
> 當未及終篇遂付秦焰。至於迂散閒曠、幽憂抑鬱之夫，取而讀矣，
> 亦自不覺其眉之伸、頤之解，發狂大叫而不能自已。……蘇代以土
> 偶止田文之行，淳于以豚蹄加齊宣之璧，曼倩以鹿觸之言悟漢武之
> 殺卒，優伶以陰室之說止二世之漆城：此豈非諧語之收功，反出於
> 正言格論之上者哉？而又安可廢？〔註29〕

就江盈科的記錄，其以譚玉夫之〈笑林〉虛構俚俗的作品多於真實雅正的笑
話，與趙南星、馮夢龍的笑話取材來源相較亦是符合的，此與笑話之流傳於
民間的源始是密切相關的，而笑話虛構誇張的成分越多越巧妙，也才越能發
揮其功用。在笑話的功能上，江盈科亦肯定解頤伸眉的娛樂功能，也以蘇代、
淳于髡、東方朔、優旃的例子說明笑話的經濟大用，甚至超過所謂的「正言
格論」，然又承認部分笑話是不可以為訓，不能太認真，江盈科所處的時代較
趙南星、馮夢龍為早，其雖有著較開明的笑話觀，卻不免為自己辯解，這和
當時尚強大的傳統文學力量有關。

清石成金《笑得好》與程世爵《笑林廣記》二書是為清代笑話書中的名

〔註27〕 同註6，頁7。
〔註28〕 楊家駱撰：〈中國笑話書七十七種書錄〉，收於楊家駱編：《中國笑話書》（台
　　　　北：世界書局，1996年），頁10。
〔註29〕 《笑林引》，收於同註24，頁438。

篇，二人在各自序文中表達了兩種不同笑話主張，原則上也是「醒世教化」
與「解頤娛樂」兩個面向的見解而互有輕重：

> 予乃著笑話書一部，評列警醒，令讀者凡有過愆偏私，曖昧貪癡之
> 種種，聞予之笑，悉皆慚愧悔改，俱得成良善之好人矣。(《笑得好‧
> 自序》) 〔註30〕

> 供餘適口，使敝盧頓作安樂窩，鼓大塊盡成為歡樂場，豈非一時快
> 意事哉！(《笑林廣記‧序文》) 〔註31〕

石成金依循著「談言微中，可以解紛」的教化大道，強調笑話的警醒作用，
而程世爵則著重在嘻笑怒罵皆成文章的娛樂價值。

筆者以上所舉為明清笑話書中較為所知者，笑話書的作者／編纂者，甚
至是閱後代序的文人讀者，在其文字當中皆表達了對於笑的認知及體悟，雖
多為籠統普遍的概說，但亦可從中窺其閱讀感受及編纂動機於一二。至於對
笑話進行了較為完善的圈點評語的，黃慶聲〈馮夢龍《笑府》研究〉一文以
為馮夢龍之前，鄧志謨《灑灑篇》和楊茂謙《笑林評》皆附有評語，其評語
往往具有真知灼見，不但讓笑話書生色不少，對於日後馮夢龍編纂《笑府》、
《古今笑》也有所影響。

以楊茂謙《笑林評》而論，其作有《笑林評》二卷及《續笑林評》一卷，
原題為憨憨子輯，據該書葉畫序文，憨憨子即楊茂謙。《日本內閣文庫漢籍分
類目錄》子部小說家類瑣語之屬著錄云：「明楊茂謙。明萬曆三九年序刊。」
此書除編者本人所撰題記之外，亦有多人為此作書寫序、作跋，書前還附有
「凡例‧批點法」：〔註32〕

> 是集雅俗並載，今古兼收。以人情喜好不同，或恐得此失彼耳。雖
> 云戲謔，要之至理。……惟是滑稽之應諧，繄獨解頤；不廢閭巷之
> 猥雜，相期發覆。間有感憤，亦復效顰；苟可阻勸，不妨觀物。憮
> 然躍然，是所冀於通人；小言龐言，且一任其罪我。

> 句讀從點，佳處從圈；可笑處密點，評有意義者，密圈；直批者，

〔註30〕 同註6，頁321。

〔註31〕 未見文本，轉引自楊家駱撰：〈中國笑話書七十七種書錄〉，收於同註28，頁
　　　　23。

〔註32〕 參見王國良〈介乎雅俗之間——明清笑話書《笑林評》、《笑府》與《笑林廣
　　　　記》〉（台中：《通俗文學與雅正文學全國學術研討會論文集》，國立中興大學
　　　　中文系印行），頁238～239。

止圈句讀；中有字義雙關者，重圈。

《笑林評》並未採用分類和每則笑話前加題的細步處理方式，但從「凡例‧評點法」中可見其除仍以慣有的教化勸懲論點出發之外，其也以李贄等人評點通俗文學作品的類似方法進行了笑話的批點，這是目前唯一可見的笑話批點準則，透過此一準則，則可進而領略笑話書的作者／編纂者如何欣賞解讀笑話。《笑林評》書中的評點，由於多用典故，較爲艱深，但整體而論，亦深中肯綮、針針見血，略舉一例見之。

> 二丐出卯，難以求乞，相約覓衣而往。一得爛瓢，一得破氅，俱以繩遮縛而行。一婦見面掩口，前丐曰：「娘子莫輕薄，你道我穿胡羅，還有彭段的在後。」

> 評：諺云：「丐披虎皮，窮得怕人。」此有薄華麗，儘粧門面。〔註33〕

再者，就黃慶聲〈馮夢龍《笑府》研究〉一文的比較發現，馮夢龍《笑府》中〈過謙獎〉、〈殺天〉、〈鬍子答嘲〉幾則及〈古艷部〉小序中的文字都有來自《笑林評》的痕跡，可見其對馮夢龍笑話編纂的影響。〔註34〕

趙南星在《笑贊》題詞裡就表示「漫錄七十二則，各爲之贊，名《笑贊》云。」可見他將笑話書視同於史書，有意識地透過贊語的運用，批判笑話人物，揭露笑話故事裡的真義，陳蒲清《中國古代寓言史》中指出：

> 《笑贊》最突出的特色表現在「贊」上。作者的贊語，往往借題發揮，充滿著對世態人情的尖銳批判，充滿著嬉笑怒罵的反語。細分起來，有三種獨特的手法，即：故作回護；節外生枝；多層轉折。
> 〔註35〕

〈王知訓〉一則的贊語即「故作回護」，表面上爲王知訓開脫，說是仇人使他爲難，但卻是欲擒故縱，來說明貪官卷地皮的普遍性。〈懼內〉一則說懼妻之丈夫鑽入床下，又敢於不出，「豈不誠大丈夫然哉？」便是用反語對懼內之男子進行譏刺。〈趙孟頫〉一則引舉他例做說明，是從笑話聯想而出，與故事本身關係不大，屬節外生枝。〈太行山〉一則贊語，先是批評學究使人終生讀別字，接著又爲學究開脫，責怪讀別字者固執，最後說明囿於狹隘見聞之故，

〔註33〕《笑林評》卷下，第 246 則。轉引自同註 32，頁 240。

〔註34〕以上論述參見黃慶聲撰：〈馮夢龍《笑府》研究〉、王國良撰：〈介乎雅俗之間──明清笑話書《笑林評》、《笑府》與《笑林廣記》〉。

〔註35〕陳蒲清撰：《中國古代寓言史》（臺北：駱駝出版社，1987 年 8 月，初版），頁 606。

此則為多層轉折。〔註36〕凡此足見趙南星在編纂笑話時不同於一般作家／編纂者的文學視野，正如1934年將趙南星《笑贊》、《芳茹園樂府》二種集合重刊為《清都散客二種》的盧冀野所言：「《笑贊》之作，非所以供諧謔之資，而贊者故刺之謂也。」〔註37〕

　　而《笑得好》是清初重要的笑話書，然而石成金比起趙南星、馮夢龍在見識上未有明顯突破，其編纂用心主要在於勸善醒人，因此不論是何種笑話，石成金都試圖從中找出合於道者，而不免流於牽強，所幸這部份文字為數不多，又其笑話有時「語甚刻毒」，「令聞者難當，未免破笑成怒」，其言「予因謂沉屙痼疾，非用猛藥，何能起死回生」、「方知刻毒語言，有功於世者不小，全要聞笑即愧即悔，是即學好之人也。」是以有不少故事趣味性不夠，在後世學者的評價中不高。然其笑話中所置部份評語、提示仍有可觀者，主要是對於講笑話時表情與肢體動作的說明，與日後相聲的表現方式似有所關聯。如〈黑齒妓白齒妓〉題後註寫了：「要閉口藏齒說，要齜開口露齒說，臉上裝得像，才可笑。」、又〈看寫緣簿〉：「要臉色一喜一惱，身子一起一跪，才發笑。」〈稱兒子〉：「三十三字要一氣說。」等等皆是。〔註38〕

　　總此，略說幾部笑話書中附有評語贊語或圈點提示者，各家評述因各人才氣識見有別，及創作意趣的不同而有不同的表現，但亦可視為其做為笑話的第一讀者及笑話書編纂者這雙重身份的閱讀感受，亦得藉以明瞭晚明閱讀群眾進行笑話閱讀之概況。

四、通俗、求趣、務奇的審美趣味

　　以馮夢龍的評點做為線索，進行模範讀者的笑話接受心理的探索為起始點，擴及其他笑話集編纂者及讀者，接著筆者略談整個作為通俗文學消費主力的市民階層的審美趣味，來了解當時的群眾何以能夠接受笑話書這一類的書籍，特別是馮夢龍的《笑府》、《古今笑》。

　　通俗文學作品既以市民大眾為消費主力，其創作就不免受到這一龐大團體的牽制，以其得以明瞭的淺顯語言，符合其習慣欣賞與審美趣味的形式來進行書籍商品的撰作，小說、戲曲如此，笑話書亦是如此。在整個文化消費

〔註36〕以上所舉例，參見同註6。
〔註37〕同註6，頁3。
〔註38〕以上所舉例，參見同註6。

市場裡，生產者投消費者的喜好進行文學的商品化，以圖謀利益，文化消費者除了自身學識背景的差異之外，藉由市場裡書籍商品的消費閱讀，及一整個文化氛圍的影響，造就了共同的審美趣味：〔註39〕

晚明市民階層的審美趣味，首重「通俗」的要求，「通俗」最直接表現在文學題材的世俗化上，晚明流行起描摹世態人情、講述市井瑣事的「世情書」，這類作品與神魔志怪小說或歷史傳記作品不同，其主要展現的都是現實的生活題材，呈現出市井百姓具體的生活面貌，是這一群廣大讀者所熟悉理解的真實世界；再者，便是在於文學語言的口語化，口語化的文學敘述，不但在閱讀上符合了市民教育程度上的需求，在塑造文本中市井人物的性格形象上，也才能更加地惟妙惟肖，因此在當時許多的通俗文學作品中，所謂的市井俗語幾乎是俯拾即是，《金瓶梅》如此、《三言》、《二拍》亦是；《笑府》如此、《古今笑》亦有之。許多文人作者都瞭解這一個事實，在創作／編纂通俗文學時，亦於此道大聲疾呼，如馮夢龍，其欲藉通俗小說實現以情教化的使命，但「通俗」卻是符合當時審美趨向的要求，欲有所教化，必得由「通俗」著手，故言「諧於里耳」、「不通俗而能之乎」，他用來解釋《三言》命名用意的文字，更可見其認知：

> 明者，取其可以導愚也；通者，取其可以適俗也；恒者，習之而不厭，傳之而可久。三刻殊名，其義一也。

導愚，是他的教化用心；適俗正是他對於作品之通俗才能獲得大眾接受的認知；如此導愚適俗的作品方得以「習之不厭」、「傳之可久」。他的這些話，雖用以說明其編纂《三言》之用心，某種程度上亦是深刻體認了市民階層的審美觀。

再者，是從讀書取樂的閱讀期待延伸而來的「求趣」的審美趣味，即「以文為娛」。前曾提及閱讀期待是在進行閱讀活動之前對於該作品所投注的心理期待，然進入閱讀之後，藉由審美活動，讀者的期待視野將會隨之改變。晚明的閱讀群眾在讀書取樂的前提之下，盼由閱讀得到獲得娛樂的效果，對於手中書籍進行的審美活動也以此為標準，「以文為娛」，亦即強調文學所帶來的娛情娛性的功效，這一論點盛行於晚明文人之間，李贄曾說：「大凡我書皆為求以快樂自己，非為人也」，〔註40〕江盈科詩集取名《閑閑草》，表示：「永

〔註39〕市民階層共同的審美趣味，簡單的說，指的是這一市民階層在整個文化思潮、社會時尚及生活情趣的底蘊裡所隱藏的、共有的審美意識及喜好。
〔註40〕同註2，《焚書‧卷二‧寄京友書》，頁65。

日無營，取以自娛」，〔註41〕都是強調文學的娛悅作用的，而最明確標示說明的，是輯有《媚幽閣文娛》的鄭元勳，其在《文娛初集・序》中言：

> 吾以爲：文不足供人愛玩，則六經之外俱可燒。六經者，桑麻菽粟之可衣可食也；文者，奇葩文翼之悅人耳目，悅人性情也。若使不期美好，則天地產衣食生民之物足矣；彼怡悅人者，則任益而並育之，以爲人不得衣食不生；不得怡悅則生亦槁，兩者衡立而不偏絀。〔註42〕

鄭元勳以一種純文學的觀點肯定「文學」和明道致用的六經具有相等的地位，但不同於六經的實用功能，強調的是文學悅人耳目性情的審美價值。「文娛說」的流行雖與政治黑暗有關，但亦與強調「童心」、「眞情」、「性靈」等的文學思潮和生活態度有關，另外也和晚明城市經濟文化的發展有關，「當時追求仕女、居室、車馬、服飾之好，已成爲士大夫普遍的風尚」，〔註43〕如陳繼儒、張岱等皆是。「在這種廣泛地追求享樂的生活態度的影響下，以娛樂消閒爲主要目的的通俗小說和戲曲空前繁榮，於是對文學本質的認識便有了新的突破。」〔註44〕以當時盛行的小品文文集來看，便可發覺其在編選撰著的共同旨趣，多是以趣味爲主，鄭元勳的《媚幽閣文娛》之外，樺淑表明所輯《閑情小品》「隨意摘錄，適意而已」，俞婉綸《自娛集》、聞啓祥《自娛齋稿》等在書名上即強調以文自娛，劉士鑾編選集，取名爲《文致》，也是以適意和趣味的取向爲主。凡此，可見當時以文爲娛的風氣，使得文學娛情適性的功能得到彰顯與重視，也就影響了文人在通俗文學及其他文藝創作上娛樂的要求，題爲天許齋所寫的《古今小說・題辭》上頭即說：「其有一人一事，足資談笑者，猶雜劇之於傳奇，不可偏廢也」即是一例。

　　簡言之，這就是文學的趣味性，這樣的風潮雖由文人啓動，成爲文人文學創作與文學欣賞的審美趣味，也在文人生活中激盪出不同的漣漪，但若就最簡單的「趣味」來出發，整個時代氛圍如此，通俗文學創作的走向如此，那麼生活於整個文化環境底層，樂於接受通俗文學的廣大市民群眾便亦如此。

　　再者，還有「求新尙奇」一審美趣味。對於新奇事物的追求，原就是人

〔註41〕《閑閑草引》，收於同註24，頁441。

〔註42〕轉引自陳萬益撰：《明清小品——性靈之聲》（臺北：時報文化出版企業有限公司，1987年元月，初版），頁10。

〔註43〕袁震宇、劉明今撰：《明代文學批評史》（上海：上海古籍出版社，1991年9月，1版），頁546。

〔註44〕同上註。

們本性使然，鄭元勳即提到：

> 夫人情喜新厭故，喜慧厭拙，率以爲常。……六經不可加，而諸文
> 可加。猶花鳥非必日用不離，而但取怡悅，不無今昔開落之異。若
> 以代開代落之物，必勿許薦新而去陳，則亦幽滯者之大惑已。〔註45〕

鄭元勳認爲喜新厭舊本是人性，因爲讀者的喜新厭故，所以才造就了文學作品求新求變的特點。至於「奇」，萬曆年間徐如翰《雲合奇蹤・序》提到：

> 天地間有奇人，始有奇事；有奇事，乃有奇文。夫所謂奇者，非奇
> 衺、奇怪、奇詭、奇僻之奇，正惟奇正相生，足爲英雄吐氣，豪傑
> 壯譚，非若驚世駭俗，咋指而不可方物者。〔註46〕

凌濛初在《拍案驚奇》的序言中也說到：

> 今之人但知耳目之外牛鬼蛇神之爲奇，而不知耳目之內日用起居，
> 其爲譎詭幻怪非可以常理測者固多也。〔註47〕

在《二刻拍案驚奇・序》中甚至批評了所謂「奇」的觀念：

> 今小說之行世者無慮百種，然而失眞之病，起於好奇。知奇之爲奇，
> 而不知無奇之所以爲奇。捨目前可紀知事，而馳驚於不論不議之鄉，
> 如畫家不圖犬馬而圖鬼魅者。〔註48〕

從上述可知，明人對「奇」的定義不同於傳統的稀奇古怪、神魔變異的奇，而是「奇正相生」之下的「奇」，是從也能譎詭幻怪的「耳目之內」「日用起居」的生活裡去品玩出其奇的「奇」，這種「奇」的領悟反應在文學創作中，慕新好奇的風氣也促成了許多市民階層在選擇閱讀商品時的考量，是以很多通俗作品力圖與「奇」相結合來滿足人們的審美需求，以現在可見的晚明通俗小說來看，便有不少以「奇」爲名來吸引讀者的，如：凌濛初《拍案驚奇》、抱甕老人選編《今古奇觀》等等均是。

由此看來市民在閱讀審美的趣味上雖偏好「通俗化」，欲「以文爲娛」，然卻未必甘於平凡乏味，「新奇」的審美心理也是極其重要的因素。

〔註45〕 轉引自同註42，頁9～10。
〔註46〕 〔明〕徐渭編：《雲合奇蹤》（上海：上海古籍出版社，《古本小說集成》第12冊），頁1～2。
〔註47〕 〔明〕凌濛初撰，冷時峻標校：《拍案驚奇》（上海：上海古籍出版社，1992年11月，1版），頁1。
〔註48〕 〔明〕凌濛初撰，王根林標校：《二刻拍案驚奇》（上海：上海古籍出版社，1992年11月，1版），頁1。

　　最後，附帶說明晚明時人的教育程度及消費能力，畢竟這兩項能力是直接影響到其在通俗文學作品的閱讀。就教育程度來說，明代是一個教育機會增加而民眾識字率提升極為快速的時代，尤其當科舉考試已然成為一種全民運動的情形下。以明代江蘇為例，蘇州文風鼎盛，專攻科舉考試而讀書識字的人口是全國各地排名的前幾位，江蘇籍的進士人口更佔全國十七個省級地理單位中的第二名，僅次於浙江省。雖然考取進士在晚明時期變成一件極其不易的事，但是包含許多科舉用書在內的書籍商品進入文化市場販售，取得自己所需書籍不再是件困難的事，藉由書籍投入學習，可以想見多數人識字程度的增加。

　　至於消費能力，經濟的發展使得明代市民階層發跡，普遍提升了生活水平，就當時的書價來說，買一部《孔子家語》約可買白米三石，可讓一個乞丐果腹三十日；買一部《事文類聚翰墨大全》約可買得五十斤肉，一部《春秋列國志傳》也可買三千七百五十張的連史紙，〔註49〕由此看來，當時的書價十分昂貴，是一項奢侈品，購買者必須相當有錢，藉由經濟發展而興起的市民大眾擁有這樣的能力，若然無法直接購得書籍，書市、書船及租書等各種取得書籍管道的暢通及嚴重盜版之下削落的書價，也讓其他市民大眾可由各種不同方式，以更為低廉的方式取得通俗文學作品來閱讀。

第三節　馮夢龍多重身份下的多元閱讀

　　做為一本笑話書的編纂者之前，馮夢龍是以一個單純讀者的身份來閱讀笑話、欣賞笑話的，此際的笑話接受心理，馮夢龍無異於其他人，在閱讀期待與閱讀能力的立足點上，產生了對於笑話內容及笑話人物某種鄙夷後的突然榮耀感，甚至是閱聽過程裡某種情緒的放鬆，更有出自於遊戲心理的極大成份，因而發笑；然一旦有了「無以笑為社中私，請輯一部鼓吹，以開當世之眉宇」想法的同時，馮夢龍化身為編輯，這單純讀者的閱讀歷程便產生了某種目的性的變化，加入了讀者預設和市場考量；編纂之餘，馮夢龍復以一評點笑話者的身份出現，不僅寫入他的真情笑罵，更將其思考、價值觀填灌進入文本。讀者、編纂者、評點者三種身份的多重疊合，勢必造成「馮夢龍」

〔註49〕陳昭珍撰：《明代書坊之研究》（台灣大學中國文學研究所碩士論文，1984年7月），頁64。

在閱讀過程中不同身份的相互角力，彼此拉扯，產生一種多元閱讀結果。在此，筆者以馮夢龍這一兼具多重身份的特殊立場來探討其對笑話的多元閱讀，觀察其笑聲背後透露出來的思考與價值觀。

一、世情的矛盾建構

「建構」的概念，要從巴赫汀（Mikhail Bakhtin）〈美學活動中的作者與主角〉一文中所提及的「觀看盈餘」的原則說起：

> 當他在我之外且面對我時，我將總是看到和知道他自己所不能看到
> 的。……當我們彼此注視時，我們的瞳孔反映出兩個不同的世界。
> （AA23）[註50]

一個觀看的主體，除了能觀看到「他者」所能自見的視域之外，也能以一個外在於「他者」的角度，看到「他者」所不能看的世界。馮夢龍對於笑話的閱讀、編纂與評點，正如同一個觀看者，既以「神入」[註51]的角度與笑話主角合併，又能回到一個閱讀者、編纂者及評點者的身份，以更周全、更超然於笑話主角（即「他者」）的角度，藉由文學的形式去展現、透視笑話主角，將其無法自覺的醜陋與可笑赤裸裸地攤在眾人面前，無所遁形。這是一種對笑話主角整體形象的建構，馮夢龍在他的笑話書中，擅長以同樣方式去透視、建構每一個人物可笑醜陋的樣態，凡俗眾生的各種面貌在此匯聚呈現，組成了一個醜陋拼圖，所謂「世情笑府」在此以一種更大規模的聲勢被「建構」出來，這便是筆者所謂的「建構」。

馮夢龍建構了一個「世情笑府」，「笑府」是他的書名，他將「古今世界」納入他的「笑府」，建構出一個他所認定的笑話世界，古今世界何其浩瀚，何其複雜繁多，得以進入笑府的、供人話柄的是誰？是什麼？簡言之——「世情」。魯迅於《中國小說史略·第十九篇·明之人情小說》中有言：

> 當神魔小說盛行時，記人事者亦突起，……又緣描摹世態，見其炎
> 涼，故或亦謂之「世情書」也。[註52]

黃霖在〈《新刻繡像批評金瓶梅》評點初探〉文中對世情小說的定義為：

[註50] 轉引自馬耀民撰：〈作者、正文、讀者——巴赫汀的《對話論》〉，收於呂正惠主編《文學的後設思考》（臺北：正中書局，1991年9月，臺初版），頁57。
[註51] 「神入」是巴赫汀說明的美學活動兩個階段其中之一。詳見同註50，頁58。
[註52] 魯迅撰：《魯迅小說史論文集——中國小說史略及其他·第十九篇·明之人情小說（上）》（臺北：裏仁書局，1994年11月，初版2刷），頁161。

　　所謂「世情」小説，就是指……側重於描寫現實生活的小説。〔註53〕
夏咸淳《晚明士風與文學》一書指出：

　　「世情」主要指與民眾有密切關係的日常生活，爲民眾所關心的各
　　種瑣事。也就是淩濛初所説的「耳目之內，日用起居」之事、李漁
　　所説的家常日用之事。〔註54〕

孫琴安也提到馮夢龍關於「世情」的關注：

　　由於馮夢龍重視通俗文學，所編書也多爲世情內容，故其所作的評
　　語，似乎也多集中在世情方面。〔註55〕

楊玉成〈閱讀世情：崇禎本《金瓶梅》評點〉〔註56〕一文雖以《金瓶梅》爲
探討對象，但也提出了通俗文學作品「閱讀世情」的內容傾向。以魯迅、黃
霖、夏咸淳的說法來看，馮夢龍《笑府》、《古今笑》二書，雖爲笑話體裁，
卻是十足的──描寫現實瑣事、描摹世態、閱讀世情的世情書。書中主角人
物囊括了無數君臣將相、文人雅士與市井小民，寫的正是這些同是平凡人日
常愛憎嗔癡、迂愚聰警、怪異荒誕等等的生活樣貌，整個作品中並存著各類
聰愚有別、性情有異的人物對話及聲音，形成了如同巴赫汀所提出的「眾聲
喧嘩」〔註57〕的效果。馮夢龍熱衷於世情題材，取材貫串古今，在其編纂的
諸多通俗文學作品中，有藉以談情的《情史》、用以論智的《智囊》，不論是
何種主體意識的呈現，均見其擺脫一般通俗著作著重社會政治批判的陳腐，
以表現世態人情的眾生相，亦即「世情」做爲架構，《笑府》、《古今笑》二書
馮夢龍意以言笑，筆墨所及非但盡是「世情」內容，還更甚於其他世情小說
──《古今笑》打破時間空間上的侷限，納入中國數千年來的可笑嘴臉。兩
部笑話書，成了古今笑話書中舉足輕重的代表作；同一笑府，將古今世情百
態逐一陳列建構。

　　然描述現實的世情笑話書，偏又叛逆矛盾的違背現實。馮夢龍儘管建構
了一個無論主角或情節都彷彿其來有自〔註58〕的現實笑府，然而從另一個角

────────────────

〔註53〕黃霖撰：〈《新刻繡像批評金瓶梅》評點初探〉，收於復旦學報編輯部編：《金
　　　　瓶梅研究》（上海：復旦大學，1984年），頁69。
〔註54〕同註3，頁287。
〔註55〕同註9，頁118。
〔註56〕楊玉成撰：〈閱讀世情：崇禎本《金瓶梅》評點〉，收於《國文學誌》第五期
　　　　（彰化師範大學國文系，2001年12月），頁115～157。
〔註57〕詳見同註50，頁65。
〔註58〕《古今笑》取材於歷代典籍，人物情節大半有源可尋，《笑府》雖取自民間，

度思考，卻是個實實在在的假現實，正所謂「假作真時真亦假」，也是筆者以為的「矛盾建構」。

　　笑話書中，人性醜陋一面的展現、社會不良風氣的凸顯……等的確是發生在真實生活之中的，也許身為編纂者的馮夢龍曾經或多或少的進行了主體意識的提煉概括及情節誇大假造，〔註59〕但仍不失其情真理真的本色，但是強調文學作品俚俗真實的馮夢龍卻在建構他的世情笑府的同時，以高度幽默感、極其強烈的笑聲否定了整個世界的虛假，《古今笑·自敘》寫到：

> 一笑而富貴假，而驕吝忮求之路絕；一笑而功名假，而貪妒毀譽之路絕；一笑而道德亦假，而標榜倡狂之路絕；推之，一笑而子孫眷屬皆假，而經營顧慮之路絕；一笑而山河大地皆假，而背叛侵陵之路絕。

我們所存在的是一個實實在在的世界，但這世界裡卻有著太多虛偽造作的人、事、物，甚至於存在既久，看似冠冕堂皇的主流意識、價值系統與道德規範，儘管以著根深柢固的巨大力量拑制著絕大多數的人，但看在馮夢龍的眼裡，仍舊是虛假可笑的，因此在馮夢龍的笑話中，取材於世情，卻少有讚美稱頌人性或社會風氣的，因其目的主要在於諷刺，所笑話的正是現實世界裡虛偽造作的一切，於是馮夢龍「善用否定的策略來瓦解主流意識形態所認可之價值體系」，〔註60〕一語道破芸芸眾生看不破逃不了的世俗價值觀，如《笑府·古艷部》小序所言：

> 墨憨子曰：古艷云者，言從古所艷羨也。粟紅貫朽，乘堅策肥，人亦孰不欲富貴哉？所以處富貴者，毋為人笑難耳。昔某翁有三子，翁且死，命之言志。伯曰：「願堆金百萬。」仲曰：「願歷官台鼎。」季曰：「願生大眼一雙。」翁訝之。季曰：「我須大著眼，看他富貴能幾時？」嗚呼！慶弔同門，如之何不自警也？

〈古艷部〉所集者在於一般人愛慕欽羨的對象，如小序中所舉例者「富貴」、「功名」即是，功名富貴人人想要，卻難能長久擁有，是以馮夢龍以「看他

馮夢龍也盡可能標記來源。可參見本書第三章第一節。

〔註59〕就小說的真實性這一問題來說，馮夢龍主張小說不必全是真人真事，也未必全是憑空捏造，也不須就搜引資料加以去偽存真，但人物情節須合乎真情、合乎生活之理，詳見馮夢龍《警世通言·序》。

〔註60〕黃慶聲撰：〈馮夢龍《笑府》研究〉（《中華學苑》第48期，1996年7月，國立政治大學中文系印行），頁85。

富貴能幾時」、「慶弔同門」來加以否定，與世人汲汲於名利的價值觀產生對立，又《笑府・世諱部》小序：

> 墨憨子曰：貧與賤，世所諱也，余亦因而諱之。然賤而不貪，或遂忘其賤；貧而不賤，誰肯憐其貧？此又可徵世風矣。雖然，貧莫如丐，而丐中有孝子；賤莫如妓，而妓中有義娼。壽于稗史，芬於口頰，貧賤固不足諱也。不足諱，又何笑焉？笑貧賤中之可笑者，亦以笑世之笑貧賤者。

世人諱言「貧」、「賤」，而馮夢龍卻肯定「賤而不貪」、「貧而不賤」者，以為義娼、孝丐非但不足諱，甚而得以流芳百世，而真正可笑的卻是那些不知安於貧賤及笑人貧賤者，世人越是忌諱否定的價值觀念，馮夢龍越是反其道而行，以不同的角度思考，加以肯定，此亦另一種對世俗價值觀的否定。此外，《古今笑・專愚部》小序提及秦王政、曹操自稱一世英雄，實為千古罪人；《古今笑・貪穢部》小序以陸應先投金入澗水一事為例，言其不但不癡，反而正為所有營營於利祿之世俗癡人說法；《笑府・殊稟部》小序亦反駁世人笑話所謂「呆子」的態度，以其「一團天趣」，正「可矜可喜」，笑人呆而自以為不呆者，正是大呆人。

　　凡此種種，可以發現，馮夢龍以一種逆向思考的邏輯論證，去駁斥世俗大眾的既定的傳統價值觀。此外，他還挑戰反抗現實世界裡認同建立的一切權威，將現實世界裡認定的、不可撼搖的、至高無上的權威與主流進行全面的顛倒與顛覆，進入到笑話世界裡頭來，再大的權威與主流全都成了眾矢之的、成了人人喊打的落水狗，不但現實生活裡擁有政治權力、操生殺大權、具有嚴肅形象的君臣侯爵，到了笑話裡來全成了昏愚懦弱，破綻百出的小丑，即使是一向被視為學問本源、不朽文學的「經書子史」、「詩賦文章」也全在《笑府・序》裡被貶抑為毋須「爭傳」、「爭工」的「鬼話」、「淡話」。

　　這是一個被顛倒呈現的笑話世界，與西方學者巴赫汀所提出的「狂歡節」理論不謀而合，狂歡節是民間文化的另一種生活，是對於非狂歡節生活的一種戲仿，透過「建立自己的世界以反對官方的世界，建立自己的教會以反對官方的教會，建立自己的國定以反對官方的國家」，〔註61〕在這個世界裡，平民大眾不再受嚴肅的秩序及權威所統治，他們自己才是這個世界的主導，在

〔註61〕劉康著：《對話的喧聲──巴赫金的文化轉型理論》（北京：中國人民大學出版社，1995 年 8 月，1 版），頁 194。

「加冕」和「脫冕」的儀式中，平時高高在上的國王和所有階級、權威都在可笑的相對性中被懸置、顛覆及消解，現實世界裡權威的統治有其神聖和穩定、合法的面貌，藉由「狂歡」將所有固定了的邏輯與社會秩序翻轉過來，成了一個遊戲的世界，人們忘了階級與身份，在狂歡的虛擬世界裡實現了現實裡不可能實現的人人平等。

馮夢龍所建構的笑話世界，有著不同角色的「眾聲喧嘩」，其旨主要在於對社會人性的諷刺，因此有著描述世情的眞實，然而現實世界裡所存在的主流意識與既定權威在馮夢龍看來又是如此的虛僞不實，於是便又把現實世界裡的虛假擴大出來，成爲一個虛假的笑話世界，在笑話裡將所有的現實世界裡的主流權威及傳統價値觀進行了「上下倒錯」和「卑賤化」〔註62〕的顛倒，徹底揭開其在現實世界裡虛假面具下的眞實面孔。

就文字及情節的表現上來說，馮夢龍展現了眞實的人性與具體的笑話供讀者閱讀，然而就其所建構的一整個世情笑府的深層本質來論，竟又是個虛假不眞的世界，他在《古今笑‧自序》中也提到：「古今來原無眞可認也。無眞可認，吾但有笑而已矣；無眞可認而強欲眞，吾益有笑而已矣。」可見他不但見著了一個虛假無眞的世界，更見其無以爲用，只得以笑面對的態度。笑話書裡有人性社會的眞實，也有觀念價値虛假，眞眞假假，假假眞眞，這便是筆者所謂的「世情的矛盾建構」，但不可否認的，在現實生活裡不斷強調「情眞」「理眞」的馮夢龍並不是完全否定「本眞」世界的存在的，他透過笑話的揭露，反駁了主流價値觀，揭穿了所有虛假的可笑面貌，從另一個角度來說，不也是打破了虛假，而回到了本眞嗎？因此，在馮夢龍的笑話閱讀與編纂裡，他——建構了一個叛逆矛盾而試圖歸眞的世情笑府。

二、不得不然／勉爲其難的道德教化

自古以來，歷代正統典籍都有莊重爲文、言之有物的書寫認知，並且藉此做爲對文章價値判斷的標準，即使是被視爲不登大雅之堂的雜文小說，受到傳統「雖小道，必有可觀者焉」的思考影響，主動進行書寫、編纂活動的文人作者也難免依循傳統文學價値的認知和期許，爲確定其立言著書的不朽價値，故必然著眼於筆下文字的現實功能，或用以怡悅耳目，或藉以稗益見

〔註62〕「上下倒錯」和「卑賤化」也是巴赫汀「狂歡節」理論的說法。見同註61，頁195。

聞，但最主要的，仍是承繼自《詩》、《書》等儒家經典及史傳傳統而來的教化功能。魯迅曾言：

> 俗文之興，當由二端，一為娛心，一為勸善，而尤以勸善為大宗。
> 〔註63〕

由此看來通俗文學作品興起的原因，一為娛樂之用，另一則在於教化勸善的積極功效。

　　晚明通俗文學作家多為潦倒失落的文士，雖有不少末流作者遷就於利益，而以庸俗低級的著作迎合市場需求，但仍有不少有志才士，儘管迫於現實勉而從事通俗文學的撰作，卻存有強烈的社會責任感，面對著放縱沉淪的社會百態，憂慮的試圖尋找挽救世道人心的最佳途徑，是以視文學創作如同修史，借筆下文字來抒寫胸中勃鬱，也以寓教於樂為其創作方向，藉以褒貶勸懲、補救世道人心，馮夢龍即是其中之一。

　　馮夢龍向來著重作品的教化力量，在《山歌·序》中，他提到「借男女之真情，發名教之偽藥」，在《古今小說》、《警世通言》等序文中，他也不只一次地提到，透過通俗文學作品來「觸性」「導情」，可以收到令人「怯者勇，淫者貞，薄者敦，頑鈍者汗下」、令人「說孝而孝，說忠而忠，說節義而節義」的教化成效，即使「日誦《孝經》、《論語》，其感人未必如是之捷且深也」……凡此種種，皆足見馮夢龍對通俗文學作品快捷而驚人的教育感化力量之深刻體悟。馮夢龍《笑府》、《古今笑》二書，以文字呈現出各種不同的眾生百態與眾聲喧嘩，提供了時下讀者開懷大笑的天地，也是具有暢銷作家身份的馮夢龍在市場利潤追求的先決條件下必須重視的娛樂功能，然而就這位出身儒學，期能經世濟民的文人來說，即使是小道文學，即使只是日常閒話家常的笑語趣聞，仍不能只狹隘地提供娛樂，必須進行某一種程度上「教化」意義的深植，使其在現實功能上不僅功利地流於市場需要、怡情悅目，因此，《笑府》、《古今笑》雖以「笑」為名，站在閱讀、編纂、評點三個位置上的馮夢龍仍試圖為這兩本著作找出一點得以「立言」的「不朽」價值，這便是筆者所指的不得不然／勉為其難的道德教化。

　　馮夢龍在《笑府·序》中提到了「笑——話」的觀念——「古今來莫非話也，話莫非笑也」，「話」是古今以來人們溝通言談及書寫表達的具體軌跡，所有的話語文字都是可笑的，因此「不話不成人，不笑不成話」，是以生活在

〔註63〕同註52，頁93。

這個世界的人「皆在其中，供人話柄」，《笑府》集可笑之話供人笑話，就馮夢龍的「笑——話」的觀念來說，是正中鵠的而理所當然的，但他卻又大聲疾呼「或閱之而喜，請勿喜；或閱之而嗔，請勿嗔」，語中甚有警告意味，「勿喜勿嗔」的理由究竟爲何？韻社第五人所撰的〈題古今笑〉提及了馮夢龍編纂《古今笑》其中的一個因由：

> 一日，野步既倦，散憩蘺薄間，無可語，復縱譚笑。村塾中忽出腐儒，貿貿而前，聞笑聲也，揖而丏所以笑者。子猶無已，爲舉顯淺一端，儒亦怳悟，劃然長噱。余私與子猶曰：「笑能療腐耶！」子猶曰：「固也。夫雷霆不能奪我之笑聲，鬼神不能定我之笑局，混沌不能息我之笑機。眼孔小者，吾將笑之使大；心孔塞者，吾將笑之使達。方且破煩蠲忿，夷難解惑，豈特療腐而已哉！」諸兄弟前曰：「吾兄無以笑爲社中私，請輯一部鼓吹，以開當世之眉宇。」子猶曰：「可」。

《古今笑》又名《古今譚概》，在署名「古亭社弟梅之熉惠連述」的〈敘譚概〉文中引述了馮夢龍的一段話：「世何可深譚？譚其一二無害者是謂概。」在馮夢龍的認知裡，此書乃略列大千世界無窮世事中極少部份不足以爲害的一二事罷了，馮說或有自謙之意，但在梅之熉的回答中卻更見此書之不凡：「吾將以子之譚，概子之所未譚。」由此看來《古今笑》一書當中可以啓迪發人者更勝文字表面所見，由此便可知馮夢龍在此書中別有用心之處。就上述這段文字來看，可以覺知到馮夢龍編輯《古今笑》主要目的仍在於文中再三提及的「開當世之眉宇」、「破煩蠲忿」的實際娛樂功用，但是娛樂之餘，亦對於此類作品的影響力有所期許，不僅冀盼借笑以療腐，甚至自信能夠達到「眼孔小者，吾將笑之使大，心孔塞者，吾將笑之使達」的功效，透過直接嘲諷的笑聲，得以警醒世人，開其眼孔，達其心孔。原來此即是「閱之勿喜勿嗔」的背後眞相，亦是他在著重笑話娛樂取向的同時，不願忘懷偏廢中國文學傳統必得言之有物、必得教化勸懲之文學要求的有利證據。

《古今笑·迂腐部》是馮夢龍取笑一些思想迂腐、不知變通的多烘先生們的笑話總集，在笑話的附評中，他總是用一種其極辛辣尖酸而又冷靜淡然的口吻來顯露他的鄙夷，如：

> 程頤爲講官，一日講罷未退，上偶起憑欄，戲折柳枝。頤進曰：「方春發生，不可無故摧折。」上擲枝於地，不樂而罷。
>
> 附評：遇了孟夫子，好貨、好色都自不妨；遇了程夫子，柳條也

動一些不得。苦哉！苦哉！

馮夢龍以調侃嘲諷的口氣來評述此一事件，非但見其言辭的犀利，更足以想
見其「笑」的力道，然而在〈迂腐部〉一開始的小序裡，他的態度卻非如此：

> 雖然，丙相、溫公自是大賢，特摘一事之迂耳；至如梁伯鸞、程伊
> 川所爲未免已甚，吾並及之，正欲後學大開眼孔，好做事業，非敢
> 爲邪爲謗也。

迂腐之人往往耽誤天下諸多事，是以這種事情不容小覷，也不能笑以置之即
罷了，馮夢龍一本正經地說道，之所以輯錄〈迂腐部〉，主要用意在於教育後
學，使其「大開眼孔，好做事業」，「非敢爲邪爲謗」，這是多麼嚴肅而重要的
教化目的啊。又《笑府・方術部・身熱》一則：

> 小兒患身熱，服藥而死。其父詣醫家咎之，醫不信，自往驗視，撫
> 兒屍，謂其父曰：「你太欺心，身子幸已涼矣。」
> 　附評：此與醫駝背用夾板者同。人但知此是笑話，不知執古方治
> 病，頭痛醫頭，腳痛醫腳者，皆此類也。

事關生死，當然不能再一笑置之，馮夢龍的附評裡完全不見笑聲，純然就當
時庸醫充世，草菅人命提出嚴正說明，這一教化用心確實不得不然。此外，《古
今笑・怪誕部》小序中提到的「做官無大難事，只莫作怪。」、《古今笑・汰
侈部》小序提到的「人之侈心，豈有攸底哉！自非茂德，鮮克令終。」、《古
今笑・口碑部》小序提到的「人之多口，信可畏夫，而猶有甘心遺臭，由人
笑罵者，彼何人哉！」……等均有不少外顯或內隱的教化話語呈現。

　　是以不論是《笑府》或《古今笑》的序文，抑或書中笑話原文及評點內
容中，我們都發現了馮夢龍執著在娛樂大眾與教化大眾的拉扯當中。再比較
馮夢龍與近代笑話編纂者，近代學者重編古代笑話，時常就不入流、不堪入
目的部份加以刪除，〔註 64〕然在馮夢龍當年的閱讀編纂過程中，這位對通俗
文學意識清晰的文學大家卻無法免俗的將這類作品置入，輕慢猥褻的低級笑
話亦充斥在作品當中，《笑府》一書尤甚明顯，這顯然是一種市場考量，然笑
話中一而再、再而三出現的道德勸戒與教化用心，足見其不願全然淪爲一說

〔註 64〕　如王利器、王貞珉輯《中國笑話大觀》一書，即明言該書就元明以來庸俗、
　　　　　猥褻的笑話作品刪削的較多。見王利器撰〈《歷代笑話集》前言〉，收於王利
　　　　　器、王貞珉輯：《中國笑話大觀》（北京：北京出版社，1996 年 6 月，2 刷），
　　　　　頁 15。

說笑笑的速食商品書籍的堅持，在馮夢龍的笑話書中我們見到了其不得不然／勉為其難的道德教化上的努力。

三、市場價值的估斷

前文提及魯迅曾指出俗文之興，在於「娛心」和「勸善」二端，「勸善」固為通俗文學作家最為重視，也最欲傳達給讀者的重要訊息，然而就讀者而言，「娛心」卻是購買時的第一考量；就作者來說，其創作通俗文學作品，亦不再如同過去文人純為言志自娛，主要目的仍在於娛人，在於作品成為市場商品後所帶來的銷售佳績。

以馮夢龍來說，編撰通俗作品是其主要的收入來源。據陸樹崙先生的考定，馮夢龍曾擔任過長洲浦家、莊家、陶家、無錫吳家、黃家、烏程沈家、麻城田家、陳家、劉家、周家、董家的西賓，此一塾師工作幾乎是時斷時續；到了中年時，他的生活似更為拮据，以其為袁於令的《西樓記》增置一齣〈錯夢〉一事便可知一二。〔註 65〕塾師的工作不固定，未擔任塾師時，馮夢龍就從事編撰工作，其所編撰的作品以通俗書籍居多，可以推知這無非是因為此類書籍市場需求量大，銷售較易，藉以謀利營生應是從事此一工作的重要考量。既為謀生，〔註 66〕馮夢龍進行編撰工作，便不能單就一個讀者的身份來進行欣賞活動，反而還必須以一個編纂者的身份評估整個市場價值，並且設身處地為這部作品的預設讀者做出娛樂功能的考量。笑話的閱讀、搜集、編纂亦如是。

就市場價值的評估來說，馮夢龍在《笑府‧閨語部》小序中曾表達出話語的經濟價值：

> 墨憨子曰：語云：「美言可市。」洵然哉！但取解頤，何虞亂德？余故采影語之巧者，謔語之善者及謾語之可味者，以足十二部之遺，蓋歸餘于終，周之閨法然矣。

「美言可市」四字是一種將「話語」視為交易商品，肯定「話語」得以出售的態度，這顯示了馮夢龍清楚瞭解「話語」所能帶來的市場利潤。「美言」之

〔註 65〕 陸樹崙撰：《馮夢龍研究》（上海：復旦大學出版社，1987 年 9 月，1 版），頁22。

〔註 66〕 就此，可知馮夢龍通俗文學的編纂，勢必有其牟利於市場的經濟利益考量，但卻非一位完全功利主義的暢銷作家，此處雖僅以「謀生」二字言其編撰工作，但未曾否認謀生之外，其他諸如「教化」之類的多面向考量。

所以「可市」主要因爲得以「解頤」，解頤的要求便是一種「娛樂功能」的要求，因此他試圖將具有巧妙隱藏性質的「影語」、諧謔善笑性質的「謔語」和雋永有味的「澹語」予以彙集成編，再透過集結「美言」大成的笑話書籍，以一種文化商品的形式進入文化市場販售，獲得市場銷售的價值肯定，因而謀取可觀的經濟利益。

《笑府‧閨語部》一類的笑話是馮夢龍在整部笑話書集結之餘，爲免有所闕漏而雜收了較多不同主題之「影語」、「謔語」、「澹語」的總合，然其所市之美言當然不僅只於〈閨語部〉一類，笑話的內容本就來自日常生活，是「世情」的呈現，符合了前節所提到「通俗」的審美趣味，再就《笑府》、《古今笑》二書內容來看，馮夢龍在進行笑話編纂時，對於用來鬻文營生的文字所考量的正是當代讀者對於「趣」與「奇」的閱讀要求和娛樂功能，以求達到更進一步的市場銷售。

就「趣」而論，明代文人強調文學的娛悅作用，對於市民大眾來說，更是純粹以娛樂爲出發點，沒有人會特地買一本笑話書來領悟其中的人生大道理，夏咸淳《晚明士風與文學》書中曾提及晚明閱讀閒書的風氣：

> 讀書求樂是晚明時期文化消費市場上出現的一股潮流。廣大市民閒時看書，主要不是爲了從書中尋求訓誡，而是爲了消遣娛樂。書商們適應文化市場的消費需要，大量翻刻娛樂性的書籍，因以謀利。這必然影響到與市民社會有密切聯繫的文人，使其閱讀趣味和創作要求向通俗化娛樂化。〔註67〕

由此看來，笑話書的編纂與出版無疑是瞭解到大眾娛樂的需要與廣大市場的需求才因應而生的：筆者在第三章談及《笑府》、《古今笑》二書的體例時，將其分類再概括爲「人事」及「語言」二類，其中以諷刺謔笑爲趣者：《笑府》一書內容佔了絕大多數，《古今笑》中的內容亦佔了二分之一強；〔註68〕而以語言文字爲戲者則如《笑府》的〈閨語〉、《古今笑》的〈苦海〉、〈機警〉、〈酬嘲〉、〈塞語〉、〈雅浪〉、〈文戲〉、〈巧言〉、〈談資〉、〈微詞〉、〈口碑〉等，皆以博君一笑爲主要的目的，正如《古今笑‧談資部》小序中所提到的：

> 子猶曰：古人酒有令，句有對，燈有謎，字有離合，皆聰明之所寄也。工者不勝書，書其趣者，可以侈目，可以解頤。

〔註67〕同註3，頁87。
〔註68〕參見第三章第一節。

「工者不勝書，書其趣者」，用以「佐目」、「解頤」，這在「趣」的取決上極其明顯了。部份學者以「詼諧寓言」看待晚明笑話書，然就此來看，將讀閒書視爲求樂途徑的市民大眾是否眞的從中去得到「寓意」，或只是純以「趣」出發來笑看之，其答案不言可喻了。

「好奇」是人的一種普遍心理，通俗作品也往往與「奇」相結合來滿足人們的好奇心，郎瑛《七修類稿・卷二十二・辯證類・小說》提到：

> 小說起宋仁宗。蓋時太平盛久，國家閒暇，日欲進一奇怪之事以娛之。〔註69〕

其所指「小說」是爲通俗小說，小說內容爲「奇怪之事」，得以「娛之」則其娛樂功能之彰顯，由此看來，「奇」也是讀者喜歡閱讀的內容之一，馮夢龍的兩本笑話書中，《古今笑》一書包含了「以異聞怪事爲奇」的題材，如〈靈蹟〉、〈荒唐〉、〈妖異〉、〈非族〉等部類均是，這幾個部類所記載的多爲天下怪奇之事，《古今笑・非族部》小序所言：

> 子猶曰：學者少所見，多所怪。窮發之國，穴胸反趾，獨臂兩舌，
> 殊風異尚，怪怪奇奇，見於紀載者佟矣。不閱此，不知天地之大；
> 不閱此，不知中國之尊。予特采其可駭笑者焉，而附以蛇虎之屬，
> 若曰夷狄禽獸云爾。

由此段序文可知，馮夢龍從歷代典籍中輯錄了怪怪奇奇的殊風異尚，用以開擴讀者之視界，增廣其見聞。在《古今笑・荒唐部》小序中甚至還肯定了笑談荒誕不經且不免害理之事的遊戲態度。

凡此，可以發覺馮夢龍對笑話的閱讀，除卻直覺的發笑心理反應之外，從實際的生活出發，有市場利益的讀者考量；從立言載道的使命感出發，有寓教於樂的教化用心，他以一個多元的身份跨足笑話世界，建構自己的世情笑府，這當中思考的面向極其多元而豐富。

第四節　馮夢龍評點引領的閱讀功效

在前兩節〈以馮夢龍爲首的讀者接受心理〉〈馮夢龍多重身份下的多元閱讀〉中，筆者先就馮夢龍模範讀者身份的立場，再就其閱讀者、編纂者和評

〔註69〕　〔明〕郎瑛撰：《七修類稿》，收於《筆記小說大觀》（臺北：新興書局，1978年1月版）第33編第1冊，頁330。

點者多重身份的角度，分別探究馮夢龍在閱讀、編纂、評點的過程中，面對任一則笑話的接受心理及其他在笑話裡所閱讀到的現實訊息，試圖去剖析他的笑話文本裡一個世情笑府如何地被建構，這是就馮夢龍本身及整個文本形成過程的綜合論述。接下來，筆者試圖從另一個角度來思考——對任何一個馮夢龍之外的讀者來說，除了以自身學識性格體悟《笑府》、《古今笑》二書中的笑話正文外，附記於笑話正文下方以及各部類篇首的小序文字對他們的閱讀起了什麼作用？黃宗羲在《南雷文定‧凡例》提及：

> 文章行世，從來有批評而無圈點；自《正宗》、《軌範》肇其端，相
> 沿以至荊川《文編》，鹿門《大家》，一篇之中，其精神筋骨所在，
> 點出以便讀者，非以為優劣也。此後施之字句之閒，如孫文融之《史
> 漢》，波決瀾倒矣。〔註70〕

黃宗羲這段話指出評點起於南宋真德秀《文章正宗》、謝枋得《文章軌範》二書，〔註71〕更以為評點「非以為優劣也」，而是「一篇之中，其精神筋骨所在，點出以便讀者」，可見所謂「評點」，其中重要的功能之一在於引導讀者理解本文。因此，馮夢龍的笑話評點文字，除卻在詞語文義解釋的功能之外，其主觀意識也包含其中，甚而在文本裡扮演著與笑話人物迥然不同的特殊形象，任何一個閱讀《笑府》、《古今笑》的讀者在閱讀評點文字時，必然在某種程度上受到它的牽引，而引領其對笑話做出不同的解讀，或說是帶領了所有讀者朝著某一特定的方向進行閱讀理解。故在此節中，筆者將就馮夢龍的評點在整部笑話書中所引領的閱讀功效進行說明，或者該說在一般群眾閱讀的過程中其評點文字的影響，俾使此章之探討更顯完備。

一、暢銷作家的機智化身

我們在第三章的討論中，曾經提及段寶林先生所說的「單相笑話」與「雙相笑話」，其中「雙相笑話」又稱「鬥爭笑話」，此類笑話裡頭，除了一個破綻百出的反面喜劇人物之外，還有一個向反面人物進行鬥爭，無情揭露其錯

〔註70〕〔清〕黃宗羲撰：《南雷文定》（北京：中華書局，1985年，新1版），頁1。
〔註71〕《文章正宗》選錄了自《左傳》、《國語》以下至唐末的文學作品，共分辭令、議論、敘事和詩賦四類，前三類皆為散文。《文章軌範》則取漢代到宋代期間「古文之有資於場屋者」六十九篇，標示其篇章句字之法，亦散文評點。現今學者認為散文評點的出現始於南宋時期呂祖謙《古文關鍵》，見同註9，頁28。

誤破綻的正面喜劇人物。〔註72〕筆者曾就馮夢龍《笑府》、《古今笑》二書就探尋一個經典而類型化的正面喜劇人物，一個像阿凡提一樣的機智喜劇人物，〔註73〕最後發現一個很有趣的現象：

　　儘管我們認為笑話的主角多半是「醜陋」、「負面」的形象居多，但在馮夢龍的笑話書中，仍不乏一些正面的人物，如《古今笑·越情部》一類，描述的是超越一般凡眾世俗表現的行徑，如遇雷電神色無異的夏侯玄、不畏鬼怪恥與魑魅爭光的嵇康、不近內的邢子才、不戀色的王處仲、不愛錢的許應達，〔註74〕而馮夢龍以不畏勢者為最可貴，他在小序中寫明瞭：

> 子猶曰：天下莫靈于鬼神，莫威于雷電，莫重于生死，莫難忍于氣，
> 莫難舍於財。而一當權勢所在，便如鬼如神，如雷如電，舍財忍氣，
> 甚至不惜捐生命以奉之矣。人情之蔽無甚於此。故余以不畏勢為首，
> 而次第集為越情第十。

不畏鬼神、雷電、生死者，能忍氣舍財者皆是〈越情部〉裡記錄的對象，然而馮夢龍將不畏勢的況鍾和應檟置於此類第一則，特別表彰了其「不畏勢」的表現，是為馮夢龍在書中嘉許的正面人物之一。又《古今笑·迂腐部·諱父名》：

> 唐李賀，以父名晉，終身不舉進士。
>
> 　附評：韓昌黎曰：「父名晉不舉進士，若父名仁，子遂不得為人乎？」
>
> 　陳錫玄曰：「此諱而近愚者也。」杜衍帥并州，吏請家諱，公曰：
>
> 　「我無諱，諱取枉法贓耳！」斯則達人大觀。

馮夢龍在附評中對於杜衍無所避諱，唯諱取枉法贓的言行大加讚賞，是其所稱許的人物。又《古今笑·佻達部》一類裡寫的是放蕩自適、不拘小節的高人才子行徑，馮夢龍在小序裡頭表示是用以淘洗凡夫俗子之肺腸，看來也可算是他個人欣賞的人物記錄。凡此，可以發現馮夢龍《笑府》和《古今笑》

〔註72〕參見第三章第三節。

〔註73〕「阿凡提」是流傳在諸多邊疆民族的民間故事裡的一個機智人物，有關阿凡提的論述和研究很多，簡而言之，他是一個具有喜劇性格，諸如詼諧、幽默、滑稽和機智等特徵的人物，他在不少的故事裡均以一個勇敢機智、公正善良的形象出象，揭露統治階級及惡人奸商的醜陋可笑的面貌，為人民百姓申張正義，他總是語出驚人，卻又發人深省，令人欽服。可參見段寶林撰：《笑話——人間的喜劇藝術》（台北：淑馨出版社，1994年11月，初版2刷），頁127～133。

〔註74〕參見《古今笑·越情部》〈不畏雷〉、〈不畏鬼怪〉、〈不近內〉、〈不戀色〉、〈不愛錢〉數則。

裡仍有具有正面形象的人物，這裡所謂具有正面形象的人物是依馮夢龍個人
的價值判斷來取捨的，但是值得關注的是，這一群具有正面形象的人物裡頭
卻沒有段寶林先生所謂的「向反面人物進行鬥爭，無情揭露其錯誤破綻的正
面喜劇人物」。但事實真是如此嗎？

　　美國小說理論家布斯（Wayne C. Booth）說：

　　　作者的客觀性可以指福樓拜稱之爲冷漠性的東西，即一種對一位作
　　　家的故事中的人物和事件的無動於衷或不動感情的態度。〔註75〕

一部作品的作者在創作的過程中必須抱持著一種客觀的角度來進行創作，之
所以必須客觀，其原因可用巴赫汀觀看盈餘的理論來得到一個完整的理解，
巴赫汀說：

　　　作者必須把自己置身於自我之外。作者必須從與我們在現實中體驗
　　　自己的生活的角度不同的層面來體驗自我。只有滿足了這個條件，
　　　他才能完成自己，才能構成一個整體，提供超在於自我的內在生活
　　　的價值，從而使生活完美。對於他的自我，他必須成爲一個他者，
　　　必須通過他者的眼睛來觀察他自己。〔註76〕

所謂的自己，亦不妨擴大爲一部作品，作者進行創作若僅從自我的角度出發，
在其創作的角度上必然造成了某種視域不夠周全的缺失，必得以置身於自我
之外，甚至超然於自我的「他者」角度來體驗其創作內容，唯有外在而客觀
的他者得以擁有自我無法獲知的「觀看盈餘」，是以作者爲使作品趨於完善，
必得藉由「他者」的身份來觀察審視作品的本身。

　　拿巴赫汀外在於自我的「他者」角度結合布斯的「無動於衷／不動感情」
的態度來理解作者對於作品及作品角色的創作，可以知道：進行創作的作者
在某一程度上，必須懂得透過客觀而超然於作品，甚至是作品角色的視角來
觀看並建立出一個完整的角色形象。馮夢龍輯錄笑話，成爲笑話書的編纂者，
其在正文上的編纂軌跡並不如一個百分之百的創作者來得明顯，然而觀看他
的笑話評點，卻發覺他正是以一個笑話文本之外的「他者」身份，以一種「無
動於衷／不動感情」的態度審視著整部笑話文本，及──那一群可笑醜陋的
丑角們。

〔註75〕〔美〕W.C.布斯著，華明、胡蘇曉、周憲譯：《小說修辭學》（北京：北京大
　　　　學出版社，1987年10月，1版），頁90。
〔註76〕同註61，頁66。

這所謂的「無動於衷／不動感情」與明清評點中冷熱觀念裡的「冷」有些相近，冷是相對於熱來說的，熱是一種熱情、渴望、情慾，冷則意味著冷淡、低溫、理智，〔註77〕就馮夢龍這一個評點者的身份來說，他的冷是一種冷眼旁觀、也是一種冷靜理智，表現在評點文字上的是一種「冷筆」，面對任何場面都面不改色，以其筆下文字讓所有事物自然呈現。

精準的說，馮夢龍在《笑府》和《古今笑》二書中的笑話評點，不能用截然的「無動於衷」或「不動感情」來說，畢竟「笑」便是人類愉悅情感的一種具體表現，馮夢龍在評點中並不諱言自己的笑聲，、「大笑」、「可笑」、「俚俗可笑」……諸如此類的文字表達時見於二書中，有些儘管標示著「莫笑」，或者未在字面上直述自己的情緒反應，但讀其評述的文字仍可感受到他閱讀時忍俊不住的笑顏，如《古今笑・專愚部・愚夫》其中一則即是：

> 平原陶丘氏，娶婦色甚令，復相敬重。及生男，婦母來看，年老矣。
> 母既去，陶遣婦頗急。婦請罪。陶曰：「頃見夫人衰齒可憎，亦恐新婦老後，必復如此，是以相遣，實無他也。」
> 　　附評：佛家作五不淨想，亦是如此，莫笑莫笑！

除了笑其認為可笑者之外，對於可恥、可怒、可惡……者馮夢龍皆在評點中直指之，不曾有所忌憚諱言。因此，並不能以「無動於衷／不動感情」來完全概括他的評點。筆者認為，馮夢龍確實是以一個「他者」身份評點笑話，他的「無動於衷／不動感情」不在於觀看笑話時喜怒情緒的有無，而是在於以一種看穿主角人物的客觀智慧與會心幽默去給予一針見血的文字批點，使得笑話人物的可笑更加無所遁逃。舉例來說，

> 周赧王為諸侯所侵逼，名為天子，實與家人無異。貰於民，無以償，乃登臺避之，因名曰：逃債台。
> 宋明帝（彧），奢費過度，府藏空虛，乃令小黃門於殿內埋錢，以為私藏。
> 　　附評：周赧王是債主，宋明帝是地藏王。（《古今笑・專愚部・逃債・埋錢》）

從這段關於周赧王和宋明帝的敘述文字來看，幾乎看不出其得以令人發笑之處，甚至不像是則笑話，然他們二人行徑的可笑，卻在馮夢龍語帶平常、簡

〔註77〕關於「冷熱」的探討，可參考同註56一文。

潔而冷靜的「周赧王是債主，宋明帝是地藏王」數字中帶出，少了這幾字評語，這段文字便不見其可笑，馮夢龍像是個文字敘述之外的旁觀者，但卻是個機智的旁觀者，他的冷眼旁觀還帶著詼諧幽默，用寥寥數語把他們可笑的面貌有趣的揭發出來，像足了雙相笑話裡讓人醜態畢露的正面人物。

　　這樣的態度，與其說是「無動於衷／不動感情」，還不妨說是一種「機智」。站在笑話閱讀者的角度，馮夢龍的閱讀自然也符合了笑的其中一個心理：鄙夷他人的突然榮耀心裡，然而就整部笑話文本來說，馮夢龍在評點中以「他者」的身份進入文本，卻又超然於文本內各種愚蠢可笑的角色，協助其他讀者對於笑話的閱讀、笑話人物的觀賞達到一個更為周全的透視，憑藉的是屬於馮夢龍個人的趣味思考與機智反應，儘管在馮夢龍的笑話文本裡沒有一個透過雙相笑話、藉由機智的巧妙問答來嘲弄諷刺笑話裡的主角，但從他的笑話評點裡，卻不難發現「正面的機智人物」這樣的人物形象，已然由一個在現實具體文本之外的暢銷作家——馮夢龍，藉一個評點者的身份介入，在中規中矩的笑料敘述之後，透過評點文字悄悄化身成笑話裡「機智的阿凡提／正面人物」。

二、隱含作者的具體帶領

　　馮夢龍以一個「無動於衷／不動感情」的機智化身完成了對笑話及笑話人物的第一次審美歷程，他的笑話評點對笑話人物起了一個無情的揭露效果。第二次的審美活動由其他外在於笑話文本的閱讀群眾來完成，馮夢龍在文本中所進行的評點至此成為了一個客觀的存在，成為文本的一部份，對於文本外的閱讀群眾來說，這些評點文字起了什麼樣的作用？

　　「隱含作者」是布斯發明的一個概念，他在《小說修辭學》中寫道：
> 在他（作者）寫作時，他不是創造一個理想的，非個性的「一般人」，
> 而是一個「他自己」的隱含的替身，……有的時候，「通過寫作故事，
> 小說家可以發現——不是他的故事——而是它的作者，也可以說，
> 是適合這一敘述的正式的書記員」。不管我們把這個隱含的作者稱為
> 「正式的書記員」，還是採用最近由凱瑟琳‧蒂洛森所復活的術語——
> ——作者的「第二自我」——但很清楚，讀者在這個人物身上取得的
> 畫像是作者最重要的效果之一。〔註78〕

〔註78〕　〔美〕W.C.布斯著，華明、胡蘇曉、周憲譯：《小說修辭學》（北京：北京大學出版社，1987年10月，1版），頁80。

隱含作者是文本中作者的形象的總稱,有別於現實中具體作者的虛擬存在,此一形象的形成是讀者在閱讀過程中,根據文本的整體構思,通過各種敘事策略、文本的意識形態及價值標準建立起來,換言之,讀者在藉由作品的整體閱讀得以認識一個由該文本裡呈現出來的現實作者形象,這被布斯稱為隱含作者,又被英國文學批評家凱瑟琳・蒂洛森稱之為作者的第二自我。這是西方文學理論,將之印證在中西諸多文學創作裡,也確實得以窺探出「隱含作者」的真實存在。在此,筆者大膽的將之斷章取義,並援引到馮夢龍笑話評點所引領的閱讀功效之探討。

所謂「笑話書」,是為數眾多之笑話故事的總集,陳列了成千上百個人物、情節簡潔單純的笑話,每則笑話都是個別存在,互不影響,就馮夢龍所集《笑府》、《古今笑》二書來看,其內容亦是如此,加上這兩部作品中的笑話多半是由馮夢龍搜集而來,其親自創作的數量微乎其微,要從笑話正文裡去淬取出一個化身於文本中,隱含著馮夢龍價值觀及意識形態的「隱含作者」形象幾乎是難上加難,笑話正文裡缺乏馮夢龍這一編纂者的形象,其價值觀與意識形態即使無形地在字裡行間流露著,對於知識學問不高的市民讀者來說,即使懂得去追尋其中的真義,卻也心有餘而力不足,更遑論其之所以閱讀的主要目的多半僅在於取樂。然而中國文學裡特殊的評點形式及晚明時期興盛的小說評點風潮卻給了這難題一個解答的出路,讓馮夢龍這個作者以評點者的身份再度發揮,成了文本中「具體」出現的「隱含作者」。

評點是一種注重文本解讀的隨文批評體制,其主要任務之一在於對文本進行解讀活動,前文曾經討論過晚明笑話書的閱讀群眾,市民階層的教育程度不高,卻有著對於通俗文學作品高度娛樂取向的要求,馮夢龍在市場考量及讀者喜好的斟酌下,對於笑話進行註解說明的動作是必要的,在第三章第一節中的探討中,筆者也提到了馮夢龍在編纂處理《笑府》、《古今笑》二書裡的任何一則笑話時,總是不厭其煩的進行注解、考訂與補充的動作,讀者藉由這些評點文字的協助,更易於理解笑話之含義,甚而得與包含評點文字在內的文本裡隱形的馮夢龍共同領悟笑話精髓,在不一樣的時空裡迸發相同力道的笑聲。這是馮夢龍笑話評點在市民讀者閱讀過程裡引領的第一個閱讀功效。

一般文學批評者進行小說評點時,對於作品的藝術特色和章法結構不免都會加以研究論述,以肯定該部作品的藝術價值。馮夢龍重視作品內的世情

內容，他的笑話書也是一個世情笑府的書面建構，因此他對於笑話的評點也突破了其他文學批評者所著力的結構章法問題，笑話書的編輯與分類，有馮夢龍主觀的判定，各部類小序的撰寫，即代表著他的編纂思考與分類標準，也在某種程度上寫出了他對於每一部類人物行徑的總體評價；分散於全書各處零散的、笑話正文之後的附評文字，除了注解考訂的部份之外，其批評主要著墨對於世情人物的鑒賞批判，是於細節處做出了詮釋，總體評價與細處詮釋結合出一部作品的完整闡釋，也讓笑話中形形色色的各類人物在這套完整的闡釋系統裡被一一的剝解、拆破。馮夢龍雖是一個文本世界之外的編纂者，介入評點的書寫卻是一種十足的創作，許麗芳《傳統書寫之特質與認知──以明清小說撰者自序爲考察中心》文中提到：

> 無論目的爲何，書寫本身即爲一創作活動，其間不免具有書寫者之主觀選擇與判斷，藉由寫作，作者之個性得以明顯呈現，其人得以由此介入書寫。〔註 79〕

因此，即使馮夢龍在評點中對於笑話人物試圖保持一種「無動於衷／不動感情」的客觀機智，卻仍不免流露出個人的主體意識，在文本內完成了一個主觀的世情價值批判系統，這一價值批判系統讓讀者在閱讀笑話書的同時，不但清楚見到這位「隱含作者」的形象，也在無形之中受其引導，接受其價值判斷與意識型態的薰陶，若能再進一步，便是完成了現實世界中馮夢龍這位情教專家企圖以通俗文學作品導愚醒世、勸懲教化的潛在居心。這便是筆者所謂「隱含作者的具體帶領」。

〔註 79〕同註 14，頁 100。

第五章　結　論

　　「笑話的書寫與閱讀──馮夢龍《笑府》、《古今笑》探論」此文從笑／
笑話的角度切入，在「時代與編纂者」、「文本」及「讀者」三方面進行有關
「書寫」及「閱讀」議題的探討，並得出以下結論。

　　就時代來論，晚明是一個劇變的世代，整個時空下的政治、社會及一切
文化景觀都起了驚濤駭浪般的變化：政治腐敗造成執政力量的式微，也鬆動
了傳統穩定的階級秩序；商業經濟的繁榮，促使城鎮興起，市民階層隆盛，
好貨逐利的價值觀深入社會各個階層，在階級脫序與逐利的氛圍下，個人追
求平等自由與娛樂休閒的渴望更隨著民智的開放，漸受強化肯定；知識份子
是社會中最具自覺意識的一群，由其領導的哲學與文學思潮在此時也激盪出
多采多姿的風華來，重視平等、反對權威、追求人欲、表彰眞情、獨抒性靈
等等的主張解放了長期封建下社會群眾的生活與思維，也影響了詼諧文藝的
興盛、帶動了通俗文學的勃發。

　　笑話書籍的刊刻盛行，是歷來詼諧文藝發展成熟下必然的產物，中國人
本就具有幽默欣賞的雅量和幽默創作的機智，具有詼諧色彩的詩文、小說及
文字遊戲，一直沉潛於各個時代，甚至是各類詼諧表演藝術，宮廷俳優、角
觝戲、參軍戲、踏謠娘，以及宋金時期的雜劇院本，明代的過錦戲等等，都
未曾在百姓的生活與歷史的角落缺席過。詼諧幽默的氛圍從先秦、魏晉以至
晚明，非但漸能擺脫附加於嚴肅立論之下的觀念，也能欣賞及表彰詼諧獨立
存在的價值，樂在於詼諧之中，甚而追求詼諧自適的生活品味。笑話是構成
詼諧篇章的基本單位，民間詼諧藝術的演出更是笑話的立體呈現，兩者在晚
明時期都受到不同程度的讀者、消費者的歡迎，是以諸如笑話書這類集一切

笑料之大成的書籍，在響應群眾對諧謔笑鬧的生活需求之下，搭乘著通俗文學暢銷風潮的順風車，在晚明時期——大放異彩。

通俗文學之大為興盛，伴隨著相關條件的成熟，如龐大市民階層的閱讀需求，成為書商出版書籍的最大動力，供需之間促使書籍市場更為蓬勃；帝王文人對通俗文學的喜好減少了政治阻力，起推波助瀾之大功；輔以刊刻印刷等技術的進步與相關紙材、刻工成本的低廉，讓通俗文學書籍成了最搶手也最賺錢的市場商品。

就「編纂者」而言，《笑府》、《古今笑》的編纂，除了時代氛圍之外，與馮夢龍個人的性格、學養、理念及交遊有密切關係。馮夢龍的畸人性格，讓他能放聲狂笑，不拘小節，視這「古今世界」為「一大笑府」，能以超然物外的態度看透世間一切可笑事，知道「笑人者亦復笑於人，笑於人者亦復笑人」，是以敢於自嘲，敢於他嘲，擁有一種樂觀的喜劇思考，即使生活再困苦落魄，亦不改其談笑自若；又讓他愛憎明確，是非分明，充滿無畏的正義感，不懾於封建權威，不偶於流俗教條，因而能在具有嘲諷譏刺的笑話裡展現他的叛逆精神，勇於冒犯權威尊嚴，正如他自己所說「雷霆不能奪我之笑聲，鬼神不能定我之笑局，混沌不能息我之笑機」，不畏勢的性格讓他激濁揚清的放聲大笑。

馮夢龍肯定通俗文學的地位，支持「娛樂」與「教化」並俱的文學功能，冀盼以「通俗」、「諧於里耳」的文學作品來「觸里耳」、「振恒心」；以情為真的性格本質下發揮出情教濟世的文學理念，使得他能以豐富的情感來看待人生、洞察世界，進而以情度人、以情化人，因此他能著眼於不登大雅之堂的笑話末流，能竭力發掘田野市井間暨夫婦孺真實吐露的日常笑談，能投以莊重為文的嚴肅態度，進行有條理有原則的笑話編輯；具有深厚的儒學根基，「上下數千年，瀾翻廿一史」的功力奠定了他在笑話編寫時搜集材料的廣度，沉潛於市井的經歷，給了他開拓視野的機會，懂得品玩人生，增加了對於社會真實面貌感知和醒悟的能力。再佐以其外緣的客觀條件，如與書商友好的關係及包含馮夢龍在內非正式性文學團體的形成等，均推動了其笑話書的輯成與刊行。梅之熉在更名為《古今譚概》的書序中指出：

老氏云：「譚言微中，可以解紛。」然則譚何容易？不有學也不足譚，不有識也不能譚，不有膽也不敢譚，不有牢騷鬱積於中而無路發攄也亦不欲譚。

其肯定了《古今笑》（《古今譚概》）一書，是一部「譚言微中，可以解紛」的作品，然欲言之有物，則必須具備相當條件，從馮夢龍的性格、學養、理念甚至交遊見識來看，馮夢龍正可謂「有學足譚」、「有識能譚」、「有膽敢譚」之人，加以科舉失意、生活困頓與屢遭非議攻訐，「有牢騷鬱積於中而無路發攄」更成了他不得不談、「不得志則托諸空言」的動因。梅氏之言，正中要的。

「文本」的探討，主要著眼於「笑話的書寫」的議題。筆者從體例、取材及編纂原則入手，其取材自浩繁的經籍、廣大的民間，各以不同的主題意識分門別類，又別有用心地加以注解、考訂、補充，將笑話另說及同一主題笑話並置，先輯有民間笑話之大成——《笑府》，分為十三部類，再擴至《古今笑》三十六部類的經籍笑話大全。馮夢龍輯《三言》，凌濛初說「宋元舊種，亦被搜括殆盡」；輯《情史》，自言「擇取古今情事之美者」；輯《智囊》，沈幾言其「所閱歷世變物情，既殷且繁」、「乃取方內方外九流百家變成務卓絕閃鑠之觀」，〔註1〕可見其雖輯通俗作品，仍力求資料周全、分類詳盡，《笑府》、《古今笑》二書亦此也。

而其內容風貌，筆者略分為「鄙劣人性的揭露」、「傳統權威的瓦解」、「制度風氣的反應」、「性議題的開放」、「機智及語文妙趣的展現」、「奇聞異事的著錄」六項，其中以「鄙劣人性的揭露」為最大宗，迂腐昏愚、貪婪奢侈、貧儉吝嗇、阿諛厚顏、嫉妒、懼內、譎騙、驕矜、以至暴虐殘忍、奇行怪癖等皆是，笑話之所以可笑主要在於眼見他人出糗失敗的自我優越感，是以其所揭露多為人性鄙陋之貌；而「性議題的開放」亦是其中不可或缺的部份，以一二暗示字句便可引起閱讀中性的悅樂，是笑話主題的另一大宗，亦廣受喜愛。

笑話書寫的「喜劇結構」和「語辭技巧」是對兩笑話文本內容進行細部的分析，以小見大，以明曉馮夢龍笑話書寫中各項引人發笑的特殊安排與技巧。

笑話敘述的模式有「對話」和「故事」二者，通常笑話的敘述模式會兼有二者而互有偏重，馮夢龍取材不全以「以話為笑」、單具「對話」形式的笑話為唯一選擇，亦常以故事方式來敘述，故書中時有所謂「故事型笑話」。而笑話的情節則以「鋪墊＋揭底」的架構來進行，鋪墊主要營造可笑環境，而揭底則為全則笑話畫龍點睛之處，必得出乎意料，讓人一語生笑。笑話中最關

〔註1〕 收於橘君輯注：《馮夢龍詩文》（福州：海峽文藝出版社，1985 年 10 月），頁 47。

鍵的部份便是內容思想中的表現手法，如情節的典型、誇大、重複、巧合、矛盾，或有樣學樣、將錯就錯、以其人之道，還治其人之身，又或利用類比反駁、概念巧換等等，都是笑話中奇巧的表現手法，在笑話之所以可笑的成份上占了極重的比例。在整體喜劇結構的巧妙安排下，笑話最主要的思想本質仍在於「醜」的揭露與凸顯，醜不但是滑稽可笑的根源，更在「醜」自炫為美的同時，形成一種極致的醜，引爆他人無情的笑聲，這些醜在馮夢龍的笑話中隨處可見。

至於笑話書寫的語辭技巧，除尋常可見於文章寫作的修辭技法，在某種程度上達到了諷喻譏刺對象及強化其可笑的效果外，「文字拆析聯想」是中國文字表形特色的巧妙延伸，以拆解或合析文字來取笑；「同音異解」則是由於諧音詞語的誤傳曲解而為笑；「意義違律」是就詞語意義的曲解來論的，如望文生義、曲意專化、語義雙關、答非所問等，笑話主角無心或刻意違反既有言語文字的意義或使用規律，使得語言在編碼——解碼的過程中出了差錯，因而致笑；而「詞語拼造與遊戲」是將不相關的事物強行拼湊以成新詞，或在言談話語裡巧妙嵌入特殊書刊名、藥物名、詩文篇名、人物姓名等，另亦有襲改舊詩詞、變更正統詩詞形式以為遊戲者。

馮夢龍的笑話中的確有著這些喜劇結構與語辭技巧，但必須聲明的是，其在笑話書寫的過程中並非是先具有上述條列的技法的清楚認知，再來照本宣科的。他是一善於揀擇處理材料的通俗文學作家，更是一「凡揮麈而譚，雜以近聞」，便能使「諸兄弟弟輒放聲狂笑」的「千秋笑宗」，其之言說笑話，實因其懂得因時、因地、因人制宜，讓看似無味的材料變得妙趣橫生，這些相關技巧運用可說是渾然天成，正如李漁《閒情偶寄》所言：「妙在水到渠成，天機自露，我本無心說笑話，誰知笑話逼人來。」透過今人的眼光以細部的分剖解析，了解當中引人入勝的喜劇結構與語辭技巧，對於《笑府》、《古今笑》二書之所以暢行久遠便更無疑議了。

笑話的閱讀在讀者身上才產生意義，時空及個人主觀思考的差異都會致使笑話產生不同的「笑果」，因此從「讀者」身上去探索「笑話的閱讀」是筆者嘗試涉獵的部份。《笑府》、《古今笑》的讀者除了身兼閱讀、編纂、評點多重身份的模範讀者馮夢龍外，便是晚明廣大的通俗文學消費者了。

市民大眾渴望透過通俗文學作品去得到消遣娛樂的閱讀期待進行笑話閱讀，也以著通俗、求趣、務奇等的審美趣味去評斷笑話書內容，但卻未能留

下閱讀軌跡，致使此部份探討的相關記錄無從取得，因此僅能從馮夢龍這一千秋笑宗、模範讀者出發，就其閱讀軌跡——評點文字去談笑話的接受心理及其多重身份下的多元閱讀。

以「爆發笑聲」是爲一個讀者接受笑話的具體證明的前提來說，馮夢龍就一個單純讀者的身份，在其學識、性格的綜合理解下，其之所以發笑，有著「『資人諧戲』的遊戲心理」、「無眞可認，鬆脫束縛的心理」、「透析他人的優越心理」、以及來自詩經傳統「不虐之謔的詼諧精神」，這些心理狀況與部份西方學者所談的笑的理論頗爲接近，如英國薩列、美國沙笛司主張的「遊戲的本能就是笑的原動力」；又法國彭約恩、英國邦恩、美國杜威以爲「笑是自由的爆發」，是心境由緊張而弛緩的狀態；及英國霍布斯認爲笑是起於鄙夷他人的「突然榮耀感」等。「不虐之謔」是中國人的詼諧精神，馮夢龍以「雅」來做爲「謔」的準則，不但是指用字遣詞的文雅高尚，亦是一種是適可而止的分寸，這是他在笑聲背後極其清楚的內在精神底限。馮夢龍之外，筆者亦補述了其他文人對笑／笑話的認知，力求笑話閱讀這一部份討論的周全。

再者，除了與眾人無異的心理、生理的笑之外，觀察馮夢龍在閱讀過後，以著編纂、評點的身份所做的多元性思考，得在《笑府》、《古今笑》二書見其對「世情的矛盾建構」，在「道德教化上的不得不然／勉爲其難」以及就整部書籍「市場價值的估斷」。馮夢龍用一種否定的策略在笑話書中構築了「上下倒錯」、「卑賤化」、與現實價值顛倒的笑話世界，現實的虛假在書中被揭穿了原有面目，將世情醜陋的一面眞實呈現，某種程度上亦其求眞理念的實踐；《笑府》、《古今笑》二書雖以「笑」爲名，但一受傳統著書不朽的觀念所影響，二來亦其以通俗文學爲教化的用心所致，身爲編纂者的馮夢龍必得在看似笑鬧的話語背後尋找其深刻的意義，是以其笑話背後附評或部類前小序，多見正經嚴肅之文字。然猥藝低級，難有教化的黃色笑話亦常見於二書，這便不得不是「市場價值」的估斷與迎合了，馮夢龍在現實經濟的壓力下著書出版，又具有「美言可市」的觀念，因此其編纂亦需考量市場愛好，方能大發利市，這是與其他閱讀者在閱讀過程中最大的不同。

再論馮夢龍評點引領其他讀者的閱讀功效。這是身兼編纂、評點於一身的馮夢龍於自身閱讀、編纂工作的結束之後，再藉由評點，將自己的價值觀、生命理念向讀者去進行潛移默化的動作，進一步引導他人閱讀、思維的可能。其雖置身於書籍之外，其編纂的書寫活動雖結束於刊行之前，但其帶領引導

的作用，卻在讀者執卷埋首的同時，才由化身爲評點文字的隱形作者巧妙帶領，尤其其以「無動於衷／不動感情」的，甚至是機智的態度在評點文字中來呈現自己對笑話人物的冷眼旁觀，讓笑話人物的言行更形見絀，一般讀者透過這些簡明的文字更能清楚其中的可笑諷刺。

「笑話」，具備了快樂聳動的基調，調侃事物的喜劇原貌，感染了閱聽的群眾，使得笑聲互穿古今，力透中外。筆者此文以馮夢龍《笑府》、《古今笑》爲本，著眼於「笑話的書寫與閱讀」，便是企盼能從中去領略笑話這一小小的體裁容量如何地搭載這巨大的笑的力量。然而，在論文探究過程中，筆者戒慎恐懼，對於任一論斷均倍感壓力，實在是因爲「笑話」是如此一個見仁見智的文學體裁，特別是「閱讀」的議題，更是難以捉摸，時代的文化共識、閱讀群眾的主觀領略，甚至於社會階層、年齡及性別……等因素都隨時影響著一則笑話的理解、一部笑話書的好笑與否，尤其筆者與馮夢龍、與晚明讀者中間所阻隔的是數百年間劇變的時空，思考與價值觀已迥然不同，即使笑話中引人發笑的關鍵仍可窺見，但恐筆者與其之認知已有所不同，是以筆者在文中依循著一己的判斷竭力探究、努力釐清，嘗試找出馮夢龍及晚明時人關於「笑話的書寫與閱讀」的問題眞相，儘管引證力求周全、下筆多所斟酌，但眞相未必大白，錯誤恐怕仍多，還望前輩方家不吝珠玉，能多予指正教導。

此外，筆者雖已盡力搜羅相關的笑話資料，卻仍不免疏漏，加上此文僅著眼於馮夢龍二書，對於其他同時代笑話書的認識筆者僅限於片面資料的引用，未及深究，更無法全面觀照，因此無法明確呈顯出其間的異同優劣，甚而未能足夠凸顯馮夢龍二書在晚明時期的定位與價值，這是筆者甚感遺憾之處，亦當爲日後再接再厲，潛心研治的方向。又，除了本文所探討的面向之外，在論文撰寫完畢後才發掘到的新問題也是未來可再作思考之處，如從《笑府》、《古今笑》二書內容去窺探當中所傳達出來的中國文化深層心理，又可從馮夢龍的角度去深入探究他對自己所居處的吳中地域毫不心軟的撻伐與嘲笑心理，〔註2〕甚而，從《笑府》、《古今笑》二書向外延伸，仍可發現相當豐富的有趣命題，如：對古今笑話的變異進行研究，可以探究出做爲民間文學的笑話在演繹過程中的軌跡及其與時俱進不斷增生的笑點，了解到某一類型笑話發展的特色；亦可觀察今人與古人對於笑料內涵要求的差異，《笑府》、《古

〔註2〕 關於這一發現，感謝國立臺灣師範大學中國文學研究所范宜如教授對筆者的提醒與指導。

今笑》裡滿是遭人取笑的醜的形象，然今日笑話卻多出了如「腦筋急轉彎」、「冷笑話」一類令人摸不頭緒、哭笑不得的作品，其創作方式更是大異傳統笑話，集一切無厘頭方式於一身，這也是個有趣的研究方向；此外，當然還可擴及至不同文學體裁裡曾經出現的笑話，甚至是西方笑話，這些議題皆有待日後的努力。

參考書目

一、馮夢龍專著、笑話專書

1. 馮夢龍全集，〔明〕馮夢龍撰。上海：上海古籍出版社，1993 年。
2. 馮夢龍全集，〔明〕馮夢龍撰。南京：江蘇古籍出版社，1993 年。
3. 笑府，〔明〕馮夢龍撰，竹君點校。福州：海峽文藝出版社，1992 年 1 版。
4. 苦茶庵笑話選，周作人選編。台北：里仁書局，1982 年 8 月，據 1933 年北新書局版影印。
5. 民間笑話大觀，中國民間文學研究會安徽分會編。合肥：黃山書社，1987 年 3 月，1 刷。
6. 中國笑話書，楊家駱主編。台北：世界書局，1996 年 3 月，2 版。
7. 中國笑話大觀，王利器、王貞珉選編。北京：北京出版社，1996 年 6 月，2 刷。
8. 明清通俗笑話集，陳如江、徐侗纂集。上海：上海人民出版社，1996 年 4 月，1 版。
9. 明清笑話十種，李曉、愛萍主編。西安：三秦出版社，1998 年 9 月，1 版。
10. 中國古代笑林四書，尹奎友、靳永評注。濟南：山東友誼出版社，2001 年 9 月，1 版。

二、古　籍

1. 尚書正義，〔漢〕孔安國傳、〔唐〕孔穎達等正義。台北：藝文印書館，1989 年，《十三經注疏》1。
2. 禮記注疏，〔漢〕鄭元注、〔唐〕賈公彥疏。台北：藝文印書館，1989 年，《十三經注疏》5。

3. 春秋左傳正義，〔晉〕杜預注、〔唐〕孔穎達等正義。台北：藝文印書館，1989 年，《十三經注疏》6。

4. 桓子新論，〔漢〕桓譚撰。台北：藝文印書館，1965 年，《《百部叢書集成》》第 6 函。

5. 漢書，〔漢〕班固撰。上海：上海古籍出版社，1986 年 12 月，1 版，《二十五史》1。

6. 世說新語校箋，〔梁〕劉義慶編，徐震堮校箋。台北，文史哲出版社，1989 年 9 月，再版。

7. 文心雕龍譯注，〔梁〕劉勰撰，周振甫譯注。台北：五南圖書出版公司，1997 年 6 月，初版 2 刷。

8. 教坊記，〔唐〕崔令欽撰。台北：藝文印書館，1965 年，《《百部叢書集成》》第 6 函。

9. 新校唐國史補，〔唐〕李肇撰。台北：世界書局，1991 年 6 月，4 版。

10. 酉陽雜俎，〔唐〕段成式撰。台北：漢京文化事業有限公司，1983 年 10 月，初版。

11. 樂府雜錄，〔唐〕段安節撰。北京：中華書局，1985 年，新 1 版。

12. 孟郊詩集校注，〔唐〕孟郊撰，邱燮友、李建崑校注。台北：新文豐出版公司，1997 年 10 月，初版。

13. 二十四詩品，〔唐〕司圖空撰。台北：金楓出版社，1999 年 4 月，革新 1 版。

14. 春渚紀聞，〔宋〕何薳撰，〔明〕沈麟禎、姚士麟校。台北：新興書局，1978 年 1 月版，《《筆記小說大觀》》第 4 編第 3 冊。

15. 資治通鑑今註，〔宋〕司馬光編集，李宗侗、夏德儀等校注。台北：台灣商務印書館，1985 年 12 月，4 版。

16. 太平御覽，〔宋〕李昉等撰。台北：台灣商務印書館，1986 年版，《四部叢刊》3 編子部。

17. 通志，〔宋〕鄭樵撰。台北：台灣商務印書館，1987 年 12 月，台 1 版。

18. 夢梁錄，〔宋〕吳自牧撰。台北：廣文書局，未見出版年次，《中國近代小說史料續編》35。

19. 曲律，〔明〕王驥德撰。台北：藝文印書館，《叢書集成》3 編第 6 函。

20. 雲合奇蹤，〔明〕徐渭編。上海：上海古籍出版社，1990 年，《古本小說集成》第 12 冊。

21. 陶庵夢憶，〔明〕張岱撰。台北：藝文印書館，1965 年，《百部叢書集成》第 2 函。

22. 東林始末，〔明〕蔣平階撰。台北：藝文印書館，1965 年，《百部叢書集

成》第 7 函。

23. 四友齋叢說，〔明〕何良俊撰。台北：藝文印書館，1965 年，《百部叢書集成》第 10 函。

24. 菽園雜記，〔明〕陸容撰。台北：廣文書局，1970 年 12 月，初版。

25. 野獲篇，〔明〕沈德符撰。台北：新興書局，1978 年，1 版，《筆記小說大觀》第 15 編第 6 冊。

26. 金陵瑣事，〔明〕周暉撰。台北：新興書局，1978 年 1 月版，《筆記小說大觀》第 16 編第 3 冊。

27. 七修類稿，〔明〕郎瑛撰。台北：新興書局，1978 年 1 月版，《筆記小說大觀》第 33 編第 1 冊。

28. 水東日記，〔明〕葉盛撰。台北：新興書局，1978 年 1 月版，《筆記小說大觀》第 36 編第 3 冊。

29. 唐伯虎全集，〔明〕唐寅撰。台北：台灣學生書局，1979 年 4 月，再版。

30. 少室山房筆叢，〔明〕胡應麟撰。台北：世界書局，1980 年 5 月，再版。

31. 袁宏道集箋校，〔明〕袁宏道撰、錢伯城箋校。上海：上海古籍出版社，1981 年版。

32. 湯顯祖詩文集，〔明〕湯顯祖撰、徐朔方箋校。上海：上海古籍出版社，1982 年 6 月，1 版。

33. 徐渭集，〔明〕徐渭撰。北京：新華書局，1983 年 4 月，1 版。

34. 明燈道古錄，〔明〕李贄、劉東星撰。台北：廣文書局，1983 年 12 月，初版。

35. 南詞新譜，〔明〕沈自晉編撰。台北：台灣學生書局，1984 年 8 月，初版。

36. 王心齋全集，〔明〕王艮撰。台北：廣文書局，1987 年 3 月，再版。

37. 珂雪齋集，〔明〕袁中道撰，錢伯城點校。上海：上海古籍出版社，1989 年 1 月 1 版。

38. 明朝小史，〔明〕呂毖輯著。北京：中國書店，1990 年，《玄覽堂叢書》91。

39. 拍案驚奇，〔明〕凌濛初撰，冷時峻標校。上海：上海古籍出版社，1992 年 11 月，1 版。

40. 二刻拍案驚奇，〔明〕凌濛初撰，王根林標校。上海：上海古籍出版社，1992 年 11 月，1 版。

41. 列國志傳，〔明〕余邵魚編集。上海：上海古籍出版社，1994 年版，《古今小說集成》第 67 冊。

42. 大宋演義中興英烈傳，〔明〕熊大木改寫。上海：上海古籍出版社，1994 年版，《古今小說集成》第 71 冊。

43. 清平山堂話本，〔明〕洪楩編，王一工標校。台北：建宏出版社，1995 年 3 月，初版。

44. 嘉靖建陽縣誌，〔明〕趙文、黃璿纂修。台南：莊嚴文化事業公司，1996 年 8 月，初版。

45. 江盈科集，〔明〕江盈科撰。長沙：岳麓書社，1997 年 4 月，1 版。

46. 焚書，〔明〕李贄撰。北京：社會科學文獻出版社，2000 年 5 月，1 版。

47. 藏書，〔明〕李贄撰。北京：社會科學文獻出版社，2000 年 5 月，1 版。

48. 清代禁毀書目，〔清〕姚覲元編。上海：商務印書館，1957 年版。

49. 清代禁書知見錄，〔清〕孫殿起輯。上海：商務印書館，1957 年版。

50. 校正莊子集釋，〔清〕郭慶藩撰。台北：世界書局，1981 年 11 月，5 版。

51. 新校本明史并附編六種，〔清〕張廷玉等撰。台北：鼎文書局，1982 年 11 月，4 版。

52. 武英殿本四庫全書總目提要，〔清〕永瑢、紀昀等撰。台北：台灣商務印書館，1983 年版。

53. 曲海總目提要，〔清〕黃文暘撰。台北：新興書局，1985 年 11 月版。

54. 南雷文定，〔清〕黃宗羲撰。北京：中華書局，1985 年，新 1 版。

55. 觚賸，〔清〕鈕琇撰，南炳文、傅貴久點校。上海：上海古籍出版社，1986 年 1 月，1 版。

56. 校讎通義，〔清〕章學誠撰。台北：世界書局，1989 年 5 月，5 版。

57. 敬業堂詩集，〔清〕查慎行撰。台北：台灣商務印書館，1990 年。

58. 通俗編，〔清〕翟灝撰。台北：廣文書局，1990 年 10 月，再版。

59. 勝朝彤史拾遺記，〔清〕毛奇齡撰。北京：中華書局，1991 年，1 版。

60. 荀子集解，王先謙撰。台北：藝文印書館，1988 年 6 月，5 版。

61. 南潯志，周慶雲撰。上海：上海書店，1992 年 7 月，1 版，《中國地方志集成‧鄉鎮志專輯》22。

三、專　著

1. 書林清話，葉德輝撰。北京：古籍出版社，1957 年 1 月，1 版。

2. 美的範疇論，姚一葦撰。台北：開明書店，1978 年 9 月，初版。

3. 馮沅君古典文學論文集，馮沅君撰。濟南：山東人民出版社，1980 年 8 月。

4. 魯迅全集，魯迅撰。北京：人民文學出版社，1981 年，1 版。

5. 西方美學史，朱光潛撰。北京：人民文學出版社，1982 年 5 月，2 版 9 刷。

6. 詩論，朱光潛撰。台北：漢京文化事業有限公司，1982 年 12 月，初版。

7. 美學，〔德〕黑格爾著，朱孟實譯。台北：里仁書局，1983 年 3 月版。

8. 笑話研究資料選，蔚家麟等人編。中國民間文藝研究會湖北分會，1984年。

9. 馮夢龍與三言，繆詠禾等著。台北：木鐸出版社，1984 年 9 月，初版。

10. 馮夢龍詩文，橘君輯注。福州：海峽文藝出版社，1985 年 10 月。

11. 明清小品——性靈之聲，陳萬益撰。台北：時報文化出版企業有限公司，1987 年元月，初版。

12. 中國古代寓言史，陳蒲清撰。台北：駱駝出版社，1987 年 8 月，初版。

13. 馮夢龍研究，陸樹崙撰。北京：復旦大學出版社，1987 年 9 月，1 版 1 刷。

14. 民間文學理論基礎，吳蓉章編著。成都：四川大學出版社，1987 年 9 月，1 版。

15. 馮夢龍研究，陸樹崙撰。上海：復旦大學出版社，1987 年 9 月，1 版。

16. 五十年來的中國俗文學，婁子匡、朱介凡編著。台北：正中書局，1987 年 10 月，台初版。

17. 小說修辭學，〔美〕W.C.布斯著，華明、胡蘇曉、周憲譯。北京：北京大學出版社，1987 年 10 月，1 版。

18. 幽默語言學，胡范鑄撰。上海：上海社會科學院出版社，1987 年 12 月，1 版。

19. 接受美學與接受理論，〔德〕姚斯、〔美〕霍拉勃著，周寧、金元浦譯。瀋陽：遼寧人民出版社，1987 年版。

20. 中國小說美學，葉朗撰。台北：里仁書局，1987 年，初版。

21. 笑話裡外觀，余德泉撰。成都：四川人民出版社，1988 年 2 月，1 版。

22. 通俗消費心理學，藍太富、黃世禮編著。北京：輕工業出版社，1988 年，1 版。

23. 讀者反應批評，外國文藝理論研究資料叢書編輯委員會編。北京：文化藝術出版社，1989 年 2 月，1 版。

24. 文藝美學，胡經之撰。北京：北京大學出版社，1989 年 11 月，1 版。

25. 中國印刷史，張秀民撰。上海：人民出版社，1989 年，1 版。

26. 幽默的奧秘，柳慶林撰。濟南：山東文藝出版社，1990 年 10 月，1 版。

27. 歷代刻書考，李致忠撰。成都：巴蜀書社，1990 年，1 版。

28. 中國古代文學批評學，賴力行撰。武昌：華中師範大學出版社，1991 年 3 月，1 版。

29. 時代邊緣之聲，龔鵬程撰。台北：三民書局，1991 年 3 月。

30. 文學的後設思考，呂正惠主編。台北：正中書局，1991 年 9 月，臺初版。

31. 明代文學批評史，袁震宇、劉明今撰。上海：上海古籍出版社，1991 年 9 月，1 版。

32. 談俗說戲，汪志勇撰。台北：文史哲出版社，1991 年，初版。

33. 中國寓言文學史，凝溪撰。昆明：雲南出版社，1992 年 1 月，1 版。

34. 畸人・情種・七品官——馮夢龍探幽，王凌撰。福州：海峽文藝出版社，1992 年 3 月，1 版 1 刷。

35. 中國通俗小說理論綱要，周啓志、羊列容、謝昕撰。台北：文津出版社，1992 年 3 月，初版。

36. 文化市場學，焦勇夫主編。上海：上海交通大學出版社，1992 年 4 月，1 版。

37. 笑——論滑稽的意義，（法）昂利・柏格林著徐繼曾譯。台北：商鼎文化出版社，1992 年 9 月。

38. 十大文學畸人，陳允吉主編。台北：世界文物出版社，1992 年，初版。

39. 中國現代滑稽文學史略，湯哲聲撰。台北：文津出版社，1992 年，初版。

40. 詩學箋註，亞里士多德著，姚一葦譯註。台北，台灣中華書局，1993 年。

41. 中國十大古典喜劇精品，湯哲聲撰。台北：業強出版社，1993 年 1 月，初版。

42. 通俗小說的歷史軌跡，陳大康撰。長沙：湖南出版社，1993 年 1 月，1 版 1 刷。

43. 幽默與言語藝術，周安華撰。台北：商鼎文化出版社，1993 年 1 月，1 版 1 刷。

44. 中國文學批史，王運熙、顧易生主編。台北：五南圖書出版有限公司，1993 年 3 月，2 版 1 刷。

45. 通俗文學，鄭明娳撰。台北：揚智文化事業股份出版有限公司，1993 年 5 月，初版 1 刷。

46. 中國古典喜劇藝術初探，呂榮華著。台北：學海出版社，1993 年 11 月，初版。

47. 文學概論，涂公遂著。台北：五洲出版社，1994 年元月。

48. 中國文言小說史稿，侯忠義撰。北京：北京大學出版社，1994 年 3 月，1 版。

49. 中國文學理論史——明代時期，黃保真、成復旺、蔡鍾翔著。台北：洪業文化事業有限公司，1994 年 5 月，初版 1 刷。

50. 敘事學導論，羅鋼著。昆明：雲南人民出版社，1994 年 5 月，1 版。

51. 晚明文學新探，馬美信撰。台北：聖環圖書公司，1994 年 6 月，1 版 1 刷。

52. 晚明士風與文學，夏咸淳撰。北京：中國社會科學出版社，1994 年 7 月，

1 版。

53. 笑話——人間的喜劇藝術，段寶林撰。台北：淑馨出版社，1994 年 11 月，初版 2 刷。

54. 魯迅小說史論文集——中國小說史略及其他，魯迅撰。台北：里仁出版社，1994 年 11 月，初版 2 刷。

55. 宋元戲曲考，王國維撰。台北：台灣商務印書館，1994 年 12 月，台 2 版 1 刷。

56. 美的歷程，李澤厚撰。台北：風雲時代出版社，1994 年，初版。

57. 語堂幽默文選，林太乙編。吉林省長春市：時代文藝出版社，1995 年 5 月，第 1 版。

58. 對話的喧聲——巴赫金的文化轉型理論，劉康著。北京：中國人民大學出版社，1995 年 8 月，1 版。

59. 中國俗文學史，門巋、張燕瑾撰。台北：文津出版社，1995 年 6 月，初版。

60. 中國民間文學，高國藩撰。台北：臺灣學生出版社，1995 年 9 月，初版。

61. 中國的軟幽默，薛寶琨撰。台北：幼獅出版社，1995 年，初版。

62. 中國文言小說總目提要，寧稼雨撰。濟南：齊魯書社，1996 年 12 月，1 版 1 刷。

63. 雅風美俗之明人奇情，郭英德、過常寶撰。台北：雲龍出版社，1996 年，初版。

64. 中國俗文學概論，吳同瑞、王文寶、段寶林撰。北京：北京大學出版社，1997 年 1 月，1 版。

65. 修辭學，黃慶萱撰。台北：三民書局，1997 年 3 月，增訂 8 版。

66. 文藝心理學，朱光潛撰。台北：大夏出版社，1997 年 3 月，再版。

67. 立體文學論·論民間文學的立體性特徵，段寶林撰。台北：文津出版社，1997 年 4 月，1 刷。

68. 晚明士風與文學，夏咸淳撰。北京：中國社會科學出版社，1997 年 7 月，1 版。

69. 幽默與言語幽默，譚達人撰。北京：生活·讀書·新知三聯書店，1997 年 8 月，1 版。

70. 晚明士人心態及文學個案，周明初撰。北京：東方出版社，1997 年，1 版。

71. 笑之研究——阿凡提故事評論集，段寶林撰。烏魯木齊：新疆人民出版社，1998 年 1 版。

72. 中國古代小說概論，葉桂桐撰。台北：文津出版社，1998 年 10 月，1 刷。

73. 接受反應文論，金元浦撰。濟南：山東教育出版社，1998 年 10 月，1 版。

74. 幽默心理分析，蕭颯、王文欽、徐智策著。台北：智慧大學出版有限公司，1999 年 2 月，初版。

75. 中國評點文學史，孫琴安撰。上海：上海社會科學院出版社，1999 年 6 月，1 版。

76. 明史新編，傅衣凌主編。台北：昭明出版社，1999 年 9 月，第 1 版第 1 刷。

77. 中國民間文學，鹿憶鹿編著。台北：里仁書局，1999 年 9 月，初版。

78. 中華民間文學史，祁連休、程薔主編。河北教育出版社：1999 年 10 月，1 刷。

79. 明清之際小說評點學之研究，林崗撰。北京：北京大學出版社，1999 年 11 月，1 版。

80. 雅俗之間的徘徊：16 至 18 世紀文化思潮與通俗文學創作，吳建國撰。長沙：岳麓書社，1999 年 11 月，1 版。

81. 明清小品：個性天趣的顯現，趙伯陶撰。桂林：廣西師範大學出版社，1999 年，1 版。

82. 明代出版史稿，繆詠禾編著。南京：江蘇人民出版社，2000 年 10 月，1 版 1 刷。

83. 傳統書寫之特質與認知——以明清小說撰者自序為考察中心，許麗芳撰。高雄：復文圖書出版社，2000 年 12 月，初版。

84. 鄭振鐸說俗文學，鄭振鐸、鄭爾康撰。上海：上海古籍出版社，2000 年，1 版。

85. 小品高潮與晚明文化：晚明小品七十三家評述，尹恭弘撰。北京：華文出版社，2001 年 5 月，1 版 1 刷。

86. 談幽默的說說寫寫，李慕如撰。高雄：復文圖書出版社，2001 年 5 月，1 版。

87. 文學研究的新進路：傳播與接受，東華大學中文系。台北：洪葉文化事業有限公司，2004 年 7 月，初版 1 刷。

88. 笑的奧秘：品笑、學笑、說笑，楊明新著。南寧：廣西人民出版社，2004 年 1 月，1 版 1 刷。

四、期刊論文

1. 呆女婿故事探討，鍾敬文撰。收於婁子匡編校：《呆子的笑話》。北京：東方文化書局，1974 年。國立北京大學民俗叢書 137。

2. 中國先秦笑話研究，王捷、畢爾剛撰。《民間文學論壇》，1984 年第 1 期。

3. 新刻繡像批評金瓶梅評點初探，黃霖撰。收於復旦學報編輯部編：《金瓶

梅研究》。上海：復旦大學，1984 年。

4. 關於馮夢龍著述考補馮夢龍著述考補補正？，易名撰。《文獻》，1985 年
   第 2 期。

5. 馮夢龍及其創作，馬興榮撰。《華東師範大學學報》哲學社會科學版，1985
   年第 4 期。

6. 反封建啓蒙思想家馮夢龍，薛宗正、龔允怡撰。《學術研究》，1985 年第 5
   期。

7. 古代笑話知多少？，劉兆祐撰。《國文天地》5 卷 10 期，1990 年 3 月。

8. 雖屬小道，不無學問──閒話「笑話」，林文寶撰。《國文天地》5 卷 10
   期，1990 年 3 月。

9. 心有所領‧意有所會──笑話的心理分析，王溢嘉撰。《國文天地》5 卷
   10 期，1990 年 3 月。

10. 笑話如何使人想笑？──從中國古代笑話的藝術和寫作技巧談起，清華
    撰。《國文天地》5 卷 10 期，1990 年 3 月。

11. 笑話中的眾生百態？，蔡君逸撰。《國文天地》5 卷 10 期，1990 年 3 月。

12. 世間情萬種，盡付一笑中──談古代笑話的功能和價值。《國文天地》5
    卷 10 期，1990 年 3 月。

13. 歷代笑話集叢刊計劃書，王國良撰。《國文天地》5 卷 10 期，1990 年 3 月。

14. 論機智人物的玩世態度和滑稽形像，老彭撰。收於《民間文學研究》，上
    海民間文藝家協會編。上海：學林出版社，1992 年 6 月，1 版 1 刷，中國
    民間文化第 6 集。

15. 明代蘇州營利出版事業及其社會效應，邱澎生撰。《九州學刊》，5 卷 2 期，
    1992 年 10 月。

16. 中國古代笑話中的妻子形象探析，陳葆文撰。《中外文學》，第 21 卷第 6
    期，1992 年 11 月。

17. 廣笑府質疑二題，馮學撰。收於《笑府》，竹君點校。福州：海峽文藝出
    版社，1992 年 1 版。

18. 從風流才子到清廉知縣──馮夢龍生平與性格述要，傅承洲撰。《文史知
    識》，1992 年第 8 期。

19. 王思任的「諧謔」文學探析，陳飛龍撰。收於《第二屆明清之際中國文化
    的轉變與延續學術研討會論文集》，國立中央大學共同學科編。台北：文
    史哲出版社，1993 年 6 月，初版。

20. 畸人與眞人──莊子大宗師的超越性和圓融性，陳德和撰。《鵝湖月刊》
    219 期，1993 年 9 月。

21. 近十餘年三言二拍研究之回顧，王立言、苟人民撰。《文史知識》第 10 期，

1993 年。

22. 馮夢龍「適俗」觀淺論，邱賢彬撰。《青海師專學報》，1994 年第 4 期。

23. 腐儒、白丁、酸秀才——市井笑談裡的讀書人，龔鵬程撰。收於《人物類型與中國市井文化》，淡江大學中文系主編。台北：台灣學生書局，1995年元月，初版。

24. 從「聽笑話」到「鬧笑話」——由幽默理解看幽默創作，陳學志撰。《輔仁學誌》，1995 年 7 月。

25. 馮夢龍史籍著作考述，蔣美華撰。收於《國立彰化師範大學國文系集刊》第 1 期，1996 年 6 月。

26. 馮夢龍笑府研究，黃慶聲撰。《中華學苑》第 48 期，1996 年 7 月，國立政治大學中文系印行。

27. 馮夢龍中期通俗文學思想略論，卓連營撰。《信陽師範學院學報》哲學社會科學版，第 16 卷第 3 期，1996 年 7 月。

28. 古代的笑話與中國人的幽點，王學太撰。《淄博師專學報》，1996 年第 4期。

29. 啓顏錄初探，郭娟玉撰。《大陸雜誌》第 94 卷第 4 期，1997 年 4 月。

30. 李贄「童心說」微旨初探，陳清輝撰。《國立僑生大學先修班學報》第 5期，1997 年 7 月。

31. 「俗文學教學與研究」座談會，周嘉慧記錄整理。收於《國文天地》13卷 4 期，1997 年 9 月號。

32. 民間文學、俗文學、通俗文學命義之商榷，曾永義撰。收於《國文天地》13 卷 4 期，1997 年 9 月號。

33. 馮夢龍的俗文學著作及其編年，高洪鈞撰。《天津師大學報》，1997 年第 1期。

34. 墨憨齋三笑芻論，白岭撰。《中州學刊》，1997 年第 2 期。

35. 破壞與維護——從「呆女婿」故事看中國男子的心態及笑話的功能，李霞撰。《民間文學論壇》，1997 年第 4 期。

36. 歧解：一種語言幽默技巧，謝旭慧撰。《上饒師專學報》，第 19 卷第 1 期，1999 年 2 月。

37. 把笑話請入文學殿堂——從墨憨齋三笑的出版談起，周觀武撰。《黃河水利職業技術學院學報》，1999 年 3 月，第 11 卷第 1 期。

38. 中國笑話研究暨編整概述，羅秀美撰。《元培學報》第 6 期，1999 年 12月。

39. 喜劇人物審美特徵探析，金琳撰。《河南社會科學》，1999 年第 3 期。

40. 「世變中的文學世界」系列座談會之五：晚明與晚清文化景觀再探——歷

史現實與文學想像，蔣宜芳記錄。《中國文哲研究通訊》第 9 卷第 4 期，1999 年。

41. 模糊修辭在幽默與笑話中的妙用，彭月華撰。《長沙電力學院學報》社會科學版，第 15 卷第 2 期，2000 年 5 月。

42. 狂歡與笑話——巴赫金與馮夢龍的反抗話語比較，秦勇撰。《揚州大學學報》人文社會科學版，第 4 卷第 4 期，2000 年 7 月。

43. 公安三袁與李贄，孟祥榮撰。《孔孟月刊》，第 38 卷第 12 期，2000 年 8 月。

44. 馮夢龍的文學思想及其儒學根源，周群撰。《寧波大學學報》人文科學版，第 13 卷第 4 期，2000 年 12 月。

45. 淺談中國古代笑話文學，朱紅霞撰。《解放軍藝術學院學報》，2000 年第 1 期。

46. 一時名士推盟主，千古風流引後生——馮夢龍的作品及其美學價值，張樹天撰。《語文學刊》，2000 年 6 期。

47. 介乎雅俗之間——明清笑話書笑林評、笑府與笑林廣記，王國良撰。收於《第一屆通俗文學與雅正文學全國學術研討會論文集》。台中：2001 年 2 月，國立中興大學中文系主編。

48. 論文學之「雅正」與「通俗」，王三慶撰。收於《第二屆通俗文學與雅正文學全國學術研討會論文集》。台中：2001 年 2 月，國立中興大學中國文學系主編。

49. 通俗文學與雅正文學的本質和趨勢，金榮華撰。收於《第二屆通俗文學與雅正文學全國學術研討會論文集》。台中：2001 年 2 月。國立中興大學中文系主編。

50. 程氏笑林廣記考論，王國良撰。收於《第二屆通俗文學與雅正文學全國學術研討會論文集》。台中：2001 年 2 月。國立中興大學中文系主編。

51. 表演藝術觀眾發展及其相關理論探析，陳亞萍、夏學理撰。《空大行政學報》第 11 期，2001 年 8 月。

52. 性、笑話、潛意識：從精神分析的觀點看淫穢笑話的愉悅／踰越性，黃宗慧撰。《中外文學》，第 30 卷第 3 期，2001 年 8 月。

53. 明清通俗小說的發展特質與發展傾向：從印刷出版的技術與市場談起，王佩琴撰，《書目季刊》，第 35 卷第 3 期，2001 年 12 月。

54. 二十世紀的笑話研究，段寶林撰。《廣西梧州師範高等專科學校學報》第 17 卷第 4 期，2001 年 10 月。

55. 閱讀世情：崇禎本金瓶梅評點，楊玉成撰。收於《國文學誌》第 5 期，彰化師範大學國文系，2001 年 12 月。

56. 晚明「狂禪」探論，毛師文芳撰。《漢學研究》，第 19 卷第 2 期，2001 年

12 月。

57. 明清笑話中的身體與情欲：以笑林廣記爲中心之分析，黃克武、李心怡撰。《漢學研究》第 19 卷第 2 期，2001 年 12 月。

58. 晚明士人生計與士風，劉曉東撰。《明清史》，2001 年第 5 期。

59. 談馮夢龍文學思想的進步性，張繼撰。《遼寧師專學報》社會科學版，2001 年第 2 期。

60. 世紀回眸：馮夢龍研究的歷史和現狀，人弋撰。《殷都學刊》，2001 年。

61. 論馮夢龍之小說觀，李雙華撰。《岱宗學刊》第 6 卷第 2 期，2002 年 6 月。

62. 古代笑話的語言分析，齊煥美撰。《岱宗學刊》第 6 卷第 2 期，2002 年 6 月。

63. 艾子初探，金周映撰。收於《東吳中文研究集刊》第 9 期，2002 年 9 月，東吳大學中研所學會。

64. 馮夢龍與晚明世風——馮夢龍思想探尋之一，人弋撰。《零陵學院學報》第 23 卷第 1 期，2002 年 9 月。

65. 笑的奧秘——談阿凡提笑話的喜劇性，劉蔭梁撰。《烏魯木齊成人教育學院學報》綜合版，2002 年第 2 期。

66. 馮夢龍與話本小說的雅化，李雙華撰。《重慶師院學報》，2002 年第 4 期。

67. 論馮夢龍之情教思想，李雙華撰。《遼寧師範大學學報》社會科學版，第 26 卷第 1 期，2003 年 1 月。

68. 馮夢龍生平及其對小說之貢獻，胡萬川撰。國立政治大學中國文學研究所碩士論文，1973 年 6 月。

69. 明代書坊之研究，陳昭珍撰。台灣大學圖書資訊研究所碩士論文，1984 年 7 月。

70. 中國古代笑話研究，陳清俊撰。國立師範大學中國文學研究所碩士論文，1984 年。

71. 馮夢龍所輯民歌研究，鹿憶鹿撰。東吳大學中國文學研究所碩士論文，1985 年。

72. 馮夢龍雙雄記之研究，張仁淑撰。國立政治大學中國文學研究所碩士論文，1989 年 6 月。

73. 明清小說評點之研究，張曼娟撰。東吳大學中國文學研究所博士論文，1990 年 5 月。

74. 中國戲曲「喜劇傳統」之研究，張啓超撰。東吳大學中國文學研究所博士論文，1993 年 7 月。

75. 馮夢龍編作三言的社會經濟基礎，黃明芳撰。國立中山大學中國文學研究所碩士論文，1993 年。

76. 馮夢龍詼諧寓言研究，宋隆枝撰。文化大學中國文學研究所碩士論文，1994年。

77. 馮夢龍文學研究，蔣美華撰。東吳大學中國文學研究所博士論文，1994年。

78. 明代蘇常地區出版事業之研究，麥杰安撰。台灣大學圖書館研究所碩士論文，1996年5月。

79. 馮夢龍通俗文學志業之研究，劉淑娟撰。國立中正大學中國文學研究所碩士論文，1997年1月。

80. 中國古代葷笑話研究——以笑話書爲範疇，盧怡蓉撰。國立清華大學中國文學研究所碩士論文，1997年7月。

81. 中國古代寓言型笑話研究，賴旬美撰。國立師範大學中國文學研究所碩士論文，1997年。

82. 馮夢龍情史類略研究，邱韶瑩撰。國立中興大學中國文學研究所碩士論文，1999年7月。

83. 馮夢龍「情教說」之研究，林玉珊撰。國立中興大學中國文學研究所碩士論文，1999年。

84. 晚明詼諧寓言研究，陳寶玉撰。台北：國立高雄師範大學國文教學研究所碩士論文，2002年。